최순덕 성령충만기

이기호

1972년 강원도 원주에서 태어나 추계예대 문예창작과를 졸업하고 명지대 문예창작학과 대학원 박사과정을 수료했다. 1999년 『현대문학』 신인 추천 공모에 단편 「버니」가 당선되어 등단하였고, 2003년 대산창작기금을 수혜했다. 현재 광주대학교 문예창작과 교수로 재직 중이며, 소설집 『갈팡질팡하다가 내 이럴 줄 알았지』 『김 박사는 누구인가?』, 장편소설 『사과는 잘해요』가 있다.

이기호 소설집
최순덕 성령충만기

초판　1쇄 발행　2004년 10월 25일
초판 17쇄 발행　2023년 10월 25일

지은이　이기호
펴낸이　이광호
펴낸곳　㈜문학과지성사
등록번호　제1993-000098호
주소　04034 서울 마포구 잔다리로7길 18(서교동 377-20)
전화　02)338-7224
팩스　02)323-4180(편집) 02)338-7221(영업)
전자우편　moonji@moonji.com
홈페이지　www.moonji.com

ⓒ 이기호, 2004. Printed in Seoul, Korea

ISBN 89-320-1544-9 03810

* 이 책의 판권은 지은이와 ㈜문학과지성사에 있습니다.
  양측의 서면 동의 없는 무단 전재 및 복제를 금합니다.

* 이 작품은 대산문화재단의 '대산창작기금'을 받았습니다.

최순덕 성령충만기

이기호
소설집

문학과지성사
2004

차례

버니 7

햄릿 포에버 40

옆에서 본 저 고백은 76
―告白時代

머리칼 傳言 107

백미러 사나이 143
―사물이 눈에 보이는 것보다
가까이 있음

간첩이 다녀가셨다 195

최순덕 성령충만기 234

발밑으로 사라진 사람들 265

해설 310
삐딱한 욕망의 카니발
_우찬제

작가의 말 331

버니

1

왔어 왔어, 그녀가 왔어, 나를 찾아왔어, 사무실로 왔어, 우릴 보러 사무실에 왔어, 그녀의 매니저도 왔어, 좆나리 멋진, 크라이슬러 미니 밴을 타고 왔어, 매니저의 양아치들도 함께 왔어, 왔어 왔어, 그녀가 왔어, 그녀가 우리, 보도방에 왔어, 육 개월 만에 왔어, 자신을 지우러, 지우러 왔어, 신참 계집애들은 신났지, 가수가 왔다고, 신이 나서 환장해, 신이 나서 소리쳐, 하지만 그녀는 차에서 안 내려, 좆나리 새까만 미니 밴 유리 속에, 굳은 듯 앉아 있지, 사무실로 온 건 그녀의 매니저, 매니저의 똘마니들, 매니저가 말했어, 나를 보고 말했어, 우리에게 말했어, 지껄였어 협박했어 씨부렸어,

"너네들, 함부로 주둥아리 놀리면 알지. 버니는 여기서 일한 적 없는 거야. 알지? 너네들은 버니를 모르는 거라고. 허튼소리 지껄이고 다니면 어떻게 되는 줄 알지? 알아서 잘해, 이 양아치 새끼들아!"

우리는 버니에 대해 말한 적이 없어, 매니저는 책상을 걷어찼어, 소파를 걷어찼어, 계집애들을 걷어찼어, 똘마니들도 함께 걷어찼어, 축구 하듯 걷어찼어, 계집애들은 공처럼 굴러다녀, 허리를 구부리고, 구석으로 구석으로, 계집애들 소리 질러, 울부짖어, 바들바들 몸을 떨어

나는 가만히 서 있어, 스타일 구기게 숨을 수는 없잖아, 계집애들처럼 떨 수는 없잖아, 그러나 나는 무서워, 매니저가 무서워, 똘마니들이 무서워, 그녀가 무서워, 무서워 무서워, 무서워도 티 내지 않고, 그렇게 그렇게, 서 있어야 했어, 나는 생각해, 나는 다짐해, 나는 버니를 몰라, 버니라는 랩퍼를 몰라, 버니의 본명이 순희라는 것도 몰라, 순희가 내 밑에서 일했다는 것도 몰라, 순희가 밤마다 여관으로, 여관으로 출장 간 걸 몰라, 몰라 몰라, 아무것도 몰라, 랄랄랄랄 랄랄랄 랄라라라라

※ 내 별명은 바구니 물을 담으면 물이 새고
   쌀을 담으면 쌀이 새는
   대나무로 만든 가벼운 바구니

내 머리가 가벼워 내 별명은 바구니
태어날 때부터 가벼워 가볍게 죽을 것 같았던
내 별명은 대바구니
아무것도 몰라 아빠도 몰라 엄마도 몰라
사는 것도 몰라 세상을 몰라
아무도 나에게 말하는 법을 가르쳐주지 않았어
하지만 난 이렇게 말하지
나도 가볍고 너희들도 가벼워
내 말도 가볍고 너희 말도 가벼워
나도 바구니 너희도 바구니 물을 담으면 물이 새고
쌀을 담으면 쌀이 새는
세상은 바구니

2

　내 나이 열아홉, 세상이 좆같다는 걸 충분히 알 나이, 사람이 어떻게 죽는지, 잘난 놈은 어떻게 사는지, 못난 놈은 어떻게 되는지, 충분히 알 나이, 돈이 왜 좋은지, 사람은 왜 때리는 걸 좋아하는지, 몰려다니는 게 좋다는 걸, 혼자 남으면 무섭다는 걸, 모두 다 아는 나이,
　나는 고등학교 중퇴자, 나는 최선을 다했어, 후회하지 않

아, 내 친구들은 모두 중학교 중퇴자, 나는 정말이지, 최선을 다했어, 후회하지 않아, 나를 자른 국사 선생, 나를 바구니로 만든, 그 새끼를 기억해, 그 새끼가 놀리자 함께 웃던 놈들을 기억해, 같은 반 놈들을 기억해, 그때 중간고사 국사 주관식 문제도 기억해,

'백제 근초고왕이 일본 왕에게 하사한 검의 이름을 쓰시오'

나는 그딴 거 몰라, 백제가 뭔지, 근초고왕이 누군지, 아무것도 몰라, 검이 칼이라는 건 알아, 일본도 알아, 브레이크 댄스도 알아, 브레이크 댄스는 빠삭해, 백 동키즈 킥이 무엇인지, 베이비스와잎스가 무엇인지, 원 핸드 동키즈가 무엇인지, 그런 건 잘 알아, 그건 국사 선생 그 새끼는 몰라, 근데 왜 나를, 왜 나를 비웃어, 나는 근초고왕하고 아무 상관없어, 나는 '근'씨도 아니야, 그러니까 그 사람은 우리 할아버지도 아니야, 그런 건 몰라도 돼, 시험이 끝나고 채점이 끝나고 일주일이 지나고, 돌아온 국사 시간, 국사 선생 그 새끼가, 웃음 반 한숨 반, 아이들에게 말했어,

"칠지도(七支刀)라고 내가 얼마나 입이 닳도록 말했어. 근데, 뭐? 그냥 칼?"

아이들이 웃었어, 국사 선생도 웃었어, 나는 안 웃어, 하나도 안 웃겨, 무슨 말을 하는지도 몰라,

"이놈은 또 뭐야, 식칼, 어쭈, 단군왕 검, 이거 누구야?"

아이들의 웃음소리, 국사 선생도 따라 웃어, 나는 안 웃

어, 분위기 좋은 교실, 나하곤 상관없는, 화기애애한 교실, 그렇게 웃던 국사 선생, 얼굴이 변했어, 얼굴이 구겨졌어, 답안지 한 장 들고 말없이 나를 노려봤어, 나를 교탁 앞으로 불러냈어, 아이들 웃음이 그쳤어,

"너, 지금 나랑 장난하냐?"

나는 아무 말 안 했어, 나는 그 새끼랑 장난칠 마음이 없었어,

"뭐? 사시미."

그래, 난 사시미라고 썼어, 내가 아는 칼 이름, 일본도 나왔으니까, 최선을 다해 쓴 답, 아이들이 와 웃어, 국사 선생은 웃지 않아, 나도 웃지 않아, 국사 선생 그 새끼가 내 뺨을 때렸어, 아프진 않았어, 국사 선생 그 새끼는 연속해서 때렸어,

"싸가지 없는 놈. 애들이나 때리고 다니니까 할 줄 아는 말이 이거지. 대가리는 텅텅 빈 바구니 같은 게."

아이들이 킥킥 웃어, 바구니 바구니, 저놈의 대가리는 텅텅 빈 대바구니, 아이들이 수군거려, 바구니 바구니, 아무것도 들어 있지 않은 대바구니, 나는 참으려 했어, 나는 참으려 했어, 맞으면서 참고 욕먹으면서 참고, 그러다 그러다 참지 못해 욕했어,

"씨발놈아, 네 대가리 속엔 뭐 그리 대단한 게 들었는데?"

나는 그 새끼를 교단에 쓰러뜨려, 그 새끼의 대가리를, 단

단한 대가리를, 바스러뜨리고 싶었어, 아이들이 달려나와, 옆 교실 선생도 뛰어와, 내 몸이 허공에 떠, 바구니처럼 들려져, 나는 고함질러, 허공에 주먹질 해, 주먹을 내지르며 미친 듯이 욕을 해, 그래, 나, 바구니다, 씨발놈들아!

나는 그렇게 학교를 때려쳤어, 단군왕 검이나 그냥 검이냐, 식칼이냐 사시미냐, 식칼은 웃고 사시미는 화를 내, 나는 그것을 몰라, 정말로 내가 바구닌가, 나는 그것을 몰라, 조금 억울한 건 사실이야, 하지만 후회는 없어, 어차피 내가 있을 곳은 아냐, 나는 그것을 알아, 내가 좆나게 백 미터 달리기를 해도, 십 초 벽을 깰 수 없다는 걸 알아, 밤을 새고 달려도, 수십 년을 달려도, 삐까번쩍한 스파이크를 신어도, 죽었다 깨고 또 죽었다 깨도, 칼 루이스만큼 달릴 수는 없어, 학교도 똑같아, 나는 그것을 알아, 어차피 오래 있을 생각도 안 했어,

나는 보도방을 차렸어, 알고 지내던 형들이, 뒷돈을 댔어, 형들은 쪽팔려서 보도방 못 해, 보도방은 십대가 해야지, 그래야 어울려, 형들은 숨어서 돈만 대, 허름한 창고에, 책상을 놓고, 전화기를 놓고, 소파를 놓고, 89년식 봉고차를 사고, 명함도 팠어, 나는 실장, 폼 나는 보도 실장, 나는 왕창 돈을 벌 거야, 아무도 나를 바구니라 못 부르게, 내 바구니에 돈을, 돈을, 돈을 채울 거야, 보도방을 해서, 왕창왕창, 이빠이 삼빠이, 돈을 가득 채울 거야,

보도방도 웃겨, 가끔 TV에 나오지, 불량 청소년들이 보도방 차리고 영계 사업 한다고, 신문도 보도, TV도 보도, 라디오도 보도, 웃겨 웃겨, 정말 웃겨, 웃겨서 미치겠어, 니네들 보도방이 무슨 뜻인 줄이나 알아, 신문 보도, 뉴스 보도, 사건 보도, 라디오 보도, 그런 보도인 줄 알아, 보도는 말이야, 보도는 말이야, 우리가 퍼뜨린 말, 보지 도매의 줄인 말, 그거 알아, 보지 도매, 보지 도매, 줄여서 보도, 니네들 방송에서 욕하면 큰일 나는 줄 알지, 신문에서 상소리는 ××로 하잖아, 한데, 줄이면 괜찮아, 좆나게 공부만 한 기자 새끼도 보도, 좆나리 이쁜 척하는 앵커도 보도, 줄이면 괜찮아, 줄이면 괜찮아, 말하면 괜찮고, 쓰면은 안 된다, 우리를 욕하면서, 우리 말 따라 쓰는, 바구니 같은 새끼들, 좆나게 폼 잡고 있지만, 내 폼이나 네 폼이나, 엎어치나 메치나, 바구니나 빠구리나.

　나는 좆 빠지게 일했어, 면허증 없이 봉고차를 몰고, 계집애들 싣고 여관을 돌아다녀, 서울 시내 여관을 돌아다녀, 여인숙을 돌아다녀, 봉천동도 좋고, 강북도 좋아, 봉고차 안에서도 오케이, 우리를 부르면 어디든지 달려가, 우리는 보지 도매, 사창가보다 싸고, 룸살롱보다 저렴해, 노가다 아저씨가 불러도, 군발이가 불러도, 우리는 부담 없어, 팁도 안 받아, 아저씨들은 싸서 좋고, 우리는 돈 벌어 좋아, 우리를 욕하지 마, 네 가슴에 손 얹고 생각해, 싸다고 욕하지 마, 어리다고 욕하지 마, 영계를 찾은 건 너희야, 계집애들은 충분해, 돈 못 벌어 환장한 계집애들, 불쌍한 계집애들, 우리는 몰라, 우리 인생이 어디서부터 꼬였는지 몰라, 왜 이렇게 됐는지도 몰라, 후회도 못 해, 기억도 못 해, 우리가 아는 건, 너희들이 아는 건, 이보다 좋아지진 않으리라는 것, 우리도 그걸 알아, 너무도 잘 알아, 어리지만 알아, 안 배워도 알아, 인생이 그렇게 되리라는 걸, 그것을 알아, 랄랄랄랄랄랄랄랄라라라라라

※ 내 별명은 바구니 물을 담으면 물이 새고
쌀을 담으면 쌀이 새는
대나무로 만든 가벼운 바구니
내 머리가 가벼워 내 별명은 바구니
태어날 때부터 가벼워 가볍게 죽을 것 같았던
내 별명은 대바구니
아무것도 몰라 아빠도 몰라 엄마도 몰라
사는 것도 몰라 세상을 몰라
아무도 나에게 말하는 법을 가르쳐주지 않았어
하지만 난 이렇게 말하지
나도 가볍고 너희들도 가벼워
내 말도 가볍고 너희 말도 가벼워
나도 바구니 너희도 바구니 물을 담으면 물이 새고

쌀을 담으면 쌀이 새는
세상은 바구니

3

 순희가 찾아온 건 작년 겨울, 내 친구 한 놈이 데려왔어, 아니, 끌고 왔어, 나는 한눈에 알아봤지, 순희는 그놈의 여동생, 그 자식 말 안 해도, 첫눈에 알아봤지, 그 자식 바보같이 평소보다 화를 내며, 순희를 데려왔지, 아니, 끌고 왔지, 나는 순희를 훑어보고 대번에 알아챘어, 그녀는 비정상, 보통 키에 보통 몸매, 두 발 두 손 다 있지만, 그녀는 비정상, 푸른빛의 흰자위, 그 안에 흔들리는 눈동자, 불안해하는 순희, 나는 알 수 있어, 그건 그 자식도 고백했어,
 "씨발, 이년 병신이야······."
 그 자식 담배 필터 질겅질겅 씹으며, 괜스레 발장난치며, 그렇게 말했어, 나는 사업가야, 아무리 친구가 데려와도, 친구가 부탁해도, 이 바닥 의리 빼면 시체라도, 사업은 사업이야,
 "병신이면 일 못해."
 "씨발, 다른 건 말짱해."
 "이거 서비스업이야. 다른 놈들보다 더 말짱해야 먹고 살아."

"씨발, 어차피 몸으로 때우는 거 아냐. 몸만 좋으면 되잖아."

"…… 어디가 어떤데?"

"씨발…… 말만 좀 이상하게 할 뿐이라고……."

그건 안 돼, 정말 안 돼, 손님들이 싫어해, 거래 여관 모두 끊겨, 내가 필요한 건 발랑 까진 계집애들, 아저씨가 욕하면 맞받아 욕하고, 아저씨가 친절해도 싸가지 없이 말해야, 그래야 아저씨들 좋아해, 아저씨들은 발랑 까진 계집을 좋아해, 그래야 어리다고 좋아해, 철없다고 좋아해, 친구 동생이라도, 내 동생이라도, 그건 안 돼, 절대 안 돼.

그때, 순희가 말했어, 입고 있던 윗도리를 훌렁 까며 외쳤어.

"나는 젖이 큽니다!"

한쪽 벽을 바라보며 두 눈을 껌벅이는 순희, 잔뜩 겁에 질린 얼굴, 드러난 하얀 살갗, 출렁이는 젖가슴, 검푸르게 질린 젖꼭지, 녹물 퍼진 브래지어, 이를 악물고, 올려진 윗도리를, 부여잡은 순희, 속눈썹을 붙이던 계집애들, 소파에 누워 있던 계집애들, 모두 순희를 쳐다봐, 입을 딱딱 벌리고 쳐다봐, 순희는 아무도 안 봐, 벽만 좆나게 바라봐, 뚫어져라 바라봐, 순희 턱이 부들부들 떨려, 나는 그 자식을 바라봐, 그 자식 고개를 숙인 채 담배만 피워대, 안 봐도 뻔해, 그 자식이 시킨 짓, 나는 화가 나, 그 자식을 패고 싶어, 그 자식을 죽이고 싶어, 여동생 윽박지르며 훈련시켰을, 그 자식이 떠올라, 그 자식이 불쌍해, 나도 몰라, 아무것도 몰라, 기분이 좆같아, 그 자식에게 십만 원을 줬어, 그 자식 순희에게 다가갔어, 순희는 여전히 벽만 바라봐, 윗도리를 잡고 있는, 두 손이 떨려,

"됐어, 이 병신아……"

순희 팔을 내린 그 자식, 침 뱉으며 밖으로 나갔어, 고개를 숙인 채 나갔어, 나가면서 말했어,

"저년은 노래를 좋아해…… 성가대 지휘자년이 아주 병신으로 만들어놨어…… 말은 제대로 못 알아들어도, 노래로 하면 어느 정도 씨알이 먹힐 거야…… 이름은 순희야……"

그 자식 나가자 계집애들 킥킥거려, 노래래 노래, 노래해야 말한대, 킥킥, 병신이야 병신, 순희는 쪼그리고 앉아, 바닥에 그림을 그려, 손가락으로 먼지를 지우며, 무언가를 그려, 좆나게 열심히 그려, 한 시간이고 두 시간이고, 말리지 않으면 그 자세 그대로, 움직이지 않을 것 같은 순희, 바구니처럼 등을 구부린 순희, 나는 고민해, 순희를 어쩔까, 저 바보를 어쩔까, 원래 계집애들은 보도 실장 밥이야, 한 번씩 따먹고, 그다음에 일 시켜, 한데, 순희는, 아니야, 그럴 순 없어, 그러면 쪽팔려, 순희를 먹을 순 없어, 스타일 구기게, 그럴 순 없어, 나는 아무거나 먹지 않아, 지금은 사업상 아

무거나 먹어, 아무리 사업이라 해도, 순희를 먹을 순 없어, 아무거나 먹는 친구들, 내 주위엔 좆나 많아, 그놈들 주면 돼, 그런데 그뒤엔, 그뒤엔 어떡하지, 순희가 돈을 벌까, 순희가 서비스를 잘할까, 순희가 말을 알아듣기나 할까,

계집애 하나가 순희에게 다가가, 그림을 그리는, 순희에게 말했어,

"야, 야이 씨발년아, 너 몇 번이나 해봤어?"

순희는 말 안 해, 처다보지도 않아, 계집애는 순희의 옆구리를 신발로 쿡쿡 차,

"씨발년아, 사람이 묻잖아!"

순희는 까딱 안 해, 계집애가 지랄해도 꿈쩍 않는 순희, 나는 머리가 아파와, 저것을 어떡해, 저것을 어떡해, 어떡해, 어떡해,

"노래를 해야 한다잖아."

다른 계집애가 립 라인을 그리며 말했어,

"노래?"

"아까 그 오빠가 그랬잖아."

"그걸 믿어?"

"말을 안 하잖아."

"말을 어떻게 노래로 해?"

"너 잘하는 랩으로 하면 되잖아."

"랩?"

우리는 모두 랩을 좋아해, 계집애나 사내놈이나, 나나 내 친구나, 랩은 좋아해, 쉴 새 없이 지껄이는, 랩을 좋아해, 거침없이 말하는 랩을 좋아해, 말이라도 많이 해야, 말이라도 많이 해야, 우리는 우리를 잊어, 어차피 잘난 놈이나 못난 놈이나, 말하는 건 똑같아, 말은 말이야, 말은 말이라고, 우리는 가벼워도, 말하는 건 똑같아, 말하고 싶은 건 너네들과 똑같아, 우리는 랩이 좋아, 쉴 새 없이 지껄이는 랩이 좋아, 랩을 하는 그 순간엔, 우리는 가수야, 우리는 갱단이야, 우리는 예술가야, 우리는 부자야, 그래서 우리는 쉴 새 없이 랩을 해,

"해볼까."

"해봐, 비트박스 섞어서."

계집애는 순희 앞에 허리를 구부리고, 디제이처럼 양손을 벌리고, 랩을 하기 시작했어, 비트박스를 넣어가며,

"움파, 움파, 네년은, 몇 번이나, 그 짓을, 해봤니."

그 자식 말은 사실이었어, 순희는 고개 들어 계집애를 봤어, 천천히 일어나, 계집애 앞에 섰어, 희미하게 웃는 순희, 사무실 계집애들 모두 순희를 바라봐, 신기하게 바라봐, 바라보다 웃었어, 허리를 꺾어가며 웃었어,

"나는 노래를 좋아합니다!"

순희의 큰 목소리, 그 소리가 하도 커, 사무실이 울렸어, 바보 같은 순희, 웃고 있는 순희,

"나는 가수를 좋아합니다! 가수가 되고 싶습니다!"

계집애는 신이 나서 계속 랩을 해, 두 손에 웨이브를 주면서, 그렇게 말했어,

"음파음파, 네년이, 가수가 되려면, 붐치키치키치키, 네년은, 먼저, 그 짓을 해야 해, 붐치키치키, 그 짓을 해서, 돈벌이를 해야 해."

"순희는 그 짓을 합니다! 가수가 됩니다!"

"붐붐파파 붐붐파, 아니야, 아냐, 가수가 되려면, 말부터 고쳐, 붐붐파, 나처럼 해야 해, 나를 따라 해, 원 투 쓰리 포, 나는 그 짓을 잘해, 아저씨를 좋아해, 팁 안 줘도 잘해, 서비스도 죽여, 생각나면 전화해, 언제나 새로운, 영계 보도방."

순희는 계집애를 따라 하려 입을 벌려, 어깨를 움찔거려, 움파움파, 비트박스 흉내내며, 그러면서 웃어, 신이 나서 웃어, 계집애들도 웃어, 랩을 가르치는 계집애도 웃어, 사무실은 시끄러워, 한 계집애가 랩을 하면, 순희가 따라 하고, 다른 계집애가 이어받으면, 또 순희가 따라 하고, 또 다른 계집애가 비트박스를 넣고, 웃고, 랩하고, 비트박스 넣고, 어깨를 움찔거리고,

나는 안 웃어, 멀거니 순희를 바라봐, 자꾸만 순희의 살갗이 떠올라, 바보 같은 순희의 젖꼭지가 생각나, 계집애들과 다른 하얀 젖무덤, 하얗고 하얀, 아무도 만지지 않은 것 같은, 순희의 젖가슴, 나는 순희를 안 먹어, 아니 못 먹어, 아

니 안 먹어, 아니 못 먹어, 나는 더러워, 아니, 쪽팔려, 아니,
더러워, 아니, 쪽팔려, 너네도 더러워, 몰라몰라, 아무것도
몰라, 순희도 모르고, 나도 몰라, 너네도 몰라, 아무도 몰라,
아무도 몰라, 랄랄랄랄랄랄랄 랄라라라라라라

  ※ 내 별명은 바구니 물을 담으면 물이 새고
    쌀을 담으면 쌀이 새는
    대나무로 만든 가벼운 바구니
    내 머리가 가벼워 내 별명은 바구니
    태어날 때부터 가벼워 가볍게 죽을 것 같았던
    내 별명은 대바구니
    아무것도 몰라 아빠도 몰라 엄마도 몰라
    사는 것도 몰라 세상을 몰라
    아무도 나에게 말하는 법을 가르쳐주지 않았어
    하지만 난 이렇게 말하지
    나도 가볍고 너희들도 가벼워
    내 말도 가볍고 너희 말도 가벼워
    나도 바구니 너희도 바구니 물을 담으면 물이 새고
    쌀을 담으면 쌀이 새는
    세상은 바구니

4

 순희는, 조금씩 조금씩, 말을 배워나갔어, 랩을 배워나갔어, 우리는 순희에게 랩으로 말하고, 순희도 우리에게, 랩으로 말했어,

 "붐파붐파, 순희야, 이년아, 담배 좀 사다 줘,"

 "붐치키치키, 어떤 담배, 어떤 담배, 순희는 심부름 잘해."

 순희는 자유롭게 랩을 구사해, 비트박스 넣어가며, 어깨를 들썩이며, 신이 나서 랩을 해,

 그 와중에 순희는 돌림빵을 당했어, 내 친구 세 명에게 돌림빵을 당했어, 나는 안 했어, 하기가 싫었어, 아니 아니, 할 수가 없었어, 기분만 좆같아, 왜 기분이 좆같은지, 저 병신이 뭔데, 나는 몰라, 나는 사업해, 그딴 거에 신경 쓰면 안 돼, 기분이 좆같아도, 티 내면 안 돼, 티 낼 수가 없어,

 순희는 돌림빵을 당하고, 나에게 말했어,

 "음…파…음…파…, 순희는 가수가 될 거야……, 음…파…음…파…, 돈 벌어서 가수가 될 거야……, 움…파…움…파……."

 순희는 힘들게 비트박스를 했어, 신음 같은 비트박스, 신음 같은 비트박스, 좆같은 내 기분, 하지만 나는 사업가, 티

내면 안 돼, 감정대로 행동할 순 없어, 어차피 순희도 똑같은 계집애, 똑같이 가벼운 계집애, 별다를 건 없어, 별다를 건 없어, 한데도 좆같아, 자꾸만 좆같아, 내가 아는 표현은 그게 전부야, 좆같아, 좆같아, 좆같아,

 그뒤로 순희는 변했어, 눈에 띄게 변했어, 돌림빵을 당하고, 랩을 배우고, 말을 배우며, 그녀는 하나하나 변해가, 돈을 줘야 심부름을 하고, 시도 때도 없이 거울을 바라봐, 화장을 배우고, 스타킹을 얻어 신고, 계집애들 신발을, 훔치기도 했어, 하나하나 말을 배우며, 하나하나 말을 익히며, 욕심이 많아진 순희, 많은 걸 알고 싶은 순희, 많은 걸 해보고 싶은 순희,

 드디어, 순희도 일하게 됐어, 그날은 정말 좆 빠지게 바쁜 날, 아저씨들이 단체로 부른 날, 이 여관 저 여관, 봉고차는 달리고, 계집애들 쉴 새 없이 콘돔을 챙기고, 쉴 새 없이 휴대 전환 울리고, 내일 지구가 망하는지, 아저씨들은 마지막으로, 그 짓 한번 하려는지, 목숨 걸고 하려는지, 아무튼 그렇게 바쁜 날,

 신림동 단골 여관 앞에 갔을 때, 고릴라 같은 아저씨, 순희를 지목했어, 봉고차 조수석에 앉은, 순희를 지목했어,

 "아, 이년은 걸레예요. 맛도 없고, 재미도 없어요. 기막힌 년들 많은데……"

 내가 왜 그랬는지 몰라, 왜 그렇게 거짓말을 했는지 몰라,

하지만 고릴라는 집요해, 순희 손을 잡고 여관으로 갔어, 바보 같은 순희, 히죽히죽 웃으며 차에서 내렸어, 나를 보며 웃고는, 나를 보며 웃고는, 여관으로 갔어, 나는 사업가, 왕창왕창 돈 벌어서, 바구니를 채우려는, 나는 사업가, 순희도 계집애, 아쉬울 건 없어, 아쉬울 건 없어, 단지 좆같을 뿐이야, 순희가 실수할까 걱정될 뿐이야, 고릴라가 환불해달라 위협할까, 그게 걱정될 뿐이야, 단지 그뿐이야, 단지 그뿐,

얼마 후, 여관 보이새끼가 봉고차 유리창을 두들겼어,

"형, 좀 나와봐."

나는 대번에 눈치 깔 수 있었지, 순희가 사고를 쳤구나, 환불로 끝날 일이 아니구나, 계산은 언제나 보이새끼를 통해서, 환불도 언제나 그 새끼를 통해서, 한데, 보이새끼 아무 말 없이, 나를 데리고 이층으로 갔어, 나는 불안해, 아니, 차라리 잘됐어, 왜 그런지 몰라도, 나는 한편으로 기분이 좋아, 왜 그런지 몰라도, 기분이 좋아,

이층 복도엔 계집애들이 성난 얼굴로 서 있어, 기막힌 얼굴로, 그렇게 서 있어, 아저씨들 몇 명도 함께 서 있어, 모두 한 방을 바라보며, 그렇게 서 있어, 나는 그때서야 알았어, 무슨 일이 벌어졌는지, 그때서야 알았어, 순희의 커다란 목소리, 그 소리가 복도를, 메우고 있었어, 순희의 랩이, 순희의 신음 같은 비트박스,

"하아, 하아… 원… 투… 쓰리… 포… 나는… 그 짓을…

하아, 하아, 잘해… 아저씨를… 좋아해… 하아, 팁 안 줘도… 잘해…… 서비스도 죽여…… 생각나… 하아하아… 면… 전화해…… 언제나… 하아… 새로운… 영계 보도방…… 하아… 붐… 파… 붐… 파… 하아, 하아… 붐파… 붐파파파…… 하아하아…… 원… 투… 쓰리…포…….″

나는 말없이 방문만 노려봤어, 내 기분을 나도 몰라, 그저, 좆나리 멍청하게, 그 자리에 서 있어, 머릿속이 하얗게, 순희 젖가슴처럼 하얗게, 그렇게 변해갔어, 나는 아무것도 몰라, 아무것도,

"허, 거참, 사람 죽이는구먼."
"쩝, 목청 좋고, 임자 만났네."
"쟤 이름이 뭐냐?"

복도에 나온 아저씨들, 입맛을 다시며, 방문에 귀를 대, 나에게 다가와 순희에 대해 물어봐, 괜스레 계집애들 노려봐, 아쉬운 표정, 부러운 표정, 배고픈 표정, 보이새끼, 나를 잡고 심각한 표정으로 말했어,

"형, 쟤 땜에 다른 방에서 전화 오고 난리 났어. 신고 들어가면 우리 끝장인 거 알지……? 근데, 쟤 누구야? 새로 왔어? 이름이 뭐야?"

나는 말없이 계집애들 데리고, 봉고차로 왔어, 좆나게 담배 피며 순희를 기다렸어, 계집애들 투덜대며 순희를 기다렸어, 순희는 한참 후에 나왔지, 가슴팍에 만 원짜리 지폐를

꽂은 채, 바보같이 웃으며, 순희가 왔어, 조수석에 앉으며 나를 보고 웃어, 웃으면서 랩을 해, 신이 나서 랩을 해,

"움파! 움파! 순희는 돈 벌어! 움파파 움파! 서비스도 잘해! 가수가 될 거야! 움파! 움파! 움파파파!"

계집애들 기가 막혀 아무 말도 못해, 나는 아무렇지도 않아, 아무렇지도 않아, 순희도 계집애 중 한 명일 뿐, 순희가 받아온 사만 원 중, 이만오천 원 제하고, 만오천 원을 순희에게 줬어, 그건 다른 계집애들과 같은 수당, 순희는 한동안, 내 손에 쥐어진, 이만오천 원을 바라봐, 한참 동안 노려봐, 그러다가 웃으며, 내 손에 쥐어진 오천 원짜리를 뺏어가, 순식간에 뺏어가, 오천 원짜리를 손에 쥐고, 바보같이 웃는 순희, 나도 왜 그랬는지 몰라, 내 마음을 몰라, 그냥 화가 나, 좆나게 성질나, 나는, 순희의, 뺨을, 때렸어, 한 대 두 대, 그렇게 때렸어, 한 대 두 대, 나는, 정신없이 팼어, 좆나리 정신없이, 아무 생각 없이, 그렇게 순희를 팼어,

"이 씨발년아! 가져! 너 다 가져!"

나는, 만 원짜리를 순희에게 던지며, 소리를 질렀어, 순희는 손등으로 얼굴을 막으며, 허리를 숙였어, 뒷좌석에 있던 계집애들, 내 손을 잡고, 순희를 막았어, 얼굴이 부어오른 순희, 울먹이는 순희, 정신없이 랩을 하는 순희, 더 큰 소리로 랩을 하는 순희, 눈을 부릅뜨고 랩을 하는 순희, 놀란 얼굴의 순희,

"움! 파! 움! 파! 순희는 돈 벌어! 움파파! 움파! 순희는 돈 벌어! 가수가 될 거야! 가수가 될 거야! 움! 파! 움! 파! 움! 파! 파! 파!"

순희의 데뷔전은 그렇게 끝났어, 다음 날부터 아저씨들, 순희만 찾아, 이곳저곳 순희만 찾아, 순희는 언제나, 큰 소리로 랩을 해, 아저씨들 부르면 언제나 랩을 해, 다른 계집애들은 돈을 못 벌어, 순희는 영계 보도방 대표 선수, 하루에 세 탕도 좋고, 네 탕도 좋아, 순희는 웃으면서 일을 해, 신이 나서 랩을 해, 나는 아무렇지도 않아, 화나지도 않아, 아무렇지도 않게, 순희를 싣고 봉천동도 좋고, 강북도 좋아, 나는 사업가, 감정 따윈 없어, 어차피 순희나 나나, 바구니에 돈을 채우려, 텅 빈 바구니에 돈을 채우려, 그렇게 살아가려 할 뿐, 감정 따윈 없어, 그렇게, 그렇게, 그렇게, 그렇게, 랄랄랄랄랄랄랄 랄라라라라라라라

※ 내 별명은 바구니 물을 담으면 물이 새고
쌀을 담으면 쌀이 새는
대나무로 만든 가벼운 바구니
내 머리가 가벼워 내 별명은 바구니
태어날 때부터 가벼워 가볍게 죽을 것 같았던
내 별명은 대바구니
아무것도 몰라 아빠도 몰라 엄마도 몰라

사는 것도 몰라 세상을 몰라
아무도 나에게 말하는 법을 가르쳐주지 않았어
하지만 난 이렇게 말하지
나도 가볍고 너희들도 가벼워
내 말도 가볍고 너희 말도 가벼워
나도 바구니 너희도 바구니 물을 담으면 물이 새고
쌀을 담으면 쌀이 새는
세상은 바구니

5

어떻게 해서 순희와 내가, 단둘이 남았는지, 그런 건 기억나지 않아, 아무튼 그날 오후, 순희와 나, 단둘이만 사무실에 남았지, 단둘이 있던 것은 그때가 처음이자 마지막, 순희는 사무실 귀퉁이에 달려 있는 수도꼭지 앞에서, 빨래를 했지, 쪼그리고 앉아서 무언가를 빨았지, 씩씩하게 무언가를 빨았지, 순희는 갈 곳이 없어, 사무실 쪽방에서, 쪽방에 있는 낡은 소파에서, 거기에서 잠을 잤지, 거기에서 먹고, 거기에서 옷을 갈아입어,

나는 곁눈질로 순희를 훔쳐봐, 책상에 앉아서, 스포츠 신문을 뒤적이며, 자꾸만 눈길을 순희 쪽으로 보냈어, 사무실

엔 아무도 없어, 아무도 들어오지 않아, 물소리만 시원하게, 물소리만 시원하게, 사무실을 뒤덮어, 순희의 엉덩이가 상하로 들썩여, 나는 순희의 복숭아 같은 엉덩이만, 엉덩이만 바라봐,

순희는 노래하지 않고, 흥얼거리지도 않고, 말없이 빨래만 계속해, 평생, 빨래만 해온 사람처럼, 그런 아줌마처럼, 뒤돌아보지도 않고, 고개도 들지 않고, 엉덩이만 들썩여, 수돗물만 떨어져, 아래로, 아래로, 거침없이 떨어져,

나는 조용히 순희에게 다가갔어, 어쩌면 말이야, 어쩌면 말이야, 나도 순희의, 그 말을 듣고 싶었는지 몰라, 순희의 중얼거리는 목소리, 순희의 랩, 순희의 신음 같은 비트박스, 그것을 듣고 싶었는지 몰라, 아니, 그게 맞아, 좆나게 폼 안 나도, 좆나게 쪽팔려도, 나도 그것이 듣고 싶어, 그것이 듣고 싶어, 순희에게 간 거야, 그래서 간 거야,

나는 한참 동안 순희의 옆모습을 봤어, 순희는 내가 온 걸 몰라, 빨래만 죽어라, 빨래만 평생 하다가, 그러다 죽을 사람처럼, 정신없이 빨래해, 나는 그런 순희를 바라봐, 말없는 순희, 조용한 순희, 물에 담긴 순희의 손, 시린 물 속에서, 시뻘겋게 변해버린, 순희의 손을, 말없는 순희의 얼굴을, 어디선가 본 것 같아, 왜 그런지 갑자기, 좆나리 이상하게, 내 마음이 울컥거려, 나는 어쩌지도 못하고, 아무 말도 못하고, 순희만 바라봐, 순희 손만 바라봐,

그러다가 순희가, 내 얼굴을 봤어, 무표정한 얼굴, 푸른빛의 흰자위, 흘러내린 머리칼, 왜 그랬는지 몰라도, 나는 순희가 순희처럼 안 보여, 늙어버린 순희, 아니, 어려진 순희, 아니 아니, 나이를 몰라, 나를 보고 앉아 있는, 말없이 앉아 있는, 순희의 나이를 몰라, 나는 순희를 못 보겠어, 괜스레 바닥에 침 뱉으며 딴 곳을 바라봐, 연신 침을 찍찍 내갈기며, 딴 곳을 바라봐,

그때, 순희의 젖은 손이, 순희의 시리도록 차가운 손이, 내 허리께로 왔어, 앉은 채로 두 손을 뻗어, 내 허리띠를 풀었어, 무섭도록 빠르게, 허리띠를 풀었어, 나는 놀랐어, 좆나게 놀랐어, 흠칫거리며 상체를 비틀어, 하지만 순희는 좆나게 집요해, 좆나게 힘이 세, 허리띠를 부여잡은, 내 손을 걷어내, 아니 아니 아니야, 나는 너와 하기가 싫어, 좆나게 쪽팔려, 좆나게 폼 안 나, 아니 아니 아니야, 그냥 하기 싫어, 마음이 변했어, 네년은 병신이야, 네년은 바보야, 네년은 걸레야, 그 짓만 좋아하는, 네년이 싫어, 네년의 말도, 네년의 랩도, 네년의 신음 같은 비트박스도, 이제는 듣기 싫어, 이제는 듣기 싫어, 이제는, 이제는, 이제는, 하지만 나는, 그냥 그렇게, 순희가 내 바지를 다 벗길 때까지, 힘없이 서 있어, 맥없이 서 있어, 나는 나한테 물었어, 네 맘이 뭐야, 진짜 네 맘이 뭐야, 그것이 뭐야, 몰라 몰라, 아무것도 몰라, 좆나게 아는 게 없어,

내 바지를 벗긴 순희는, 바지에서 허리띠를 풀어내고, 지갑을 꺼내고, 동전을 꺼내고, 부지런히 이곳저곳, 꼼꼼하게 들여다봐, 그러곤, 그러곤, 재빠르게 물에 넣어, 누가 뺏어갈까, 누가 훔쳐갈까, 내 손에서 돈을 낚아채듯, 그렇게 빨리, 물속에 넣어, 자신의 속옷을 꺼내고, 내 바지를 바구니에 담아, 수돗물을 틀고, 하이타이를 풀고, 바지를 문질러, 좆나리 억세게, 자꾸만 내려오는 소매를, 이마로 걷어올리며, 그렇게 문질러, 바구니엔 금방 검은 물이, 구정물이 가득 차, 구정물이 진해지면 질수록, 땟물이 우러나면 우러날수록, 순희는 더욱더 힘차게, 희미하게 웃으며, 내 바지를 문질러, 나는 멍하니 순희를 바라봐, 팬티만 입은 채, 그 자리에 서서, 순희를 바라봐, 바구니를 바라봐, 내 바지가 저렇게 더러웠나, 나는 바구니 가득 찬, 땟물을 바라봐, 한참 동안 구정물을 바라봐, 순희의 억센 팔뚝을 바라봐.

　순희가 바지를 헹굴 때, 깨끗한 물이 바구니에 가득 찼을 때, 나는 양말을 벗어, 양말을 바구니에 담가, 순희가 나를 봐, 무표정한 얼굴, 어디선가 본 듯한 얼굴, 나는 말없이 바구니에 떠 있는 양말을 바라봐, 내 마음이 왜 그런지 나도 몰라, 땟물을 보고 싶어, 좆나게 더러운, 구정물을 보고 싶어, 순희의 팔뚝을 보고 싶어, 그러고 싶어, 그러고 싶어, 순희는 다시 양말을 빨아, 바구니에 다시 땟물이 가득 차, 나는 조용히 순희 옆에 쪼그리고 앉아, 팬티만 입은 채, 좆나게 폼 나지 않지만, 좆나게 쪽팔리는 것도 모른 채, 그렇게 바구니만 보고, 구정물만 보고, 순희만 보고, 그렇게 그렇게, 앉아 있었어,

6

 가끔씩 그런 놈들이 있어, 새로운 걸 찾는 놈, 자기와 맞지 않는 걸 즐기는 놈들, 그러면서 자기가 부자라는 걸, 확인하려드는 놈들, 계집애들은 그런 놈들과, 그 짓 하기 싫어해, 그런 놈들 특징은, 이 얘기 저 얘기, 이 말 저 말, 주저리주저리, 물어보는 거야, 너 몇 살이니, 너 왜 이런 짓 하니, 돈은 얼마나 버니, 인신매매 당한 거니, 하고 싶어 하는 거니, 오르가슴은 느끼니, 임신은 안 하니, 뭐는 어떠니, 뭐는 어떠니, 돈 있는 놈들만 그러는 건 아니야, 배운 놈, 잘난 놈, 기자 하는 놈, 글 쓰는 놈, 영화 하는 놈, 음악 하는 놈, 뭐가 그렇게 궁금한지, 그렇다고 그놈들이 안 하는 건 아니야, 노가다 아저씨들은, 무뚝뚝하게 볼일만 보고, 무뚝뚝하게 뒤돌아서, 계집애들 위에서 헐떡이다, 말없이 사라져, 그런데, 그런 놈들은 아니야, 올라가서 해봐, 뒤로 하자, 서서 하자, 빨아줘, 핥아줘, 이렇게 저렇게, 말로 그 짓을 해, 말로 그 짓을 요구해, 변태 같은 놈들, 수없이 많은 말로, 수없

이 많은 말로, 오르가슴을 느끼는, 변태 같은 놈들,

 그 매니저도 그런 놈들 중 하나, 그놈이 강남 호텔에서 전화했을 때, 호텔 지하 주차장에, 봉고차를 세웠을 때, 계집애들은 안 가겠다고 했어, 그놈은 전에도 몇 번 전화했던, 잘 알려진 변태새끼, 그러나, 나에겐 중요한 고객, 놓칠 수 없는 중요한 고객, 화대를 배로 주는, 중요한 고객,

 순희가 나섰어, 영계 보도방 대표 선수, 순희가 나섰어, 평상시와 똑같이, 신이 난 얼굴로, 랩을 부르며, 순희가 나섰어,

 "움파움파, 순희는 돈 벌어, 움파파 움파, 서비스도 잘해, 가수가 될 거야, 가수가 될 거야, 움파움파 움파파파."

 계집애들은 웃지 않아, 아무도 대꾸 안 해, 신이 난 순희만, 신이 난 순희만, 어둑한 층계로 올라가, 우리는 말없이, 순희의 뒷모습을 바라봐, 지상으로 지상으로, 올라가는 순희를, 순희를 바라봐, 89년식 봉고차에 앉아서, 낡은 봉고차에 갇힌 채, 순희를 바라봐, 우리는 모두 호텔을 싫어해, 아니, 무서워해, 깨끗한 로비를, 번쩍이는 엘리베이터를, 그곳에 있는 사람들을, 싫어해, 무서워해, 두려워해,

 계집애들이 말했어,

 "저년이 잘할까?"

 "아저씨들이 좋아하잖아……."

 "아저씨들하고 같냐?"

"…… 팁이라도 두둑이 받겠지, 뭐…… 저년, 돈에 환장 했잖아…….."

"…… 아플 거야…….."

"…… 아프겠지…….."

나는 말없이 담배만 좆나 펴, 한 대, 두 대, 좀 있으면 순희가 올 거야, 십만 원짜리 수표 두 장 들고, 팁도 좆나게 많이 받고, 웃으면서 올 거야, 그러면 된 거야, 그러면 된 거야, 나는 사업가, 순희는 영계 보도방 대표 주자, 그러면 된 거야, 이렇게 살면, 이렇게 살아가면, 그러면 되는 거야, 그러면, 그러면,

우리는 순희를 기다려, 한 시간이 지나고, 두 시간이 지나도, 우리는 순희를 기다려, 좆나게 담배 피며, 아무 말도 하지 않고, 순희를 기다려, 아무도 호텔엔, 올라가지 못해, 호텔방을 돌며, 찾을 수는 없어, 그럴 용기가 없어, 프런트에 가서, 순희를 찾을 수도 없어, 물어볼 수도 없어, 우리가 할 수 있는 건, 지하 주차장에 있는 것, 순희를 기다리는 것, 담배를 좆나게 피면서, 아무 말도 없이, 순희를 기다리는 것, 순희를 기다리는 것,

그것이 마지막, 순희는 오지 않고, 순희는 오지 않고, 우리는 새벽에 주차장을 나왔어, 어두운 도로를 가르며, 좆나리 빠르게, 도로를 가르며, 사무실로 왔어, 나는 텅텅 빈 사무실에, 혼자 들어왔지, 수도꼭지 밑에, 얌전히 놓여 있는

바구니를, 바구니를 걸어찼어, 텅 빈 바구니를, 가벼운 바구니를, 있는 힘껏 걸어찼어, 바구니는 소리 없이, 사무실 가운데서, 빙그르르 구르다가, 그렇게 구르다가, 힘없이 엎어졌어, 내 발 밑에, 힘없이 누웠어, 힘없이 누웠어, 힘없이.

  우리가 순희를 다시 본 건, 육 개월이 지난 후, TV에서 봤어, 처음엔 순희가 아닌 줄 알았지, 그녀는 변했어, 엄청나게 변했어, 좆나게 변했어, 머리를 빡빡 밀고, 솜털 하나 남김없이, 중처럼 밀고, 좆나리 무거운, 귀걸이를 달고, 피어싱도 하고, 좆나리 진하게 아이 라인도 그리고, 쫄티를 입고, 백댄서를 거느리고, 춤을 추고 노래해, 그녀는 더 이상 순희가 아니야, 그녀의 이름은 버니, 신세대 여성 랩퍼, 그 이름은 버니, 버니는 화면 가득 얼굴을 들이대고, 신이 나게 랩을 해, 쉴 새 없이 랩을 해, 노래 제목도 버니,
  "움파움파, 너는 버니, 너는 뭘 버니, 돈을 잘 버니, 돈을 못 버니, 버니, 버니, 얼마큼 버니, 무엇을 버니, 버니, 버니, 버니, 나는 버는 게 좋아, 나는 버는 게 좋아, 버니, 버니, 버니, 움파움파 움파파파……."
  순희가 변하지 않은 건, 그녀가 변하지 않은 건, 그녀의 신음 같은 비트박스뿐, 신음 같은 비트박스뿐, 나는 그것으로 그녀를 알아봤지, 얼굴도 아니고, 랩도 아니고, 가사도 아니고, 내가 알 수 있었던 건, 그녀의 신음 같은 비트박스

뿐, 그것이 그녀의 전부야, 내가 기억하는, 그녀의 전부야,
　그녀가 TV에 나온 다음 날, 매니저가 왔어, 사무실로 왔어, 매니저의 양아치들이 왔어, 축구를 하러, 축구를 하러, 그렇게 왔어, 랄랄랄랄랄랄랄 랄라라라라라라

　　※ 내 별명은 바구니 물을 담으면 물이 새고
　　　쌀을 담으면 쌀이 새는
　　　대나무로 만든 가벼운 바구니
　　　내 머리가 가벼워 내 별명은 바구니
　　　태어날 때부터 가벼워 가볍게 죽을 것 같았던
　　　내 별명은 대바구니
　　　아무것도 몰라 아빠도 몰라 엄마도 몰라
　　　사는 것도 몰라 세상을 몰라
　　　아무도 나에게 말하는 법을 가르쳐주지 않았어
　　　하지만 난 이렇게 말하지
　　　나도 가볍고 너희들도 가벼워
　　　내 말도 가볍고 너희 말도 가벼워
　　　나도 바구니 너희도 바구니 물을 담으면 물이 새고
　　　쌀을 담으면 쌀이 새는
　　　세상은 바구니

7

 변한 건 없어, 나는 여전히, 89년식 봉고차를 몰고, 봉천동도 좋고, 강북도 좋고, 어디든지 달려가, 신참 계집애들을 데리고, 걔네들을 짐짝처럼 싣고, 아저씨들을 찾아가, 궁하면 찾으세요, 저렴한 영계 보도방, 버는 것은 여전해, 모은 돈도 그냥 그래, 쓰는 돈도 그냥 그래, 나는 알아, 쉽게 이 짓을 그만두지 못할 것을, 갑자기, 내 인생이 변하지 않을 것을, 내가 욕하고, 내가 끌고 다니는 계집애들도, 마찬가지라는 것을, 그년들도 그걸 알아, 한 년만 빼고, 딱 한 년만 빼고, 그년만 몰랐던 게야.

 아, 잊고 있었는데, 두 가지 일이 있었어, 하나는 내가 욕을 하지 않게 되었다는 것, 아니, 욕이 아니라, 상소리를 하지 않게 되었다는 것, 욕은 여전하지만, 상소리는 하지 않아, 개새끼라는, 씹새끼라는, 욕은 안 해, 대신, 개쉐이, 십쉐이, 이렇게 말해, 형들한테 배웠지, 훨씬 부드럽게, 훨씬 부드럽게, 욕을 해, 근데, 상소리나, 부드럽게 말하나, 말은 그게 그거야, 어차피, 말은 좆같다고 생각해, 좆나게 폼 잡고 말하나, 좆나게 무식하게 말하나, 내가 무슨 말을 하고 싶은지, 무슨 말을 했는지, 다 알아듣잖아.

 음, 그리고 또 하나, 순희가, 아니 버니가, 전화를 한 적이 있었어, 사무실에 있는 내게, 전화를 했었지, 한동안 수화기 저편은, 아무 말 없었어, 이 바닥에서 내가 배운 건 눈치밖에 없어, 나는 그것이 순희라는 걸 알았어, 대번에 알았어, 나는 아무 말도 안 했어, 아무 말 없이, 그렇게 한참 동안 가만히 있었지, 그리고 그리고, 순희가 말했어, 큰 목소리로 말했어, 수화기가 울리도록, 그렇게 말했어,

"나는 돈을 법니다! 계속 돈을 법니다! 그렇게 삽!"

전화는 거기서 끊겼어,

가끔씩, 아주 가끔씩, 순희 생각을 했어, 말을 배우던 그녀를, 신이 나서 랩을 하던, 그녀를 떠올려, 그러나, 그게 전부야, 더 이상 어쩌지는 않아, 그럴 수도 없고, 잠깐씩 잠깐씩, 빨래하던 순희를 떠올릴 뿐이야, 사무실에 있는, 허연 비누 얼룩 남아 있는, 바구니를 보면서, 둥그런 바구니를 보면서, 그렇게 지낼 뿐이야, 가볍게 가볍게, 이전보다 백배는 더 가볍게, 랄랄랄랄랄랄랄 랄라라라라라라

※ 내 별명은 바구니 물을 담으면 물이 새고
쌀을 담으면 쌀이 새는
대나무로 만든 가벼운 바구니
내 머리가 가벼워 내 별명은 바구니
태어날 때부터 가벼워 가볍게 죽을 것 같았던
내 별명은 대바구니

아무것도 몰라 아빠도 몰라 엄마도 몰라
사는 것도 몰라 세상을 몰라
아무도 나에게 말하는 법을 가르쳐주지 않았어
하지만 난 이렇게 말하지
나도 가볍고 너희들도 가벼워
내 말도 가볍고 너희 말도 가벼워
나도 바구니 너희도 바구니 물을 담으면 물이 새고
쌀을 담으면 쌀이 새는
세상은 바구니

햄릿 포에버

문: 피의자의 성명, 연령, 직업, 주민등록번호, 원적, 본적, 주소를 말하십시오.

답: 이시봉, 27세, 생년월일은 1974년 2월 18일생, 직업은 연극배우, 주민등록번호는 740218-×××××××, 원적과 본적은 강원 원주시 단구동 172번지이고, 현재 뚜렷한 주거지는 없습니다.

문: 피의자는 형벌을 받은 사실이 있나요?

답: 1992년 5월경 고등학교 친구들과 함께 본드 흡입으로 인해 원주 형사 지방법원에서 향정신성 의약품 관리법 위반으로 징역 1년을 선고받고 소년원에 복역한 사실이 있습니다.

문: 피의자는 어떤 계기로 처음 본드를 흡입하게 되었나요?

답: 친구들이 본드 흡입하는 과정을 우연히 목격, 호기심 반 부러움 반으로 함께 하게 되었습니다.

문: 무엇이 그렇게 부러워 보였나요?

답: 친구들은 본드를 흡입하면 몹시 즐거워 보였습니다. 한 번은 이런 일이 있었습니다. 친구들이 교실에서 본드를 불고 있었는데, 교탁에 있던 분필 한 자루가 우연히 바닥으로 떨어졌습니다. 아이들은 그 분필을 보면서 한 시간 넘게 웃었습니다. 바스러진 분필을 손가락질해가며, 쉴 새 없이 웃어댔습니다. 다른 이유 없이 말입니다. 처음엔 그런 친구들이 어이없어 보였지만, 한편으론 그렇게 웃을 수 있는 친구들이 부럽기도 했습니다. 친구들은 또 여성 잡지에 나온 여배우 사진을 보면, 실제 그 여배우가 사진 밖으로 튀어나온다고 했습니다.

문: 피의자도 같은 증상을 보였나요?

답: 여배우가 사진 밖으로 걸어 나오는 것은 똑같았지만, 그리 즐겁지는 않았습니다. 저는 그저 외롭고 쓸쓸할 때 본드를 불었습니다. 사진 밖으로 튀어나온 사람들이 말을 걸어오는 게 좋았거든요. 서로 하소연도 하고, 남의 흉도 보고. 어느 땐 친구나 가족보다 그들이 더 친근하게 느껴질 때도 있었습니다.

문: 피의자의 성장 과정 및 학력은 어떤가요?

답: 강원 원주시 단구동에서 이철수의 장남으로 출생하여

단구 초등학교, 학성 중학교를 거쳐 1992년 원주 농업 고등학교에서 제적되었습니다.

문: 피의자의 가족 관계는 어떤가요?

답: 고향에 어머니 김보년 52세 무직, 동생 이두봉 23세 무직 등이 있습니다. 아버지 이철수는 1991년 행방불명되었습니다. 매달 동사무소에서 나오는 생활 보조금 40만 원으로 생활하고 있습니다.

문: 피의자의 아버지는 어떻게 행방불명되었나요?

답: 어머니와 장을 보고 돌아오던 중 갑자기 사라졌다는 것밖에 모릅니다. 어머니는 그 얘기를 꺼내는 것을 무척 싫어합니다.

문: 피의자는 국가로부터 훈장, 기장 및 표창을 받은 사실이 있나요?

답: 없습니다.

문: 피의자는 정당이나 사회단체에 가입한 사실이 있나요?

답: 정당에는 가입한 사실이 없으며, 1996년 3월 극단에 입사하여 지금도 그곳 직원으로 근무하고 있습니다.

문: 피의자가 속한 극단의 성격은 어떤가요?

답: 대학로에 소극장을 가진 극단으로 대표 겸 연출가에 차서화 여 36세가 있으며, 1년에 한두 차례 공연을 하고 나머지 기간은 극장 대여를 하여 수입을 올리는, 평범한 극단입니다.

문: 피의자는 차서화를 어떻게 알게 되었나요?

답: 소년원 만기 출소 후, 원주 농고 연극반 담당 선생님의 소개로 차서화의 극단에 기능직 직원(연봉 360만 원)으로 들어가게 되었습니다.

문: 피의자는 평소 연극에 대하여 어떤 생각을 가지고 있었나요?

답: 사실, 연극엔 그다지 관심도, 아는 것도 없었습니다. 선생님이 소개시켜준 곳이 극단이 아니라 서커스단이었다 하더라도 그곳에 들어갔을 겁니다.

문: 1996년 극단 입단 후부터 현재까지의 생활을 상술하십시오.

답: 낮엔 주로 폴팅과 티켓팅을 하며 대학로 곳곳을 누볐고, 그후엔 조명기사 보조와 무대감독 보조, 분장 보조, 음향기사 보조 등을 했으며 간간이 대사 없는 단역 배우로 창이나 신문을 들고 무대 위에 서 있기도 했습니다. 일전엔 얼굴에 괘종시계 모형을 뒤집어쓰고 무대에 올라가 삼십여 분간 혀로 입천장을 튕겨 초침 소리 내는 역할을 하기도 했습니다. 학교로 치자면 소사, 회사로 치자면 사환 같은 역할이지요.

잠은 주로 극단 사무실 소파에서 잤으나, 배우들이 술을 마시고 다시 극단 사무실로 몰려들어오는 날엔 관객석에서도 자고, 무대 위에서 자기도 했습니다. 그렇게 4년을 보냈습니다. 물론 다른 직장을 알아보기도 했지요. 월급이 너무 빠듯했거든요. 하지만 전과자에다 별다른 연고도 없는 몸이라 취직은 생각처럼 쉬이 되지 않았습니다. 때때로 극단에서 자다 보면 외롭기도 했지만, 그렇다고 집에 연락하는 일은 없었습니다. 어머니도 제 연락을 그리 달가워하지 않는 것 같았구요. 그럴 땐 극단 사무실에서 공연 중인 대본을 꺼내놓고 읽어보기도 하고, 저 혼자 연습을 해보기도 했습니다. 연극에 대해선 아무것도 몰랐지만, 보는 것은 무척 좋아했습니다. 소극장에선 1년 내내 공연을 했거든요. 가끔 대사를 잊어먹거나 자기 마음대로 애드립을 치는 배우, 연습 때와 실제 상황과의 작은 차이, 그런 걸 발견하는 게 즐거웠습니다. 그건 많은 관객들이 모르는 사실이거든요. 대부분 서울 사람들이고, 똑똑한 티 줄줄 흐르는 사람들이 모르고 있는 사실을 내가 알고 있다는 것, 그건 무척 즐거운 일이었습니다. 그게 제가 극단을 쉽게 떠나지 못한 이유 중의 하나입니다.

문: 그 기간 동안 피의자는 본드 흡입을 한 번도 하지 않았나요?

답: 예, 한 번도 하지 않았습니다. 그리 심하게 중독되어 있었던 것도 아니었고, 또 무엇보다 제가 본드 흡입을 즐겨했던 이유는 책이나 잡지 속 인물들이 눈앞으로 튀어나오는 게 신기했기 때문인데, 극단에선 그럴 필요가 없었거든요.

소극장은 대본 속 인물들이 매일매일 현실 안으로 튀어나오는 곳입니다. 따로 본드의 힘을 빌릴 필요가 없었지요.

문: 그런데 피의자는 왜 갑자기 본드에 다시 손을 대기 시작했나요?

답: 그게 다 차서화와 햄릿 때문입니다.

문: 그 경위에 대해서 상술하십시오.

답: 올해 3월부터 극단에서는 「햄릿 2000」이라는 작품을 준비했습니다. 극단 대표인 차서화가 직접 극본을 쓰고 연출을 맡은, 제가 극단에 몸담은 이래 가장 큰 규모의 연극이었습니다. 차서화는 종종 극단 사람들을 모아놓고 말했습니다. 그녀는 여러 사람들 앞에서 말하는 것이 취미였습니다. '이번 공연이 우리 극단의 존폐에 얼마나 큰 비중을 차지하는지 여러분도 잘 알 거다. 만약, 실패하면 극단 운영은 물론 소극장 운영까지 심각하게 고려하지 않을 수 없다.' 극단 사람들은 바로 의문을 제기했습니다. '그렇다면 왜 하필 햄릿이냐? 차라리 뮤지컬을 하자' '요샌 악극을 하면 손해는 안 본다더라' '우리도 칼이나 국자로 도마를 두들겨 패는 공연을 하는 건 어떠냐' 등등. 하지만 그건 사람들이 차서화를 잘 모르고 한 말들이었습니다. 차서화에게는 공연 흥행이 우선순위가 아니었습니다. 그렇다고 그녀가 돈에 관심이 없다는 것은 아닙니다. 그녀는 어떤 편이었는가 하면, 적은 액수의 돈에 대해선 철저하고, 큰 액수의 돈에 대해선 의외로

허술한, 자신의 소심함을 감추고자 애쓰는 여자였습니다. 차서화는 대학로에 자기 명의로 된 소극장을 소유하고 있었기 때문에 경제적으로 큰 어려움은 없었습니다. 차서화가 진정 얻고 싶어 했던 것은 '실력 있는 예술가'란 명성이었죠. 그리고 그 명성은 관객들이 주는 것이 아닌, 평론가들이 주는 것으로 알고 있었습니다. '새롭고 재미난 것도 좋지만, 그런 건 평론가들에게 좋은 평을 듣지 못하는 법이다. 평론가들이란 자신들이 잘 알고 있고, 해석 용이한 문법대로 흘러가는 작품들을 좋아한다. 딱, 햄릿이다.'

우리는 그렇게 「햄릿 2000」 공연 연습에 들어갔습니다. '2000'이란 숫자가 붙었지만 원작하고 다른 건 별로 없었습니다. 제작비 때문에 의상만 현대화시켰을 뿐이죠. 극단 사람들은 지루하게 공연 연습에 임했지만, 전 그 연습이 무척이나 신났습니다. 제게도 배역이 주어졌기 때문이지요. 예전처럼 대사 없이 멀뚱하니 서 있는 역할이 아닌, 대사가 주어진, 커튼콜 때도 여러 배우들과 함께 서서 박수를 받는 노르웨이 왕자 포틴브라스 역할이었습니다. 비록 마지막 장면에 뛰어들어가 '아, 교만한 죽음의 신 같으니, 지하의 네 영원한 암실 속에서 무슨 향연이라도 열겠다는 거냐, 이렇듯 수많은 귀인들을 한칼로 참혹하게 쓰러뜨리다니'라는 대사를 끝으로 퇴장하는 게 전부인 배역이었지만, 공연비 지출을 최대한 줄이기 위해 궁여지책으로 저를 선택했다는 것 또한 알고 있었지만, 정말이지 긴장되고 흥분되는 일이 아닐 수 없었습니다.

전, 정말 열심히 연습했습니다. 낮엔 무대에서 못질하고 나사를 조이고, 위태위태한 베이비 조명들도 다시 매달고, 소품과 의상 준비 때문에 청계천과 을지로를 수시로 들락거리고, 밤엔 볼펜을 모로 뉘어 입에 물고 발음도 교정하고, 선배 배우들에게 부탁해서 동작선도 다시 익히고……. 아무튼 제 인생 중 무언가에 가장 열중했던 시기였습니다.

한데…… 저는 그 배역에서 중도 탈락하고 말았습니다……. 차서화 때문이죠……. 차서화가 원작을 제 맘대로 고쳤거든요. 공연 연습이 한창 중반부에 이르렀을 때, 차서화는 새로운 대본을 가져왔습니다. 기존 햄릿과 차별성을 지니기 위해선 수정이 불가피했다는 것이죠. 배우들은 드러내놓고 불만을 토로했습니다. '대본도 다 외우고 동작선도 다 익혀놓았는데 이제 와서 바꾸면 어떻게 하느냐' '이러면 내 배역이 너무 약하지 않느냐' '예정된 시일까진 너무 빡빡하다' 등등. 또 배우들 사이에선 은밀히 이런 말도 돌기 시작했습니다. '차서화가 고친 대본이 아니라더라. 알고 지내던 남자 평론가가 대신 써준 거라더라' '아니다. 신인 작가에게 거액을 주고 수정시킨 거라더라' 등등. 불만과 의혹은 많았지만, 연습은 계속되었습니다. 배우들은 이미 공연 '캐라'를 받은 상태였고, 일부는 그 돈을 쓴 상태였기 때문에 싫어도 어쩔 수 없었던 거지요. 아무튼 수정된 극본에서 햄릿은 죽지 않습니다. 차서화의 말을 빌자면 '사색형 햄릿보단 행동하는 햄릿'이 2000년대 햄릿답고, 그러자면 그가 죽어서는 안 된다고 했습니다. 차서화의 햄릿은 왕이자 자신의 삼촌인 클라우디우스와 어머니를 죽이고 권좌에 오르게 되죠. 죽은 아버지의 망령 따위는 등장하지도 않았고, '죽느냐 사느냐, 그것이 문제로다'라는 명대사도 나오지 않습니다. 햄릿은, 삼촌이 차지하고 있는 왕위를 되찾기 위해 혈안이 된 인물로 등장합니다. 햄릿이지만, 햄릿이 아닌……. 물론, 햄릿의 죽음을 확인하는 노르웨이 왕자 포틴브라스는 등장하지도 않고요.

문: 그럼 배역에서 제외된 허탈감 때문에 본드를 다시 흡입하게 되었다는 겁니까?

답: 물론 실망한 건 사실입니다. 그후 멍청히 못질을 하다가 손을 다치기도 했고, 할로겐 램프를 깨뜨린 적도 있었으니까요. 하지만 결코 의도적으로 본드에 손을 댄 건 아닙니다. 그저 우연한 계기에 본드 냄새를 맡게 되었고, 저도 모르게 환각 상태에 이르게 된 것입니다.

문: 그때 당시의 상황을 상술하십시오.

답: 공연 연습 중에 햄릿의 칼이 부러지는 일이 생겼습니다. 청계천에서 사온 소품이었는데, 차서화가 제게 그 칼을 수리하도록 지시했지요. 칼의 재질이 플라스틱이었기 때문

에 어쩔 수 없이 본드를 사용할 수밖에 없었습니다. 햄릿 역의 배우는 무대 위에서 제 작업이 끝나길 기다리고 있었지요. 차서화도 마찬가지였고요. 전 마음이 급했습니다. 무대 바로 밑 구석에서 본드를 빨리 굳게 하기 위해 연신 입으로 불어댔지요. 그러다가 어느 순간 저는, 제가 단지 입으로 부는 것만이 아닌, 코로도 무언가를 들이마시고 있다는 것을 깨닫게 되었습니다. 하지만 크게 신경 쓰지 않았습니다. 마음이 급했으니까요. 칼이 빨리 원상 복구되어야 연습을 마칠 수 있고, 그래야 배우들은 집으로 돌아갈 수 있었거든요. 전, 아주 열심히 본드를 불었습니다. 한데, 어느 순간 얼핏 옆을 보니 햄릿 역의 배우가 칼을 붙이고 남은 본드를 비닐봉지에 담고 열심히 불고 있는 게 보였습니다. 저는 너무 놀라 그만 들고 있던 칼을 바닥에 떨어뜨렸고, 칼은 다시 두 동강 나고 말았습니다.

문: 그럼 피의자 말고 극단에 또 본드를 흡입한 사람이 있다는 겁니까? 누굽니까?

답: 저도 처음엔 그런 줄로만 알았습니다.

문: 숨기지 말고 진술하십시오.

답: 그는 아주 능숙하게 본드를 불고 있었습니다. 들숨과 날숨이 거의 느껴지지 않을 만큼 세련되고 숙련된 솜씨였습니다. 그때의 심정을 뭐라고 표현해야 할까요? 놀랍기도 하고, 반갑기도 하고, 그립기도 한……. 저는 그에게로 한 걸

음 더 다가섰습니다. 그때 무대 위에서 이런 소리가 들려왔죠. '이시봉씨 지금 뭐 하는 겁니까! 칼이 도로 부러졌잖아요!' 고개를 들어 보니 놀랍게도 무대 위엔 햄릿이 서 있었습니다. 방금 전까지 제 옆에서 본드를 불던 그 배우가 말입니다. 저는 어리둥절해질 수밖에 없었습니다. 다시 옆을 보았습니다. 역시 햄릿 복장을 한 남자는 변함없이 비닐봉지에 얼굴을 파묻은 채 본드를 불고 있었습니다. 그리고 그 남자 옆으로 낯선 중년 부인이 나타나 말했습니다. '햄릿아, 그렇게 매일 본드를 부니 죽은 네 아버지가 보이는 거란다. 제발이지 본드 좀 그만 불 수 없겠니?'

문: 진술을 보다 명확하게 하십시오. 햄릿 역할의 배우가 본드를 불었다는 겁니까? 중년 부인은 또 누구인가요?

답: 저는 그제야 제가 환각 상태에 빠졌다는 것을 알게 되었습니다. 대본 속에 있던, 제가 전에 읽었던 원작 속 햄릿이, 대본 밖으로 튀어나왔다는 것을……. 본드를 분 것은 햄릿 역할의 배우가 아닌, 진짜 햄릿이었고, 중년 부인은 햄릿의 진짜 어머니 거트루드였다는 것을.

문: 그게 가능한가요? 예전에도 환각과 현실이 교차했나요?

답: 예전에도 가끔 그런 일이 있긴 있었습니다. 본드를 흡입해서 만났던 잡지 속 여인들이 사나흘씩 제 주변에 머물렀던 적이 몇 번 있었습니다. 버스를 타면 바로 제 앞자리에

앉아 있기도 했고, 식당에 들어가면 저와 함께 밥을 먹으며 말을 건네기도 했습니다. 다른 사람들에겐 보이지 않고, 오직 저에게만 보이는 투명인간처럼 말이죠.

문: 피의자의 그런 상태에 대해 차서화는 어떤 반응을 보였나요?

답: 사실, 당시엔 차서화의 모습이 전혀 보이지 않았습니다. 제 눈에는 무대 위 조명은 꺼지고 오직 무대 밑에만 강렬한 스포트라이트가 비춰지고 있었으니까요. 그리고 본드를 분 햄릿이 저에게 말을 건넨 순간, 다른 건 모두 암흑 속으로 빠져버렸습니다. 햄릿이 말했지요. '울 엄마에게서 나 좀 숨겨줘. 넌, 알지? 본드가 왜 나에게 필요한지? 본드가 나에게 무엇을 보여주는지?' 그때의 제 심정을 뭐라고 말해야 할까요? 끊임없이 속엣것이 울렁대고 무언가 북받치고, 까닭 없이 서러워지기만 하는, 그런 느낌……. 아마도 그의 모습이 예전 제가 처음 본드를 흡입하던 모습과 닮아 있어, 그 모습을 너무도 빼다 박아 그랬던 것인지도 모르겠습니다. 햄릿의 어머니는 한 발 두 발 다가오고, 그럴수록 햄릿의 눈빛은 흔들리고, 손에 든 비닐봉지는 바르르 떨리고…… 저는, 저도 모르게 햄릿의 어머니를 붙잡고 소리 질렀습니다.

'햄릿을 그냥 내버려 둬! 아버지를 만난다잖아!'

돌이켜 생각해보면 그 모든 게 다 본드 때문이었지요. 정신을 차려보니, 햄릿의 어머니는 바로 차서화였습니다. 제 손은 차서화의 목을 움켜쥐고 있었지요. 차서화의 얼굴은 핀 조명을 받은 검은 우단보다 더 하얗게 변해 있었고요.

문: 그후의 상황에 대해 상술하십시오.

답: 배우들이 무대 위에서 달려 내려와 저를 뜯어말렸습니다. 차서화는 마른기침을 계속 토해냈고, 현기증 탓인지 제대로 서 있지도 못했습니다. 저를 둘러싼 배우들이 말했습니다. '이시봉씨 미쳤어?' '다른 직장 구한 거야?' '아무리 배역을 뺏겼어도 그렇지.' 또 작은 목소리로 이런 말도 했습니다. '잘했어, 내 속이 다 후련하다.'

그날 연습은 그것으로 끝날 수밖에 없었습니다. 차서화는 아무 말 없이 사람들의 부축을 받아 소극장 밖으로 나갔지요. 잠시 저를 노려본 것 같기도 한데, 그건 정확한 건 아닙니다. 본드를 불던 햄릿의 모습도, 그의 어머니 실루엣도, 모두 사라지고 없었습니다. 저는 평상시와 똑같이 배우들이 돌아간 무대를 치우고, 대기실을 치우고, 극단 사무실 소파에 누웠습니다. 그러니까 그제야 좀 서러워지더라고요. 잊은 줄만 알았던 본드 내음에 쉽게 취해버린 내 자신과, 잊어버렸던 옛 친구들과, 고향에서 콩가루처럼 살아가고 있을 어머니와 동생이 떠올랐습니다. 또 이제 이곳에서 쫓겨나게 될 것이라는 생각도 했지요. 오늘 밤이 마지막이라는 생각도요. 그리고 버스 정류장에 남루한 가방을 들고 어디로 가야 할지 몰라 서 있던 스무 살 언저리의 제 모습도 보였습니다. 스프링 망가진 소파는 계속 삐거덕거렸고 뒤척일 때마다 뽀얀 보풀이 얼굴 근처에서 하느작거렸습니다. 정말이지 본드를 불고 싶었습니다. 예전 제 친구들처럼 본드에 취해 한 시간이고 두 시간이고 쉴 새 없이 웃고 싶었습니다. 아까 칼을 붙이고 남은 본드는 무대 한편 구석에 그대로 남아 있었습니다. 본드를 불어 이 밤을 잊어버릴 것이냐, 차라리 짐을 쌀 것이냐. 누군가 저에게 빨리 선택하라고 보채는 것 같았습니다. 그리고 저도 모르는 사이, 제 발길은 무대 쪽으로 옮겨지고 있었지요.

문: 피의자는 그때부터 본격적으로 본드 흡입을 다시 하기 시작했나요?

답: 그렇습니다.

문: 이것이 당시 피의자가 흡입했던 본드인가요? (압수된 증 제 ×-×호 돼지표 본드를 내보이며)

답: 예, 틀림없습니다.

문: 당시의 경위를 상술하십시오.

답: 그날 밤, 저는 무대 위에서 본드를 불었습니다. 무대는 거의 완성된 상태였지요. 거트루드의 화려한 침실과, 원작과 달리 햄릿이 오필리아를 강간하는 기도실, 자신의 아버지이자 삼촌인 왕을 죽이는 정원. 저는 조명 디머에 전원을 넣고 무대 한가운데 앉았습니다. 제 바로 앞엔 본드와 비

닐봉지, 그리고 차서화가 고치기 이전의 대본이 놓여 있었습니다. 대본 한 번 보고, 본드 한 번 불고, 대본 한 장 읽고, 본드 한 호흡 들이마시고, 아, 교만한 죽음의 신 같으니, 후읍, 지하의 네 영원한 암실 속에서, 하아, 무슨 향연이라도 열겠다는 거냐, 후읍 푸아……. 무대는 갈수록 환해져갔고, 몸 마디마디가 제각각 풀어지고, 숨구멍과 모공이 천천히 열리고……. 그러자 무대 한편에서 기다렸다는 듯 햄릿이 나타났습니다. 헝클어진 머리칼과 검은 스웨터, 헐렁한 면바지를 입은 덴마크 왕자 햄릿, 그가 저와 똑같은 포즈로 본드를 불고 있었습니다. 저는 놀라지 않았습니다. 구면이었거든요. 저는 흐느적거리며 그에게로 다가갔죠. 그리고 물었습니다. 왜 본드를 부냐고, 덴마크에도 본드 부는 사람들이 많냐고. 그는 저를 흘낏 한 번 쳐다보곤 계속 본드 부는 데만 열중했습니다. 저는 계속 물었죠. 정말 강간도 하고 살인도 했냐고, 너처럼 가진 것 많은 놈이 왜 본드를 부느냐고, 그렇게 본드만 불지 말고 대답 좀, 제발 대답 좀 해보라고. 그러자 햄릿이 저를 보고 한 마디 했습니다.

'미친 새끼.'

햄릿은 느린 동작으로 자리에서 일어나 무대를 둘러보았습니다. 그러곤 이곳저곳을 걸어다녔지요. 본드를 왜 부느냐고? 햄릿이 거트루드의 침대에 걸터앉았습니다. 그러자 하얀 이브닝드레스를 입은 거트루드가 나타났습니다. 왜 본드를 부느냐 말이지? 햄릿이 기도실로 걸음을 옮기자 이번엔 잔뜩 겁에 질린 오필리아가 나타났지요. 나도 외롭고 쓸쓸해. 어머니도 애인도, 다 나를 믿지 않아. 나를 미친놈 취급하지. 내가 보는 세계를 도통 믿으려 들지 않으니까……. 정신은 자꾸 몽롱해지고 시야는 갈수록 흐릿해져갔지만, 저는 그런 햄릿의 모습을 놓치지 않으려 애썼습니다. 아니, 매혹되어 있었다고 하는 게 맞겠군요. 그는 그 어떤 배우보다도 시선 처리와 발음이 정확했습니다. 그의 손짓 하나, 보폭 하나에도 수많은 감정의 굴곡이 느껴지는 것 같았습니다. 그는 침울하게 말했습니다. 관객들만이 나를 믿어주었어. 나는 관객들과 함께 죽은 아버지의 망령을 보았으니까. 그땐 그렇게 외롭지 않았어. 한데…… 이젠, 외롭고 쓸쓸해…….

그날 밤 만난 햄릿은 저와 많은 이야기를 나누었습니다. 너희 대본이 어떻다고 생각하느냐, 난 너희 대본만 생각하면 자다가도 벌떡벌떡 일어난다, 울컥 화가 치민다고, 나를 그렇게 망가뜨려도 되는 거냐……. 그러면서 햄릿은 직접 빨간 펜을 들고 우리 대본을 고쳐나가기 시작했습니다. 잘 들어봐라, 난 햄릿만 수만 번 공연한 놈이다. 여기서 이런 말을 쓰면 안 된다, 오필리아가 이 장면에서 등장하면 다음 장과의 연결이 어색하지 않느냐……. 햄릿은 오랜 시간 동안 극본을 수정해주었습니다. 중간 중간 나와 이런 이야기도 나누었지요. 나는 공업용 본드를 쓰는데 너는 어떠냐, 그건 별로더라, 뒤끝이 영 아니더라, 본드의 무슨 성분이 우릴 만나게 한 것 같으냐, 헥산이냐, 케톤이냐, 아님, 합성수지 때문이냐……. 햄릿은 때론 진지했고, 또 때론 경박했으며, 어느 땐 정말 왕자다웠고, 또 어느 땐 권력욕에 휩싸인 악마와도 같았습니다. 그러다 햄릿은 마지막으로 이런 말을 남기고 무대 저편으로 사라졌지요.

'너희들이 아무리 내 아버지의 망령을 없애려 해도, 내 아버지의 그림자가 나를 떠날 것 같아? 그게 생판 거짓말 같냐고? 봐, 또 저기 앉아서 너와 나의 대화를 엿듣고 있잖아, 저 시선 말이야, 저 눈길…….'

저는 천천히 햄릿이 손으로 가리킨 곳을 바라보았습니다. 그곳은 관객석 한귀퉁이였죠. 농밀한 어둠으로 둘러싸인 그곳. 그곳엔 놀랍게도 차서화가 앉아 있었습니다. 처음엔 차서화의 모습 또한 환상이라고 생각했습니다. 그럴 수밖에요. 그 시간에 차서화가 소극장에 있을 리 만무했거든요. 환상이라고 생각하니 극단 대표고, 연출가고, 무서울 게 하나 없었습니다. 아니, 환상이 아닌 실제라 해도 두려울 게 없었습니다. 어차피 내일이면 쫓겨날 몸이라 생각했거든요. 저는 관객석 등받이를 타 넘어 그녀에게로 다가갔습니다. 소극장 가득 제 발소리가 요란하게 울려 퍼졌죠. 그녀는 마치 기다리고 있었다는 듯 아무런 표정 변화 없이 저를 맞았습니다. 그리고 묻더군요. 아까 극장에서 한 말이 무슨 뜻이냐고……. 그녀의 억양 속엔 뭐랄까, 비웃음과 오만과 오기가 한데 몸을 섞고 있는 듯한, 그러나 말끝에 묻어 있는 작은 떨림은 차마 숨길 수 없는, 그런 복잡한 기운이 배어 있었습니다. 그녀의 그런 태도는 저를 더욱더 당당하게 만들었지요. 이 모든 것이 환각이고 환상일지라도 차서화가 내게 무언가를 물으려 한다는 것, 나를 두려워하고 있다는 것, 그 사실이 제 가슴 한구석을 뻐근하게 만들어주었습니다. 저는 제가 본 모든 것을 이야기했습니다. 실제 햄릿이 나에게 나타난 일과, 햄릿이 지적한 우리 연극의 문제점, 햄릿이 부는 본드까지……. 햄릿이 고친 대본을 그녀의 눈앞에서 흔들며 목소리를 높이기도 했습니다. 햄릿을 저렇게 엉망진창으로 만들어서야 되겠느냐, 그에게 아버지를 돌려줘라……. 차서화는 빨간 펜으로 난도질당한 대본을 오랫동안 천천히 읽어나갔습니다. 그리고 그 대본을 자기가 가져가도 되겠느냐고 물어왔죠. 그녀의 목소리는 변함없었지만, 저는 알 수 있었습니다. 그녀가 적지 않은 충격을 받았다는 것을……. 저는 흔쾌히 허락했습니다. 그녀의 마음이 어찌되었든, 그녀가 대본을 가져가 연극이 바뀐다면 그건 나쁜 일이 아니었죠. 나쁘다니요, 오히려 현실이 햄릿의 의지대로 움직이니 오히려 잘된 일이죠. 저로선 거부할 이유가 없었습니다. 차서화는 대본을 들고 소극장을 떠났습니다. 작은 목소리로 고맙다는 말을 한 것도 같고, 그냥 나가버린 것 같기도 하고, 그것에 대한 뚜렷한 기억은 없습니다. 다만 소극장에 저 혼자 남겨지고 난 뒤에야 비로소 그녀가 환상이 아닌 실제 차서화였다는 생각이 들었지요.

문: 그럼 그날 피의자가 만난 차서화가, 실제 차서화가 아닐 수도 있겠군요?

답: 아닙니다. 그건 진짜 차서화가 분명합니다.

문: 피의자는 그 사실을 어떻게 확신할 수 있나요?

답: 제가 극단에서 잘리지 않았으니까요. 극단 대표이자 연출가의 목을 조른 저를 내쫓지 않았다는 게 그 증거입니다. 내쫓기는커녕 차서화는 언제 그런 일이 있었냐는 듯 평상시와 똑같이 저를 대했습니다. 극단 사람들은 차서화의 그런 태도에 모두 놀랐습니다. 목 한번 졸리고 나더니 아이큐도 나빠졌다, 아니다, 이시봉씨와 먼 친척 사이이기 때문에 미워도 다시 한 번이 된 거다, 극단 사람들은 말이 많았습니다. 하지만, 저는 그런 차서화의 태도에 놀라지 않았습니다. 당연했습니다. 저는, 전날 그녀가 제게 했던 말들을 모두 기억하고 있었으니까요. 그리고 더더욱 결정적인 증거는, 그녀가 또다시 대본을 수정했다는 것이죠. 그것도 전날, 제가 주었던 햄릿의 대본 그대로, 토씨 하나 틀리지 않고 고스란히.

문: 그건 일종의 우연일 수도 있지 않습니까? 피의자가

본 환상이 현실에서 벌어진 경우일 수도 있고, 또 피의자가 시간의 흐름을 혼동해 사건의 전후를 뒤바꿔 생각했을 수도 있지 않습니까? 정확한 물증이나 증인이 있습니까?

답: 정확한 물증이나 증인은 없습니다. 하지만, 예전 한창 본드를 불던 시기에도 그런 일이나 우연은 한 번도 일어나지 않았습니다.

문: 그렇다면 그뒤, 왜 피의자는 본격적으로 본드를 불기 시작했나요? 그 경위를 상술하십시오.

답: 사실, 대본을 또다시 수정한다는 것은 차서화에겐 일종의 모험이었습니다. 배우들의 반발이 워낙 거셌으니까요. 차서화가 다시 대본 수정 이야기를 꺼냈을 땐 다들 당장이라도 그만둘 기세였습니다. 사채를 끌어 쓰든, 월세 보증금을 빼든, 차서화에게 받은 돈 모두 토해내고 등 돌릴 듯한 분위기였습니다. 하지만 그런 분위기는 그리 오래가지 않았습니다. 수정 대본 리딩 시간에 모두 마음을 돌린 것입니다. 그럴 수밖에요. 그 대본은 정말 좋았습니다. 배우들이 지루해하고 마음에 담아두었던 부분들, 극의 흐름을 끊던 어색한 대사들, 그 모든 것들이 수정되었으니까요. 대본 리딩이 그토록 단숨에, 한 호흡으로 이어져 끝난 것은 아마 그때가 처음이었을 겁니다. 그건 배우들 개개인에게도 특별한 경험이었을 겁니다. 배우들은 리딩 후 마치 노동당 창건 기념식장처럼 박수를 쳐댔고, 리딩 연습하던 배우 대기실은 감동

의 도가니, 그 자체로 변했지요. 그건 너무나도 당연한 결과였습니다. 그 대본은 햄릿이 쓴 거니까요. 덴마크건, 영국이건, 도미니카건, 한국이건, 수십 년에 걸쳐 수만 번 무대에 올라간 햄릿이, 직접 쓴 자기 이야기이니까요. 햄릿의 햄릿이니까……. 배역 캐스팅은 크게 변하지 않았습니다. 단지 한 사람만 더 추가되었을 뿐이죠.

문: 그 한 사람이 바로 피의자였군요?

답: 맞습니다. 그것 또한 그날 저와 만난 차서화가 진짜 차서화라는 증거이지요. 저는 당당하게 다시 배역을 따냈습니다. 예전에 맡았던 노르웨이 왕자 포틴브라스처럼 끝에 잠깐 나왔다 곧바로 퇴장하는 단역이 아닌, 극 전반에 출현하는 주연급이었죠. 이래도 제가 만난 차서화가 환각이라고 하시겠습니까?

문: 하지만 여기 피의자의 극단 동료가 진술한 증언에 따르면 '이시봉이 새로 맡은 배역은 극 전반에 등장하기는 하지만 대사는 전혀 없었다. 이시봉이 불만을 품었던 것은 바로 그 점이다'라고 했습니다. 맞습니까?

답: 제가 맡은 배역에게 대사 한 마디 주어지지 않았다는 것은 사실입니다. 저는 햄릿의 죽은 아버지, 즉 유령 역할을 맡았으니까요. 하지만 원작과 달리 망령은 햄릿에게 세세히 자신의 죽음의 경위에 대해 가르쳐주지는 않습니다. 그저 묵묵히 햄릿을 바라보며 쫓아다닐 뿐이죠. 낮이나 밤이나,

그가 왕을 배알할 때나, 심지어 오필리아를 강간할 때조차. 햄릿은 늘 망령의 눈치를 살피며 행동하게 되지요. 대사만 없을 뿐, 극 전반의 흐름을 꿰뚫고 있어야 했고 표정과 눈빛만으로 연기를 해야 했으므로 그 어느 배역보다도 고난도의 집중력이 필요한 배역이었습니다. 제 마음에 꼭 드는 역할이었죠.

문: 좋습니다. 피의자의 본드 흡입 과정에 대해서 계속 상술하십시오.

답: 대본이 좋다고 다 훌륭한 연극이 되는 것은 아닙니다. 당연하지요. 그걸 어떻게 그려내는가에 따라 많은 차이가 있는 것이죠. 새로운 대본으로 다시 공연 연습을 시작하자 차서화는 더더욱 안절부절못했습니다. 대본에 압도되어버렸으니까요. 극을 어떻게 해석하고, 배우들의 감정을 얼마만큼 조절해야 하는지, 무대와 음향을 어디서부터 어디까지 조절하고 조합해야 하는지, 그녀는 속수무책이었습니다. 기껏 배우들의 공연 연습을 보면서 한다는 소리가 '어머, 햄릿 씨, 두번째 단추가 떨어졌군요(공연 연습에 들어가면 우린 모두 자신의 이름을 버리게 되지요. 각자 맡은 배역으로 불려집니다. 햄릿 씨, 거트루드 씨, 오필리아 씨, 망령 씨)'이거나 '오필리아 씨, 파운데이션 어떤 제품 써?' 혹은 '다들 어제보단 좋아졌네요' 정도였습니다. 배우들도 답답해했지만, 그녀 또한 속이 많이 상했을 겁니다. 하지만, 그 누구보다

답답하고 속상한 사람은 바로 저였습니다. 저는 어쨌든 신인 배우였으니까요. 무대에 제대로 서보지도 못한 제가 대사 한 마디 없이 눈짓 몸짓만으로 연기한다는 것은 무리임에 틀림없었습니다. 그렇다고 마땅히 도움 받을 사람이 있는 것도 아니었죠. 선배 배우들은 제각각 자기 감정 추스르기에 급급했고, 연출가는…… 말해 무엇하겠습니까……. 그나마 저를 도와주었던 이는, 역시 햄릿이었습니다. 진짜 햄릿 말입니다. 처음 만남 이후, 햄릿은 흐릿한 모습으로나마 며칠 동안 제 주위를 계속 맴돌았습니다. 무대 연습 땐 제 뒤에서 끌어안듯 손을 뻗어 '이렇게 손을 거들먹거리면 관객들이 불안해하잖아. 연기에 기본도 안 된 친구구먼' 하며 손동작을 교정시켜 주기도 했습니다. 관객석에 앉아 연출 흉내를 내는 차서화를 보곤 '저거 미친년 아니야' 하며 성질을 내기도 했지요. 하지만 그런 햄릿도 며칠 가지 않아 더 이상 나타나지 않았습니다. 제 몸에 남아 있던 본드 기운이 다 떨어졌기 때문이었지요. 그의 몸이 반투명으로 비치기 시작하더니 어느 순간 자취를 감추었습니다. 그가 사라지면서 했던 말을 기억합니다. '본드를 부느냐 마느냐, 이것이 문제로다. 가혹한 운명의 화살을 참는 것이 장한 일이냐, 아니면 환난의 조수를 두 손으로 막아 이를 근절시키는 것이 장한 것이냐? 이시봉, 너는 어떠냐?' 저는 대답하지 못한 채 그를 보냈습니다. 그게 무슨 말인지, 어떤 의미인지 알 수 없었거든요. 단지 그가 사라진 사실 자체가 아쉽고 안타까웠을 뿐이었습니다. 그리고 그 여파는 다음 날부터 곧바로 나타나기 시작했습니다. 무대에만 서면 자꾸 마음이 불안해지고 조급해졌습니다. 등·퇴장 타이밍을 놓치기 일쑤였고, 어느 땐 소품에 걸려 넘어지기까지 했습니다. 선배 배우들은 역시나, 하는 표정을 지었고, 저를 바라보는 차서화의 표정도 갈수록 어두워졌지요. 저는 마음을 굳게 다잡아먹을 수밖에 없었습니다. 시골에서 올라온, 아무것도 없는 내가, 전과까지 있는 내가, 이 수도 한복판에 깃발 하나 꽂을 수 있는 길은 오직 배우다, 이것이 기회인데, 어떻게 잡은 기회인데, 그렇다면 딱 한 번만, 딱 한 번만 다시 햄릿을 만나기로 하자…….

문: 그런데 피의자의 본드 흡입을 차서화가 사주했다는 것은 무슨 말입니까? 차서화가 피의자의 본드 구입비를 대주었다는 뜻인가요?

답: 저는 밤마다 햄릿을 불러내 연기 지도를 받았습니다. 제 배역이라는 게, 햄릿 역에 따라 크게 변할 수밖에 없는 것이었지요. 그가 등장하면 같이 등장하고, 그가 퇴장하면 덩달아 따라 나가고, 그가 잘못을 저지르거나 주저하는 모습을 보이면 성난 눈빛으로 노려봐야 했으니까요. 아무튼 그의 대사 하나 몸짓 하나에 크게 좌우될 수밖에 없는 배역이었습니다. 그렇기 때문에 개인 연습에도 한계가 있었습니

다. 그런 점에서 햄릿은 참 많은 도움이 되었습니다. 일일이 대사를 쳐주면서 연기 지도를 해주었으니까요. 자신의 등 뒤에서 움직이는 제 동작선을 보지 않고도 지적해주었습니다. '또, 또, 짝다리 짚는다! 짝다리 짚고 선 망령 봤어!' '이봐, 내 대사가 끝나기도 전에 움직이면 관객들의 시선이 자네한테로 몽땅 쏠리잖아!' 연기 연습에 지치면 함께 본드도 불었고 이런저런 이야기도 나누었습니다. 옛날이야기, 가족 이야기, 그러다 본드 한 번, 미래 이야기, 차서화에 대한 험담, 그러다 또 본드 한 봉지……. 나름대로 만족스러운 시간들이었죠. 허나, 그런 우리 둘만의 시간도 그리 오래가지는 못했습니다. 어느 날 밤, 햄릿이 제게 말했습니다. '올 것이 왔어, 이제 네가 선택할 시간이야.' 그러곤 관객석 한편을 가리켰습니다. 그곳엔 예전처럼 차서화가 숨죽인 채 저를 노려보고 있었지요, 새까만 어둠 속에서…….

문: 차서화는 그런 사실이 없다고 완강히 부인하고 있습니다. 그 모든 게 피의자의 환상일 뿐이라고 진술했습니다.

답: 틀림없이 차서화는 그 자리에 있었습니다.

문: 차서화는 피의자가 평상시 자신에게 남다른 감정을 가져왔다고 주장하는데, 사실입니까?

답: 그건 지나친 인격 모독입니다.

문: 좋습니다. 피의자의 주장을 계속 상술하십시오.

답: 저는 그날, 차서화가 찾아온 이유를 잘 알고 있었습니

다. 그건 그날 연습 시간이 끝난 후, 동료 배우들이 저에게 했던 말을 차서화가 들었기 때문이지요. '시봉씨 연기 많이 늘었네' '정말 유령 같았어' '어디 다른 곳에서 개인 지도라도 받는 거야?' 그 사이 제 연기는, 제가 생각하기에도 정말 많이 늘어 있었습니다. 감정 이입도 잘 됐고, 동작선도 많이 매끄러워졌고, 그래서인지 자신감도 부쩍 붙게 되었지요. 차서화가 찾아온 것은 그 때문입니다. 그녀는 제 연기의 비밀을 대번에 눈치채버렸으니까요. 이미 한 번 저와 햄릿과, 그리고 본드의 힘을 빌려 쓴 경험이 있는 그녀였으니까요.

 그녀는 천천히 무대 위로 올라왔습니다. 햄릿 또한 사라지지 않고 제 곁에 서 있었지요. 그녀가 물었습니다. '햄릿은 갔어? 아님, 아직 이 무대에 있나?' 그러곤 무대 한편에 널브러져 있던 본드를 집어 들었습니다. 냄새를 한 번 맡아보고는 심하게 미간을 찌푸렸습니다. 저는 아무 말도 할 수 없었죠. '시대가 어느 시댄데 아직도 본드를 부는 거야. 헤시시도 아니고, 엑스타시도 아니고, 본드라……. 이걸 하면 정말 햄릿이 보인다 이거지?' 차서화는 다시 본드를 코밑에 갖다 대더니 곧바로 내팽개쳤습니다. 햄릿이 낮은 목소리로 '저, 미친년' 하고 말했죠. '좋아, 이건 어때? 햄릿 씨한테 나도 좀 도와달라고 부탁하는 건? 그럼 내가 알고 있는 걸 다른 사람들한테 말하진 않겠어. 본드를 불고 무대에 오른다는 건 좀 비도덕적이지 않아? 음, 그리고 이시봉씨도 이

번 연극이 마지막 무대가 되면 안 되잖아? 무대에 계속 서야지, 안 그래?' 차서화가 제게 제안한 것은 어찌 보면 간단한 것이었습니다. 연습이 끝나면 자기에게 그날그날 배우들의 문제점을 지적해달라, 또 무대 장치와 음향에 대해서도 말해달라……. 그건 햄릿과 제가 늘 나누던 대화들이었죠. 또한 햄릿이 아쉬워하고 안타까워하는 부분들이기도 했습니다. 그걸 그대로 차서화에게 전달해주기만 하면 되니까 그리 어려운 일도 아니었습니다. 더욱이 차서화는 이번 공연의 성공 여부에 따라 차기 공연의 배역도 생각해보겠다는 말을 덧붙였습니다. 저는 햄릿을 바라보았습니다. 그가 하라는 대로, 그의 뜻에 따르고 싶었습니다. 하지만, 햄릿은 아무런 말도 하지 않았습니다. 무표정한 얼굴로 저를 바라보기만 했지요. 무엇이 올바른 선택이었을까요? 어떤 선택이 햄릿의 마음을 편하게 해주는 것이었을까요? 아니, 햄릿이 저에게 진정 바랐던 것은 무엇이었을까요? 햄릿이 저에게 나타난 것은 무슨 이유 때문이었을까요? 저 때문인가요, 아니면 햄릿 자신 때문인가요……?

저는 차서화의 제안을 받아들였습니다. 햄릿은 그런 결정을 내리는 저를 그저 바라보기만 했지요. 아무 일 아니라는 듯……. 다음 날부터 저는 햄릿이 우리 연극에 대해서 하는 말을 종이에 적어 차서화에게 꼬박꼬박 전달했습니다. 차서화는 그 종이에 적혀 있는 대로 배우들의 연기를 지적했고,

무대와 조명을 손봤고, 음향도 새로 피아노 독주곡 위주로 바꾸었습니다.

문: 피의자가 차서화에게 써주었다는 그 종이 중 일부라도 보관하고 있는 게 있나요?

답: 없습니다. 그날그날 차서화에게 모두 주었습니다.

문: 좋습니다. 그후의 상황에 대해서 계속 상술하십시오.

답: 이후 연극 연습은 좀더 매끄럽고 진지하게, 속도감 있게 이어졌습니다. 극단 사람들 모두 차서화의 변신에 놀랐지요. 배우 개개인의 동선을 적절하게 지적하고 고쳐주는 그녀의 모습은 모두에게 생경한 광경임에 틀림없었습니다. 그녀의 연극적 안목이나 감각에 대한 평도 차츰 좋아지기 시작했고, 믿고 따르는 배우들도 하나 둘 늘어갔습니다. 그럴수록 차서화는 더더욱 저와 햄릿을 찾아왔지요. 그녀는 무대 한편에 선 채 제가 본드를 불고, 그래서 햄릿을 만나고, 또 그가 하는 말을 종이에 받아 적고 그것을 건네줄 때까지, 그 모든 과정들을 묵묵히 지켜보며 기다리는 일들을 반복했습니다. 그녀가 옆에 있다고 해서 햄릿과 제 사이가 나빠지거나 서먹해진 것은 아니었습니다. 어차피 그녀의 눈엔 햄릿의 모습이나 목소리는 들리지 않았을 테니까요. 햄릿은 변함없이 본드를 불었고, 본드에 취해 차서화 욕을 하고, 또 그러면서도 연극에 대해 이러저러한 조언을 아끼지 않았습니다. 어느 날인가 제가 물었죠. '햄릿, 네 진짜 속마

음이 뭐야?' 햄릿은 무덤덤한 목소리로 되물었습니다. '뭔 소리야?' '연극이 정말 잘 되길 바라는 거냐고, 차서화가 정말 성공하길 바라는 거야?' 햄릿은 제 말에 대꾸하지 않고 비닐봉지에 얼굴을 묻었습니다. 한동안 본드만 불었죠. 그러곤 말했습니다. '넌, 어떤데? 넌, 연극이 성공하길 바래? 차서화가 성공했으면 좋겠어?' 전, 그 어떤 말도 할 수 없었습니다. 그건…… '네 마음도 두 갈래지? 무엇이 옳고 그른지 너도 모르겠지? 어떤 선택이 올바른 것인지, 어떤 길이 진짜인지……? 나도 마찬가지야. 그러니 잔말 말고 이리 와 본드나 불어.'

연극 연습은 막바지에 다다랐습니다. 곳곳에 포스터도 붙었고, 팸플릿과 티켓 샘플도 나왔고 초대권도 발송되었습니다. 공연 5일 전엔 평소 차서화와 가깝게 지내던 평론가와 기자, 연출가 몇 명을 불러놓고 최종 리허설을 갖기도 했지요. 문제는 그 리허설이 끝난 뒤에 일어났습니다. 리허설 또한 별다른 실수 없이 끝났습니다. 차서화뿐만 아니라 배우 모두들 자신감에 차 있었죠. 평론가들과 연출가들은 그런 우리에게 찬사를 보냈고 연극의 성공을 예견해주었습니다. 한데, 평론가 한 명이 우리 연극에 대해 한 가지 아쉬움을 제기했죠. 그게 문제가 된 겁니다…….

'다 좋은데 말이야…… 망령의 캐릭터가 좀 아쉽네요. 햄릿을 줄곧 따라다니고 감시하는 건 좋은데, 계속 침묵한다

는 게 말이야…… 뭔가 한마디 하는 게 좋을 것 같은데……. 그래야 햄릿의 캐릭터도 살고 말이지.'

그 평론가는 자신의 말이 어떤 파장을 갖고 올지 몰랐던 것입니다. 그저 편안히 자신의 인상을 말했겠죠. 몇몇 평론가와 연출가가 그의 말에 동감을 표시하고……. 하긴, 그들이 무슨 잘못이 있겠습니까. 단지 그들은 차서화가 얼마나 얇은 귀를 갖고 사는지 몰랐던 것이죠. 우리 연극의 이면에 무엇이 숨어 있는지 몰랐던 것입니다…….

그날 밤, 짐작대로 차서화는 저를 찾아왔습니다. 저는 아무런 저항 없이 본드를 불었습니다. 사실, 저도 궁금했거든요. 왜 햄릿의 아버지는 침묵하고만 있는지, 왜 그를 다그치지 않는지 말입니다. 눈빛만으로 말한다고요? 몸짓만으로 감정을 전달한다고요? 그건 단순한 환시(幻視)가 아닐까요? 햄릿의 거짓말에 의해 태어난 망령일 수도……. 본드를 불수록 궁금증은 더해만 갔습니다. 하지만 햄릿은 쉽게 나타나지 않았죠. 그제야 저는 그 며칠간, 햄릿이 제 주위에 나타나지 않았던 것을 알게 되었습니다. 연습 막바지라 몸도 마음도 힘들고, 밤이면 본드 불 틈도 없이 잠들기 바빴지만, 그건 정말 이상한 일임이 분명했습니다. 걸핏하면 밤낮 가리지 않고 나타나 주위를 서성거리고 활개 치고 다니던 햄릿이었기에…….

30밀리리터짜리 돼지 본드 두 개를 내리 불어도 햄릿의 모습은 나타나지 않았습니다. 얼핏, 그가 완전히 내 곁을 떠나버린 건 아닐까, 하는 의심을 품어보기도 했습니다. 애가 타는 건 저뿐만이 아니었습니다. 차서화는 비닐봉지에 연신 본드를 부으며 어서 빨리 햄릿이 나타나길 바랐지요. 얼마의 시간이 지났을까요. 무대 저편에 희미한 남자의 뒷모습이 보였습니다. 저는 그에게로 다가갔지요. 차서화도 덩달아 그녀에겐 보이지 않을 그 누군가를 향해 몸을 돌렸습니다. '왜 이렇게 늦게 온 거야?' 저는 그에게 화를 냈습니다. 그는 아무런 말도 하지 않았습니다. '묻고 싶은 게 있어.' 저는 계속 그의 등에 대고 말을 했지요. 그때 눈치를 챘어야 했습니다, 그가 햄릿이 아니었다는 것을……. 저는 성난 목소리로 '네 아버지에 대해 물어볼 게 있단 말이야!' 하며 우악스럽게 그의 몸을 돌려 세웠죠. 그러곤, 그러곤 비명을 지르며 그 자리에 주저앉아버렸습니다.

그는 햄릿이 아니었습니다. 그는…… 그는…… 91년에 행방불명된 제 아버지였습니다……. 아버지는 아무 말 없이 놀라 주저앉은 저를 바라보기만 했습니다. 무슨 말을 하려는 것도 같은데 쉽사리 입을 열지 않았습니다. 제가 무대에서 입고 돌아다니는 검은 망토를 걸친 채, 제가 무대 위에서 햄릿을 바라보는 그 눈빛 그대로, 그 발걸음 그대로, 제 주위를 맴돌았습니다. 완강한 침묵 속에서 말입니다. 숨막힐 것 같은 침묵 속에서……. 저는 그런 아버지를 바라보다가,

또 저편에 서 있는 차서화의 눈치를 보다가, 또다시 아버지의 동선을 훔쳐보다가, 그러다가 정신을 잃고 말았습니다…….

문: 허면 왜 피의자는 차서화에게 폭행을 가하고, 심지어 그런 어처구니없는 짓까지 저지르게 되었나요?

답: 정신을 차리고 보니 차서화가 종이와 볼펜을 들고 제 곁에 앉아 있었습니다. 차서화는 다급하게 물었지요. '햄릿이 뭐래? 어떤 대사를 넣으래?' 전, 대답할 수 없었습니다. 당연하지요. 햄릿을 만나지 못했으니까요. 하지만 차서화는 제 말을 믿어주지 않았습니다. '말해! 햄릿이 무슨 말을 했는지! 망령이 무슨 말을 해야 하는지, 말하라고!' 아무리 제가 햄릿을 보지 못했다고 말해도 그녀는 막무가내였습니다. '그럼, 뭘 보고 기절한 거야? 무슨 말을 듣고 그렇게 놀란 거냐고? 난, 다 봤어. 다 봤단 말이야!' 차마 차서화에게 제 아버지를 만난 이야기를 할 순 없었습니다. 말해봐야 소용도 없을 거 같았구요. 차서화는 본드 가득 든 비닐봉지를 제 앞으로 내밀었습니다. '자, 다시 해. 다시 해서 햄릿에게 물어보란 말이야! 어서!' 그때처럼 본드가 겁났던 적은 없었습니다. 처음 본드에 손을 댔을 때도 그렇게 두렵진 않았죠. 그땐 두려움도 있었지만, 호기심이 더 많았으니까요. 저는 손사래를 치며 완강히 거부했습니다. 그럴수록 차서화는 더더욱 저를 다그치고…… 저는 순간, 울컥 화가 치밀었습니

다. 그래서 그만……. 차서화를 바닥에 넘어뜨리고 만거죠.

완력으론 그녀도 저에게 어쩔 수 없었죠. 저는 그녀의 몸 위에 올라탔습니다. 그러곤 그녀 손에 들려 있던 비닐봉지를 뺏어 들었습니다. '네가 직접 물어보면 되잖아'라는 말을 했던 것 같기도 합니다. 저는 비닐봉지 손잡이를 그녀의 양 귀에 걸었습니다. 그랬더니 마치 마스크를 씌운 양, 아니, 방독면을 착용시킨 것처럼 되어버리더군요. 물론 그녀의 손은 움직이지 못하도록 제 무릎으로 짓누르고 있었고요. 그녀는 비명을 질러댔습니다. 숨을 참아보려 노력하는 것 같기도 했지요. 하지만 얼마 가지 못해 비닐봉지는 일정한 간격으로 팽창했다 줄어들기를 반복했습니다.

그녀는 그렇게 본드를 흡입하게 되었지요……. 처음 얼마간은 심하게 헛구역질을 했으나 그건 그저 잠깐이었습니다. 초보자들이 겪게 되는 자연스러운 행동이죠. 몇 분 후, 그녀의 동공은 서서히 풀리고, 두 팔도 비 맞은 빨래처럼 한없이 늘어졌습니다……. 저는 그제야 그녀의 몸 위에서 내려왔습니다. 하지만, 그녀의 귀에 걸린 비닐봉지는 떼지 않았습니다. 그건 어디까지나 그녀 몫이라고 생각했으니까요. 저는 그저 그녀 곁에 조용히 누웠습니다. 이 모든 것이 다 꿈만 같아 어지럽고, 몽롱하고……. 어디까지가 현실이고 어디까지가 환각인지 전혀 분간할 수가 없었죠. 잠이 오는 건지, 잠에서 깨어나려는 건지조차 짐작할 수 없었습니다…….

 눈을 떠보니 아침이었습니다. 무대 위엔 저 혼자였지요. 다 짜버려 비틀린 본드 튜브와 비닐봉지만 어지럽게 널브러져 있었습니다. 그때까지만 해도 저는 그 모든 것이 다 꿈이거니, 다 환각이려니 생각했습니다. 때론 현실보다 더 생생한 환각도 있으니까요……. 한편으론 다행스러우면서도 또 한편으론 마음이 무거웠습니다. 제 주위의 모든 것이, 심지어 제 자신조차도 가짜가 아닐까, 하는 생각이 들었습니다. 세상은 아무 변화가 없는데 나만 혼자 미쳐 날뛰고 있는 듯한 두려움, 혹은 외로움 같은 거 말입니다. 그런 생각을 하며 무대 위에서 내려왔지요.

 그러다가 그 모양 그 꼴로 변한 차서화를 발견하게 된 것입니다. 무대 한쪽 기둥에 등을 기댄 채 앉아 있는 차서화를……. 흐릿한 눈동자는 어젯밤 그대로 변함없었으나 양손은 모두 자신의 머리칼을 거칠게 움켜쥔 채 잠들어 있는 차서화를……. 바닥엔 그녀의 오줌이 흥건했습니다. 저는 조심스럽게 그녀에게 다가갔습니다. 그녀에게 다가갈수록 본드 냄새는 더더욱 심하게 풍겨왔죠. 자세히 보니 그녀의 머리칼은 온통 본드 천지였습니다. 본드를 샴푸로 착각했는지, 아니면 무스로 잘못 알았는지, 머리칼은 마치 염색이라도 한 듯 노란빛을 띠고 있었습니다. 이미 굳어버린 본드……. 그녀의 손은 머리칼을 움켜쥐고 있는 것이 아닌,

머리칼과 본드와 함께 굳어버린 것이었죠…….

저는, 지금도 궁금합니다. 과연 그녀가 본 게 무엇이었을까요……? 메두사일까요, 그도 아니면 거울일까요?

문: 그럼 어쨌든 피의자가 차서화로 하여금 강제로 본드를 흡입하게 만든 건 사실이군요?

답: 예, 그건 틀림없습니다.

문: 좋습니다. 더 할 말이나 유리한 증거가 있나요?

답: 없습니다……. 그냥…… 본드나 한번 불게 해주십시오.

"왜 이렇게 늦게 온 거야?"

"파라과이에 갔다 오느라고……. 너보다 더 날 원하는 배우가 생겼거든. 너도 알잖아, 난, 네가 원할 때만 보인다는 거."

"궁금한 게 하나 있어."

"뭔데?"

"너, 정말 네 아버지를 만났어?"

"그런 너는?"

"내가 먼저 물었잖아."

"나……? 난, 너와 똑같아."

"넌, 정말…… 나쁜 새끼야."

"그것도 너와 같지."

"……."

"……."

"세상 정말 엿 같지……?"

"본드 같지."

"불까?"

"지금 분 거 아니었어?"

"그랬나……? 그것도 모르겠어……. 그냥 몽롱해…… 다 몽롱하기만 해서……."

옆에서 본 저 고백은
― 告白時代

저는 고아로 태어났습니다. 하지만 그것에 대해선 아무런 불만도 없습니다. 고기도 먹어본 놈이 잘 먹는 것처럼 부모도 있어본 놈이나 잘 써먹는 거 아닙니까. 물론 때때로 억울한 생각이 드는 것도 사실입니다. 기차게 부모 돈 긁어먹는 새끼들을 보면 속에서 프로판 가스통 두세 개가 이리저리 굴러다니면서 쇳소리를 내는 것 같거든요. 하지만, 또 재수 옴 붙어서 부모라고 하나 있는 게 이건 순 알코올 중독에 수시로 채찍이나 들고, 애새끼가 기껏 힘들여 삥 뜯어온 돈, 다시 삥 뜯으면서 난리 법석 블루스를 춘다면, 차라리 없는 게 낫지요. 저에게 만약 부모가 있었다면 왠지 그런 부모일 거라는 생각이 드는군요. 그러니 불만이 있을 리 없지요. 전, 이렇게 긍정적인 사고방식을 가진 놈이랍니다.

제 나이 비록 어리지만 남 못지않은 고생을 했다고 자부합니다. 아주 어린 시절부터 앵벌이를 시작해서 십 년 넘게 그 짓을 했거든요. 참 많이도 맞고 살았습니다. 저를 비롯한 앵벌이 다섯 명을 이끌던 형님, 그 형님 체인 다루는 솜씨가 아주 일품이었거든요. 체인을 팔목에 둘둘 감아 한번 내리치기만 하면 옷은 물론이고 그 안의 살점까지 너덜너덜해지거든요. 아아, 오해는 하지 마세요. 결코 돈을 삥땅치거나 형님에게 대들어서 그랬던 것은 아니니까요. 무슨 잘못이 있어서 맞은 게 아니라는 거지요. 그 형님은 잠을 잘 적에도 팔목에 체인을 감고 자는 버릇이 있었습니다. 잠꼬대를 하다가 자신의 종아리를 체인으로 내리칠 정도이니, 말 다했죠. 아무튼 그 형님 덕분에 저는 맷집이 아주 좋아졌습니다. 맷집이라면 전국 최고라고 자부할 수 있습니다.

  작년에 제 친구 재덕이와 함께 한 전국 일주 또한 저의 활달하고 과감한 성격을 잘 말해주는 사례라고 할 수 있을 것입니다. 저와 재덕이는 더 넓은 세상을 경험하기 위해 오토바이를 이용, 전국 곳곳을 돌아다녔습니다. 예, 물론 훔친 오토바이였습니다. 저와 재덕이는 오토바이 계기판을 뜯고 전극 스위치 선만으로 시동을 거는 데 채 일 분이 걸리지 않는, 능숙한 솜씨를 가지고 있습니다. 저희는 그 오토바이를 타고 국도와 비포장도로를 달렸습니다. 가다가 기름이 떨어지면 오토바이를 버리고 다시 훔쳤습니다. 그렇게 해서 전국 일주를 하는 데 총 마흔두 대의 오토바이가 소요되었습니다. 재덕이와 저는 그 여행을 통해 보다 적극적이고 능동적인 성격을 가지게 되었으며, 더불어 50시시 스쿠터에서부터 125시시 가와사키까지, 다루지 못하는 오토바이가 없을 정도로 능숙한 운전 솜씨를 지니게 되었습니다.

 또한 모시고 있던 형님의 갑작스러운 수감 생활로 인하여 재덕이와 함께 앵벌이 조직을 성공적으로 이끄는, 남다른 지도력을 발휘하기도 하였습니다.(중략)

 저는 전부터 형님들이 운영하시는 회사에 대해 듣고 마음속으로부터 동경하고 있던 중, 이번에 기회가 되어 형님들이 지시하신 대로 이렇게 자기 소개서를 제출하게 되었습니다. 저를 뽑아만주신다면 그간의 경험을 바탕으로, 위로는 형님들을 지성으로 받들고 아래로는 후배들의 본보기가 되어, 보다 활기 넘치는 회사를 만드는 데 일조하겠습니다. 저는 그 누구보다도 돈 받아내는 데 탁월한 재주를 가지고 있다고 생각합니다. 오랜 앵벌이 경험은 저로 하여금 생면부지 사람들의 돈을 손쉽게 주머니에서 나오게 하는 비법과, 생떼거리를 써서 나오게 하는 방법, 그 모두를 터득하게 해주었습니다. 하물며 빚진 놈들의 돈을 받아내는 것은 일도 아니라고 생각합니다. 아무쪼록 형님들의 현명한 선택을 기다리며, 끝으로 이젠 양아치 생활을 청산, 진정한 쌈마이로 거듭나기 위해 최선을 다할 것을 다시 한 번 다짐합니다.

―내 친구 시봉의 자기 소개서(서린신용정보회사 입사용)
초고 중에서

1

"이, 이렇게 쓰, 쓰면 아, 안 되는데요……."
 가르마 비율 팔 대 이, 두껍고 커다란 렌즈의 안경, 허여멀건 피부와 얇은 입술. 이런 자식은 보나마나 뻔하다. 가난한 부모 밑에서 자라났고, 그 분풀이를 괜스레 공부에 한, 그러면서도 여전히 가난한, 싸움도 지지리 못하고 소심함 때문에 말도 더듬는, 그래서 더 만만한 놈. 나와 시봉은 그놈을 팔대이라고 부른다. 불쌍한 팔대이, 누가 너보고 우리 눈에 띄라고 했더냐, 다 네 기구한 팔자지.
 팔대이를 만난 것은 PC방에서였다.
 시봉과 나는 수일 동안 고민에 고민을 거듭한 끝에 PC방을 찾았다. 우리의 고민이란 대강 이런 것이었다. 누가 먼저 형님들의 회사에 취업할 것인가, 그리고 누가 남아서 엉망진창이 된 앵벌이 조직을 이끌 것인가……. 언제나 그렇듯 이번에도 우리의 선택이란 좋은 것과 더 좋은 것 사이에서의 갈등이 아니었다. 그간의 정을 생각해서라도 한꺼번에 둘 다 움직일 순 없는 일이었고, 그렇다고 한 사람의 포기를 강요할 수만도 없는 일이었다. 그렇게 며칠을 아무 일도 하지 못하고 방 안에서 뒹굴며 내린 결론은(막판은 언제나처럼 사다리타기였지만) 시봉이 먼저 입사한 후, 기반이 잡히는 대로 나를 끌어간다는 것이었다. 시봉은 곧바로 우리 아이들이 지하철에서 돌리는 종이쪽지 뒷면에 자기 소개서를 적어나갔다.

참 알다가도 모르겠고, 생각할수록 웃기지도 않는 형님들이었다. 그 무시무시한 진짜 쌈마이 형님들이 번듯하게 회사도 차리고 그럴싸한 양복에 고급 승용차까지 몰고 다닌다는 사실은, 평생을 지하철 내에서 전전한 나와 시봉에겐 분명 부럽고, 질투 나는 일임에 틀림없었다. 또 형님들이 운영하는 회사라는 게, 말이 신용정보회사지 순 사시미칼과 골프채, 손도끼만으로 운영된다 하더라도, 채무자 안방에 팬티만 입은 채 드러눕거나 심지어 안방에서 엉덩이를 까고 똥까지 싸는 일이라고 해도, 평생을 역무원과 공익근무요원, 지하철 수사대에 쫓겨온 시봉과 나에겐 터프하고 세련된 일로만 여겨졌다. 어쨌든 형님들의 회사는 합법이니까. 그 쌈마이 형님들이 반도체 회사를 차릴 수도, 그렇다고 기원을 하고 앉아 있을 수도 없지 않은가. 주어진 여건 속에서 최대한 합법적인 회사, 그것이 바로 형님들의 회사였고, 시봉과 내가 입사하길 간절히 원하는 사업체였다. 생을 합법적으로 사는 것, 진짜 쌈마이가 될 수 있는 길, 그 모두가 형님들의 신용정보회사 안에 기본 옵션으로 갖추어져 있는 것이었다. 그러니 벼룩시장에 나온 그 회사의 신입 사원 채용 광고를 본 시봉과 내가 얼마나 환장했겠는가. 얼마나 환장했으면 채용 광고 문구도 제대로 읽지 않고 댓바람에 동대문으로 달려가 없는 돈 톡톡 털어 상하 팔만 원짜리 검은 양복부터 샀겠는가.

한데, 한데 자기 소개서라니…….

정말 꼴에 남들 하는 건 다 따라 하려는 모양이다. 쌈마이 회사에서 자기 소개서 같은 게 무슨 필요가 있나, 차라리 지원자들끼리 다구리 한판 붙게 하는 게 더 그럴듯하지. 왜, 아예 영어 시험도 보지, 양키들에게 빚 못 받은 고객들도 있을 텐데……. 시봉과 나의 불만은 끝이 없었다. 하지만 어쩔 수 있나. 아니꼽고 더러워도 까라면 까는 수밖에.

시봉은 정말 열심히 자기 소개서를 썼다. 제 딴에는 공들여 쓴다고 주간지 한 권을 들춰 보며 어렵고 유식한 낱말들, 멋진 문장들을 고스란히 베껴 적었다. '활달하고 과감한 성격' '남다른 지도력'……. 또한 시봉은 워드 작업을 해야 보다 완벽한 자기 소개서가 된다며 동네 PC방을 찾아가는, 근래 보기 드문 집요함을 보이기도 했다.

팔대이는 그 PC방의 새벽 근무 아르바이트생이었다.

막상 PC 앞에 앉긴 했지만 난감하기 그지없었다. 가끔 지하철 수사대에 끌려가 조서를 꾸며본 경험이 있는 나와 시봉이었기에, 워드 작업을 너무 만만히 본 게 실수였다. 왼쪽과 오른쪽 검지로만 조서를 꾸미던 짭새의 타법이 '독수리 타법'이었다면, 시봉과 나는 오직 오른쪽 중지로만 자판을 두들겨대는, 일명 '퍽 큐 타법'이었다. 우리는 과연 어떻게 해야 쌍시옷이 모니터에 뜨는지, 도무지 며칠 동안 자판을 붙잡고 앉아 있어야 이 모든 것을 칠 수 있을지, 아무것도 알 수 없었다. 대신, 시간이 흐르면 흐를수록 할 수만 있다면 자판과 모니터를 한데 모아 사시미라도 뜨고 싶은, 그런 심정으로 변해갔다.

그런 우리 곁에 재떨이를 비워주기 위해 다가온 팔대이, 불쌍한 팔대이, 단순무식한 시봉이 품안에 망치보다 더 큰 호치키스를 넣고 다니는 것을 모르는 팔대이, 시봉이 광분 발작하면 호치키스를 머리에다 대고 찍어버리는 것을 모르는 팔대이. 그렇게 팔대이는 우리 둘 사이에 앉게 되었고, 시봉의 자기 소개서를 대신 치게 되었다.

"뭐가 안 된다는 거야, 이 쓰벌놈아!"

나는 시봉이 화내는 것을 이해할 수 있다. 암, 이해하고말고. 시봉이 얼마나 공들여 쓴 자기 소개서인데, 난생 처음 써본 장문의 글인데, 그걸 대충 훑어보고 무시하다니. 그건 예의에 벗어나는 짓이다. 팔대이는 조용히 워드 작업이나 하면 되는 것이다.

"왜, 왜냐하면…… 빠, 빠진 게 있어요."

"빠진 거?"

시봉의 목소리가 한결 누그러졌다. 빠진 거……, 빠진 거……. 그 말을 듣고 시봉이 무슨 생각을 했는지 모르겠지만, 나는 그랬다. 예전에 우리가 많이 들어본 질문들……. 주눅 들게 만드는 질문들, 조서들, 마라톤 타자기 혹은 르모 II 워드프로세서의 경쾌한 분절음……. 시봉과 나의 삶에 빠진 게 어디 한두 가지인가. 차라리 갖고 있는 목록을 헤아리는 게 훨씬 빠르지…….

팔대이는 우리에게 자기 소개서에 빠져서는 안 될 사항들에 대해 말해주었다. 알고 보니 자기 소개서라는 것은 우리가 생각한 것보다 훨씬 더 복잡하고 고난도의 글재주가 필요한 서류였다. 우선 꼭 들어가야 할 내용으로, 성장 배경과 성격, 생활 태도와 학창 생활, 그리고 지원 동기 및 앞으로의 포부가 있어야 했고, 그 외에 첨가해야 할 사항으로 대인 관계와 조직에 대한 적응력, 경력, 그리고 자신의 장점을 드러내는 것과 동시에 신체적 결함이나 성격상의 단점, 그리고 장애 정도까지. 그 많은 것들을 일정한 분량에 모자람이나 넘침 없이 포함시켜야 한다는 것이 팔대이의 설명이었다. 세상에……. 기가 막힐 법도 한데, 시봉은 의외로 한결 더 여유로운 표정을 지었다.

"하, 이 씨발놈, 좆나게 많이 써본 모양이네."
"………"

"에라 이 새끼야, 겨우 시간당 이천 원 받아 처먹으려고 그 지랄로 공부했냐, 네 부모가 안타깝다, 이 새끼야."

시봉은 호치키스로 팔대이의 배를 툭툭 치며 실실 웃기까지 했다.

"어떻게 할 거야? 포기할 거야?"

내가 물었다. 시봉의 저 여유로움은 분명 포기에서 나온 것일 테니, 시봉은 언제나 포기가 빨랐으니.

"뭘 포기해?"

"좆나 복잡하다잖아?"

"그런데?"

"그런데는 뭐가 그런데야? 네가 그걸 어떻게 써, 임마!"

"내가 그걸 왜 쓰고 앉아 있냐 임마, 이 새끼가 쓰면 되지."

역시, 단순 무식한 시봉. 때론 그게 힘이 될 수도 있다. 시봉이 한쪽 팔로 팔대이의 목을 감싸며 웃었다.

"그렇지, 이 씨발놈아? 네가 이 형님 거 기차게 써줄 거지?"

그 바람에 팔대이의 커다란 안경이 이마 위로 올라갔다. 두 눈을 급하게 끔뻑이는 팔대이의 얼굴은 생각보다 무덤덤해 보였다. 나는 시간이 지날수록 왠지 팔대이가 그리 만만한 놈이 아니라는 생각이 들었다. 저 무덤덤함은 기분 나쁘다. 팔대이가 시봉의 겨드랑이 사이에서 잔뜩 코 막힌 목소리로 간신히 말을 했다.

"자, 자기 소개서는…… 자, 자기가 써야, 써야 하는데…… 그, 그래야 하는데…… 나, 나, 난, 쓰, 쓰면 아, 안 되는데……."

2

"오빠들, 정말 너무 하는 거 아니야?"

덕자의 목소리에는, 오늘은 결코 이대로 넘어가지 않겠다는 결연한 의지가 엿보였다. 평상시에도 허스키한 목소리가 오늘은 더 갈라져 있다. 시봉과 나는 몸을 반쯤 벽으로 돌린 채 괜스레 방바닥에 손톱자국을 내고 앉아 있었다. 근래 들어 우리에게 가장 무서운 존재가 있다면, 그건 바로 덕자였다. 우리 앵벌이 조직의 모든 살림을 꾸려나가는 덕자, 직접 지하철에서 돈벌이도 하고, 저녁 땐 숙소로 돌아와 밥까지 짓는 덕자, 그날그날 벌어온 돈도 계산하고, 전기세도 내는 덕자, 열여섯 살이지만 마흔 살 넘은 아줌마의 몸매를 유지하는 덕자, 유일하게 우리에게 잔소리를 해대는 덕자……. 오늘, 시봉과 나는 전단지 복사해놓으라고 받은 돈으로 PC방을 갔다. 혼날 짓을 하긴 한 셈이다.

"도대체 내일부터 어떻게 하란 말이야? 그냥 손만 내밀어? 그럼 누가 돈을 줘? 응? 말들을 좀 해보라고?"

 덕자의 잔소리는 끝이 없다. 사실, 우리는 마음만 먹으면 덕자의 잔소리를 듣지 않고도 충분히 살아갈 수 있었다. 우리 조직을 이끌던 체인 형님이 투옥된 이후, 시봉과 내가 우리 조직의 우두머리(시봉의 표현을 빌리자면 '쌍두마차')가 되었으니까. 체인 형님처럼, 인정사정 볼 것 없이 애들 벌어온 돈 뜯어내서 텍사스로 직행하거나, 청계천 슬롯머신 오락실로 달려갈 수 있는, 그런 위치인 것이다. 하지만, 우리는 그러지 않았다. 얼마 전까지만 해도 함께 체인 세례를 받았던 나와 시봉, 덕자, 그리고 그 밑에 두 어린 것들이 아니었던가. 우리는 덕자의 잔소리를 감수하면서까지도 의리를 택했다. 그런데, 덕자는 그런 우리의 성의를 모르는 것 같았다.

 "오늘 일뿐만이 아니야. 오빠들 요새 뭐 딴 짓 해? 아님, 애인이라도 생겼어? 왜 이렇게 우리한테 신경을 안 쓰냔 말이야?"

 아마 시봉도 나처럼 뜨끔했을 것이다. 우리는 당분간, 시봉이 진짜 쌈마이 형님들 회사에 취직하려 한다는 사실을 비밀에 부치기로 했다. 그 사실을 알게 되면 아이들, 특히 덕자가 동요할 것이고, 그렇게 되면 갈수록 악화 일로로 치닫는 수입이 바닥을 칠 게 뻔했기 때문이었다. 정말이지 앵벌이 사업은 이제 '사양 산업'이 되고 말았다. 그게 다 언론 때문이었다. 방송에 몇 번 앵벌이 조직에 대한 보도가 나간 이후, 아이들이 벌어오는 돈은 눈에 띄게 줄어들었다. 아무도 아이들을 불쌍하게 여기지 않았고, 그 누구도 아이들이 돌리는 전단지 속 문구를 믿으려 들지 않았다. 나나 시봉이가 다른 직업을 알아보게 된 보다 직접적인 원인도 다 거기에 있었다.

"다른 조직 애들은 안 그래. 5호선 아차산역파 애들 있지. 저번 때 보니까 걔네들은 어디서 갓난아기도 주워 와서 업고 다니더라. 걔네들이 직접 애를 낳았겠어? 다 뒤 봐주는 오빠들이 얻어온 거 아니야. 앵벌이가 뭔데? 앵앵거려서 돈 뜯어내는 게 앵벌이 아냐? 우리 아이들도 벌써 열세 살이야, 열세 살. 이 바닥에선 벌써 환갑이라고, 환갑!"

덕자 말이 다 맞다. 열세 살이나 먹은 우리 아이들이 지하철 한복판에서 목청껏 운다 해도 누구 하나 쳐다보지 않을 것이다. 우리도 다 안다. 그래서 더더욱 할 말 없는 것이다.

"좋아, 그런 건 다 좋다고. 나도 오빠들한테 갓난아기까지 바라는 건 아니라고. 한데, 최소한 해준다고 약속한 건 지켜야 할 거 아니야. 전단지 내용 바꿔준다고 한 게 언제야? 그게 벌써 삼 년째야, 삼 년째. 어느 누가 우리 아이들이 '여러분이 도와주시면 내년엔 꼭 국민학교에 입학하겠습니다' 하는 말을 믿겠냐고? 어느 앵벌이가 아직도 '목마른 사슴이 연못을 찾듯이'란 말을 쓰냔 말이야? 거짓말도 거짓말 같아야 불쌍해 보이지, 이걸 갖고 무슨 돈을 바래! 아무튼 나도 참을 만큼 참았으니까, 더는 못 참아. 이번 주까지 전단지 새로 만들든지, 아님 다 때려치우고 뿔뿔이 흩어지든지, 오빠들이 알아서 하라고!"

덕자는 그 말을 끝으로 방문을 열고 나갔다. 둔탁하게 닫히는 방문 소리로 추측해보건대 그녀의 잔소리는 앞으로도 일주일 이상 더 지속될 듯싶었다. 밥을 먹거나, 잠에서 깨어날 때, 심지어 속옷을 갈아입을 때조차, 언제 어디서 튀어나올지 모르는 덕자의 잔소리. 방바닥에 드러눕는 시봉의 한숨 소리가 유난히 길게 느껴졌다.

"씨발년, 좆도 지랄하네……."

따지고 보면 다 시봉 때문이다. 전단지 문구 다시 만들어주겠다고 큰소리친 것도 시봉이었고, 오늘 PC방에 가자고 꼬드긴 것도 시봉이었다. 놈이 원망스러웠지만, 나 또한 잘한 건 없다. 물론 굳이 잘잘못의 무게를 따지고 들자면 당연 시봉의 저울이 더 기울 것이다. 하지만 지금 중요한 건 누구의 잘못을 따지고, 그 때문에 서로 주먹질을 주고받는 게 아니지 않은가. 덕자의 잔소리를 일주일 이상 쉼 없이 들으니 차라리 예전처럼 체인 세례를 일주일 내내 받는 게 더 낫다는 것이 시봉과 나의 공통된 생각이었다. 나는 아이들이 지하철에서 돌리는 구겨진 전단지 한 장을 들고 시봉 옆에 누웠다.

저는 얼마 전 불의의 교통사고로 부모님을 잃은 소년 가장입니다. 함께 사는 할머니 또한 충격을 받고 쓰러져 사경을 헤매고 계십니다. 하나밖에 없는 동생은 아직 부모님이 돌아가신 사실도 모른 채 밤마다 엄마 아빠를 찾고 있습니다. 저 또한 올해 국민학교 입학도 하지 못하고 이 자리에 서게 되었습니다. 목마른 사슴이 연못을 찾듯이, 저는 여러분의 도움을 필요로 하고 있습니다. 여러분께서 작은 정성이나마 도와주신다면, 봄이면 다시 피어나는 푸른 새싹처럼 꿋꿋하게 일어나 내년에는 꼭 국민학교에 입학하도록 하겠습니다. 부디 저에게 친구들과 함께 넓은 운동장을 마음껏 뛰어다닐 수 있는 희망과 용기를 심어주시기를 다시 한 번 부탁드립니다. 감사합니다.

"씨발, 뭐 고칠 것도 별로 없네."
"고칠 게 왜 없냐? 초등학교로 바뀐 게 언젠데."
나는 '국민학교'에 밑줄을 그었다. '목마른 사슴'과 '입학'에도. 하지만 아무래도 문제는 더 큰 데 있는 것 같았다. 거짓말 같은 거, 왠지 꾸며낸 흔적이 물씬물씬 풍겨나는 거. 그게 문제였다.
"씨발, 난 괜찮아 보이는데……. 푸른 새싹처럼 꿋꿋하게 일어나, 이런 거 얼마나 좋냐?"

"말만 좋으면 뭐해. 진짜처럼 보여야지……."

"뭐, 여기 쓴 내용하고 우리 아이들 인생하고 별다른 차이도 없잖아."

사실, 그 말도 맞다. 우리 아이들은 부모도 없고, 학교 근처에 가본 적도 없으니까. 하지만 이제 사람들은 그런 사실조차 믿으려 들지 않는다. 모두 우리 아이들이 번듯한 부모도 있고 조기 유학이라도 다녀온, 그런 버릇없는 아이들과 별반 다르지 않다고 여기는 것 같다. 사람들이 알고 있는 불행이란 뻔하지 않은가. 이제 뻔한 불행은, 그게 아무리 사실이라 하더라도 더 이상 불행 취급을 받지 못하는 것 같다. 사람들은 미처 자신들이 생각해내지 못한 불행, 좀더 불행한 불행에 약해지는 법이다. 우리의 문제는, 우리가 사람들이 생각하고 있는 뻔한 불행밖에 당해보지 못했다는 사실에 있었다. 그 불행만을 되풀이하고 있으니 돈이 나올 리 없는 것이다.

"음…… 좀더 불쌍한 거 말이야. 그런 거 없을까? 더 가없은 거 말이야……."

내 물음에 시봉은 아주 진지하게 의견을 냈다.

"아예 할머니도 죽었다고 쓰면 어떨까?"

역시, 시봉의 단순 무식함은 끝이 없다.

3

 팔대이는 벌써 십 분째 말없이 자판과 모니터 옆에 고정된 시봉의 자기 소개서 초고를 노려보고만 앉아 있다. 무덤덤한 얼굴은 변함없었으나 앞으로 잔뜩 쏠리고 굳은 어깨로 미루어보건대, 그는 아마도 단단히 화가 난 모양이다. PC방 주인아저씨한테 야단이라도 맞은 것일까, 그도 아니면 시간당 이천 원 받는 수당이 천오백 원으로 깎이기라도 한 것일까? 팔대이를 가운데 놓고 양옆으로 앉은 나와 시봉은 쉽사리 말을 걸 수가 없었다. 아무리 만만하고 어눌한 놈이지만, 그런 놈일수록 한 번 성질나면 앞뒤 안 가린다는 것을 경험을 통해 알고 있는 우리였다. 하지만 마냥 기다리며 눈치만 살필 수도 없는 일이었다. 자기 소개서 제출 기한이 채 일주일도 남지 않은 시점이었다.
 "너, 어디 아픈 거야?"
 시봉의 목소리에는 다급함이 묻어 있었다.
 "주인 꼰대가 갈구냐? 주소만 말해, 내가 그 새끼 가족까지 패키지로 사시미 떠줄 테니까."
 팔대이는 여전히 묵묵부답이었다. 아프거나, 주인 문제는 아닌 것 같았다. 이 PC방 주인은 마음이 좋은지 모든 전권을 아르바이트생에게 넘겨준 모양이었다. 불쑥불쑥 나타나 청소 상태가 어떠니, 계산이 안 맞느니, 떠드는 적이 없었다. 이건 아마도 그의 내부 문제이리라. 뭐, 자존심 같은 거 말이다.

"하, 나, 이 씨발놈아, 말을 해야 할 거 아니야!"

시봉이 참지 못하고 속주머니에서 호치키스를 꺼내 들었다. 게임에 몰두해 있던 사람들의 충혈된 동공이 일순 우리 쪽으로 쏠렸다. 그러곤 다시 자신들의 모니터로 되돌아갔다. 이곳저곳에서 연이어 들려오는 전자음의 비명 소리.

"아, 아저씨…… 저, 정말 그, 그래요…… 하, 한 번도 부, 불만을 품어본 적 어, 없어요……?"

팔대이는 모니터에서 눈을 떼지 않은 채 그렇게 물어왔다.

"뭐가? 내가 무슨 불만을 품었다고 그래?"

"여, 여기 쓰, 쓴 것처럼, 아, 아저씨 부, 부모 없는 것에 대해서…… 하, 한 번도 워, 원망해본 적 어, 없냐고요?"

"하, 나, 이 씨발놈, 난 또 뭐라고…… 그런 거 없어, 이 새끼야. 없다고. 됐지? 그러니까 빨리 쓰기나 해."

"저, 저, 정말요?"

그건 정말이다. 내가 보장할 수 있다. 나와 시봉이 만난 게 벌써 십수 년째이다. 나도 태어날 때부터 고아였고, 시봉도 그랬다. 깨어나보니 고아였고, 고아원을 나와보니 앵벌이였다. 그 세월 동안 시봉과 나는 부모에 대해 한 번도 말해본 적 없고, 누구누구처럼 양아들로 들어가본 적도 없다.

가져보지 못한 것에 그리움 따위가 있을 리 만무하지 않은가. 내 짐작이지만 아마도 팔대이는 그것을 잠시 가져본 모양이다. 그렇다고 우리에게 그것을 강요할 순 없지 않은가. 저러다가 시봉에게 또 맞고 말지.

"하, 이 씨발놈아, 그게 무슨 상관이야? 부모가 있건 없건, 원망을 하든 원한을 품든, 그게 자기 소개서하고 무슨 상관이 있냔 말이야?"

"왜, 왜냐하면…… 소, 솔직하지 못하면 떠, 떨어지니까요…… 며, 며, 면접관이 이, 읽어보지도 아, 않고 버려버린단 마, 말이에요……."

"하지만 그게 사실인데……."

"아, 아무리 그게 사, 사실이라고 해도, 이, 이렇게 쓰면 아, 아무도 미, 믿으려 하지 않아요……. 지, 진짜 고, 고백을 해야 미, 믿는다고요…… 며, 면접관들은 고, 고백에 야, 약하거든요……."

"고백?"

나는 팔대이의 말을 믿을 수 없었다. 그렇게 자기 소개서에 대해서 잘 알고 있는 놈이라면, 심지어 면접관들의 마음까지 꿰뚫고 있는 놈이라면, 왜 이런 곳에서 밤잠 못 자며 일하고 있겠는가. 저건 필히 자신을 괴롭히는 우리를 되레 농락하려는 술수임에 틀림없다. 고백이라니. 우리가 지금 조서를 꾸미는 것도 아닌데, 여기가 성당도 아닌데.

"사, 사실이 아니지만 저, 정말 고, 고백처럼 믿게 만드는 거⋯⋯. 그, 그걸 보, 보는 게 자기 소개서라고요⋯⋯. 그, 그걸 얼마나 자, 잘하느냐에 따라 이, 입사가 좌우되거든요⋯⋯. 하, 한데, 제, 제가 아저씨 자기 소개서를 대, 대신 써, 써주려면, 지, 진짜 아저씨 속마음을 아, 알아야 하, 하는데⋯⋯."

"씨발, 뭐가 그렇게 복잡해⋯⋯."

"예를 드, 들자면⋯⋯ 마, 만약에 아, 아저씨 부모가 이, 이제라도 나타, 나타나면, 기분이 어떠, 어떨 것 같아요⋯⋯? 그, 그런 걸 아, 알아야⋯⋯."

이젠 별걸 다 묻는다. 도대체 그게 자기 소개서와 무슨 상관이냔 말이다. 우리는 지금 이산가족찾기 방송에 출연하려는 게 아니다. 회사에 들어가려는 것이다. 그게 부모와 무슨 상관이란 말인가. 회사에 들어가기 위해서 모든 사람들이 그렇게 자신의 과거를 낱낱이 까발리는 거라면, 그렇게 해서라도 기를 쓰고 들어가려는 게 회사라면, 그건 생각만으로도 무섭지 않은가. 그 무서움을 아무렇지도 않게 생각하는 게 더 무섭지 않은가⋯⋯.

하지만⋯⋯ 글쎄⋯⋯? 그건 한 번도 생각해보지 못한 질문이었다. 만약 부모라는 사람들을 만난다면, 그렇다면 내가 울까? 왜 가끔 TV에 나오지 않는가. 수십 년 전에 자신을 버린 부모를 다시 만나 엄청 서럽게 우는 아줌마, 아저씨들……. 생활이 힘들어서 자식을 버렸다는 그들은 수십 년이 지나도 추레한 옷차림 그대로였다. 나의 부모도 그들과 별반 차이 없겠지……. 나는 정말 그들을 이해할 수 없다. 아무리 돈이 없더라도, 돈 때문에 버린 자식을 다시 만나는 자리라면 최소한 동네 양복점에서라도 그럴듯한 옷 한 벌 빌려 입고 나와야지, 그게 예의 아닌가. 만약 내가 그렇게 예의 없는 부모를 만난다면, 나는 결코 울지 않을 것이다.

썩을 놈의 팔대이……. 괜스레 사람 마음 뒤집어놓는 게 취미인 모양이다. 시봉의 마음 또한 편치 않은지 얼굴 가득 주름이 잡혀 있다.

"나, 나 같으면…… 주, 죽이고 시, 싶을 거예요……."

"……"

"이, 이해하거나…… 부, 불쌍하게 여, 여기지 아, 않을 거라고요……!"

예상대로 팔대이 또한 만만치 않은 삶을 살아온 듯하다. 도대체 그의 부모가 어쨌기에 그와 아무런 친분 없는 우리에게 저런 말을 하는 것일까? 아무리 시봉의 자기 소개서가 자신의 속마음을 홀랑 뒤집어놓았다 하더라도 말이다……. 혹, 그는 매일 부모로부터 번갈아 체인 세례를 받는 게 아닐까, 그도 아니면 매일 아침 그의 머리를 손질해주는 의붓아버지로부터 노골적인 동성애 요구를 받는 게 아닐까, 한 손엔 채찍을 들고, 독일 병정 모자를 쓴 의붓아버지로부터 말이다.

아무려나, 팔대이가 갑작스럽게 내지른 말 한 마디는, 나와 시봉을 한동안 침묵 상태에 빠지게 만드는 데 모자람이 없었다. 시봉은 모니터 옆에 부착된 자신의 자기 소개서를 가끔 쳐다보았고, 나는 힐끔힐끔 팔대이의 옆얼굴을 훔쳐보았다. 이상한 것은 팔대이의 과거가, 비록 그것이 짐작뿐이었지만, 하나하나 드러날 때마다, 그를 대하는 나의 마음이 조금씩 조금씩 변한다는 것이었다. 분명, 동정만은 아닌 것 같았다. 동정 이상의 그 무엇. 마음 한구석에 그에게 갚아야 할 빚이 차곡차곡 쌓이는 것 같은 불안함과 조급함, 남들은 다 벗고 들어온 목욕탕에 나 혼자 정장을 차려입고 들어간 것 같은 어색함. 모르긴 몰라도 시봉 또한 앞으로 팔대이한테 쉽사리 소리 지르거나 호치키스를 휘두를 순 없을 것이다.

"마, 말해보세요? 어, 어떻게 하, 하실 건데요……? 저, 정말…… 부, 불만 어, 없어요……?"

시봉은 말이 없다. 이건 뭔가 이상하다. 자꾸만 상황이 역전되는 것만 같다. 왜 우리가 팔대이한테, 저 비루하고 힘없고, 개 같은 인생을 산 놈에게 주눅이 들어야 한단 말인가. 뭐, 이런 경우가 다 있느냐 말이다.

4

 까짓 것, 우리도 고백을 하기로 했다. 시봉과 나는 방 한가운데 종이를 놓고 하나하나 우리의 고백 목록을 작성해나가기 시작했다. 남들도 다 하는 고백이라면, 고백을 팔아서 회사에 입사하는 거라면, 못할 거 하나 없다.

- 혜미년, 미숙이년, 순자년, 지하철 화장실에서 따먹은 거. (시봉)
- 지하철 첫차 탔을 때, 아무도 모르게 객차 안에 오줌 싼 거. (나)
- 지하철에서 쪼갠 놈, 화장실까지 쫓아가 뒤통수에 호치키스 박은 일. (그때 호치키스를 박으며 시봉이 한 말을 나는 기억한다. '씨발놈아, 오줌 싸고 네 번 이상 털면 그게 바로 딸따리야! 누가 공중 화장실에서 딸따리 치래!')

 그렇게 고백 목록을 작성해나가다가 시봉이 물었다.
 "왜 우린 모두 지하철에 관한 고백밖에 없지?"
 "우리 주 활동 무대가 지하철이니까 그렇지."
 한때 우리는 아침 다섯 시 삼십육 분 첫차를 시작으로 밤 열한 시 삼십오 분 막차가 끊길 때까지 지하철 안에서만 머문 적도 있었다. 그곳에서 낮잠을 잤고, 그곳에서 밥을 먹었다. 그곳에서 세상 돌아가는 이야기를 들었고, 그곳에서 쫓겨 다녔다. 당연, 우리의 이야기는 지하철에서부터 시작해 지하철로 끝나는 것이다. 별다른 생각이 있었던 것도, 불만이 있었던 것도 아니다. 다만, 우리는 하루 목표 금액을 채우기 위해, 그래서 형님의 체인 세례를 당하지 않기 위해, 수시로 돈을 헤아렸을 뿐이다. 그 세월이 십 년이다. 십 년이 어디 짧은 시간인가. 설혹, 불만이나 고민 따위가 있다 하더라도 뭉개지고 바스러져버리고 마는 시간. 우리는 먹고 사는 문제가 급했을 뿐이다. 가난하면 머릿속의 생각도 온통 가난에 쏠리는 게 당연하지 않은가. 당신, 지금 유부남을 사랑하고 있다고? 그 때문에 풀어놓을 말들이 많다고? 그래, 그럼 우리에게 와. 딱 하루만 우리와 함께 지하철을 돌자고. 그러고 나서 무슨 생각이 드는지 말해보자고. 유부남이 떠오르는지, 유부국수가 생각나는지.

"근데, 이게 정말 고백일까?"

한참 동안 종이에 나열된 우리의 고백 목록을 바라보던 시봉이 물었다.

"이게 정말 고백할 거리가 되냔 말이야?"

"뭔 소리야?"

"아니, 내 말은, 이게 정말 나쁘고 숨기고 싶은 일이냔 말이야? 씨발, 어느 놈의 기준에 맞춰야 하냐고?"

근래 들어 시봉은 참 똑똑해졌다. '기준'이란 단어를 쓰다니, 역시 사람은 배운 사람과 친하게 지내야 한다. 시봉이 앞으로 팔대이와 일 년만 함께 더 지낸다면 영어로 자기 소개서를 쓰겠다고 덤빌지도 모를 일이다.

"씨발, 내가 혜미년, 미숙이년, 순자년, 그년들을 강제로 따먹었어? 그건 아니잖아. 혜미년은 지가 먼저 날 꼬드긴 거라고. 왜 지하철 화장실에서 했냐고? 씨발, 당연하지, 여관비가 없으니까. 쪼갠 놈 호치키스로 깐 거? 씨발, 난 다른 건 다 참아도 사람 좆나 쪼개는 건 못 참는다고. 안 쪼개면 될 거 아니야!"

그렇게 말한다면 나도 할 말 있다. 추운 겨울이었다, 밖에서 한참을 떨다가 첫차를 탔다, 갑자기 따뜻한 곳에 앉으니 오줌이 마려웠다. 참을 수 없을 만큼 마려웠다, 새벽 다섯 시대 지하철 배차 간격은 십오 분이다, 오줌을 누러 차에서 내린다면 나는 또 그만큼의 시간을 밖에서 떨어야만 했다, 나는 그 추위가 두려워 차 안에서 오줌을 쌌다, 하나도 춥지 않았다…….

"씨발, 난 내 인생에 숨길 게 하나도 없다고…… 씨발, 남들도 다 내 인생을 뻔하게 생각하잖아……."

"그럼 뭘 고백하지?"

"씨발, 나도 모르겠어……."

"씹새끼야, 취직 안 할 거야? 네가 들어가야, 나도 들어가지…… 모르겠으면 팔대이한테 찾아가면 되잖아!"

 그동안 우리는 네 번이나 더 팔대이를 찾아갔었다. 그러나, 시봉의 자기 소개서는 첫 문장에서 막힌 채 단 한 줄도 나아가지 못했다. 팔대이는 만날 적마다 시봉에게 고백할 것을 강요했고, 틈틈이 자신의 과거를 고백했다. 그는 정말이지 고백에는 타고난 재주를 가진 사람처럼 보였다. 특히 언제나 무표정한 그의 얼굴과 어눌한 말솜씨는 그의 고백이 불순물 제로의 진실처럼 느껴지게 만드는 데 충분했다. 아울러 팔대이의 고백을 듣고 있노라면, 우리는 아주 오랜 시절부터 그를 알고 지낸 것 같은 착각에 빠지기도 했다. 우리가 그에게 무척이나 중요한 존재가 되어버린 듯한 느낌……. 그렇지 않은가, 자신에게 중요하지도 않은 사람에게 어떻게 자신의 비참한 가난에 대해서 그토록 거리낌 없이 말할 수 있겠는가.

 "씨발, 이젠 그 새끼한테 가는 것도 죽을 맛이라고……."
 "왜?"
 "씨발, 이건 취조당하는 것도 아니고……."
 "너, 이 새끼…… 팔대이가 무서워?"
 "……"
 "뭐, 이런 병신 같은 새끼가 다 있어. 씨발놈아, 육갑 떨지 말고 빨리 가서 오늘 중으로 끝내 달라고 해! 씨발놈, 생긴 건 단순 무식한 게 겁은……. 씹새끼야, 취직은 해야 할 거 아니야! 까발려서라도 취직이 되기만 된다면 창자까지 다 까뒤집으란 말이야!"

지금에 와서야 후회하는 일이지만, 그때 그렇게 시봉을 닦달하는 게 아니었다. 생각해보니 시봉을 그렇게 닦달한 것은 다 나의 두려움을 숨기기 위해서였다……. 고백하기 위해선 남을 쳐야 한다는 것을, 나는 그것을 이제서야 깨달았다…….

아주 어린 시절, 그러니까 내가 고아원을 뛰쳐나오기 전의 어느 날, 나는 원장실 오래된 책상 앞에 앉아 무언가를 쓰고 있었다. 촉 낮은 전구와 낡은 탁상시계, 누런 갱지와 모나미 볼펜 한 자루. 아마도 꽤 늦은 시간이었나 보다. 나는 밀려오는 졸음을 참지 못하고 까닥거리다가 책상 모서리에 늑골을 부딪혀 화들짝 놀라, 허리를 꼿꼿이 세우곤 했다. 등 뒤엔 원장 아버지가 불 꺼진 석유 곤로 앞에 웅크리고 앉아 있었다. 성탄절이 다가오는 계절이었다.

"재덕아, 졸립니?"

"아니에요."

"이거 먹고 해라. 지금 먹으면 둘이 충분히 먹을 수 있을 거야."

나는 책상에서 일어나 석유 곤로 앞에 원장 아버지와 똑같은 포즈로 앉았다. 곤로 위 양은 냄비 안에는 삼양라면 하나가, 벌써 삼십 분 전에 다 끓어 우리의 숟가락을 애타게 기다리고 있었다. 엄청나게 불은 라면은 양은 냄비의 밑바닥을 다 가리고도 남았다. 고아원에선 언제나 라면을 그렇게 먹었다. 원장 아버지와 나는 그 라면을, 힘없이 툭툭 부러지고 마는 라면 줄기를, 숟가락으로 퍼먹었다. 다른 아이들은 모두 배고픔을 등에 이고 잠이 든 시각, 우리의 숟가락은 조용히 움직였다.

"니, 저거 쓰는 거 싫지?"

"아니에요……."

"그래…… 부지런히 퍼먹어라……."

나는 그때 '하늘에 계신 엄마 아빠에게 보내는 편지'를 쓰고 있었다. 원장 아버지는 내 편지를 등사해서 학교 선생님들과 군인 아저씨들에게 보낼 거라고 했다. 아직 살아 있을지도 모를 내 엄마와 아빠는 졸지에 죽은 사람이 되는 거였지만, 나는 원장 아버지의 부탁에 순순히 응했다. 원장 아버지는 착한 사람이었다.

쫓겨온 바람은 애타게 유리창을 두들기고 친구들이 깰까 봐 마음은 조마조마한데, 좀처럼 내 졸음은 가시지 않았다. 양은 냄비로 향하는 내 손길은 갈수록 더뎌졌지만, 원장 아버지의 숟가락은 처음과 똑같은 속도로 움직였다. 원장 아버지는 무척이나 배가 고팠나 보다. 나는 입 안 가득 라면을 물고 졸린 눈으로 흔들리는 유리창을 바라보았다. 누군가

자꾸 우리를 내려다보는 것만 같아 불안하고, 창피했다. 누군가는 나에게 이 밤을 기억하지 말라고 말하는 것 같았고, 또 누군가는 나에게 가슴 깊이 간직해서 퉁퉁 불은 라면처럼 부풀리라고 말하는 것만 같았다. 그러나, 자꾸만 자꾸만 두 눈이 감겨와 내 귀에는 오직 양은 냄비 바닥을 긁고 있는 원장 아버지의 숟가락 소리만 들려왔다.

내 나이 일곱 살이었던가, 글쎄 그것도 잘 모르겠다.

5

사건은 자기 소개서 제출 기한이 이틀 앞으로 다가온 토요일 오후에 벌어졌다.

그날도 팔대이는 평상시처럼 시봉의 자기 소개서를 모니터 옆에 부착시킨 채 문장 하나하나를 되짚고 느릿느릿한 목소리로 질문을 해가며 자판을 쳐대고 있었다. 시봉은, 코앞으로 닥친 제출 기한 탓인지 그도 아니면 정말 팔대이가 무서워서인지, 팔대이가 묻는 말에 꼬박꼬박 대답을 하며 구부정한 자세로 앉아 있었다. 나는 그런 시봉이 답답해 보이기도 했지만 뭐, 별다른 도리가 없었다. 그저 마음속으로 '자기 소개서만 끝내면 내 저 새끼를' 하며 앉아 있었을 뿐.

일이 벌어진 것은 내가 화장실에 가느라 시봉의 곁을 잠깐 비운 사이, 그 짧은 시간 동안에 일어나고 말았다. PC방 한쪽 귀퉁이에 달린 화장실에서 바지춤을 올리며 나오는 순간, 나는 보고 말았다. 팔대이의 손에 들린 시봉의 호치키스가 제 주인의 머리 위로 사정없이 내리쳐지고 있는 광경을……. PC방에 있는 그 누구도 시봉을 바라보지 않았다. 시봉이 비명을 질렀던가? 글쎄 그건 잘 모르겠다. 설령 비명 소리가 들렸다 하더라도 수십 대의 PC에서 울려퍼지는 전자음에 묻혀버렸을 것이다.

나는 아주 천천히 시봉의 곁으로 다가갔다. 팔대이는 옆의자에 널브러져 있는 시봉에게 눈길 한 번 주지 않은 채 모니터에 열중하고 있었다. 그는 아무 일도 없었다는 듯 무언가를 열심히 치고 있었다. 그것은 아마도 시봉의 자기 소개서였으리라…….

"시, 시시, 씨발놈…… 고, 고, 고백을 했으면 되되, 될 거 아니야……."

나는 한참 동안 팔대이의 등을 바라보고 서 있었다. 미친 듯이 자판 위에서 움직이는 팔대이의 손가락을, 모니터에 새겨지는 수많은 고백을, 쓰러진 시봉을……. 언제 왔는지 PC방 주인아저씨 또한 내 등 뒤에서 그런 팔대이의 모습을 조용히 지켜보고 있었다.

나는 가급적 소리 나지 않게, 팔대이의 시선이 내게로 향해지지 않을 만큼 조심히, 시봉을 부축해 PC방 밖으로 나왔다. 시봉의 손에는 인쇄된 종이 한 장이 들려 있었다. 그것이 시봉의 자기 소개서인지, 혹은 팔대이의 고백인지, 나는 지금도 알지 못한다. 다만, 나는 팔대이가 아주 무서워졌다. 예전보다 백배는 더 무서워졌다. PC방 주인아저씨의 얼굴을 빼다 박은 팔대이의 얼굴이, 나는 소름 끼치게 무섭다……

6

한밤, 방 안으로 들어오는 덕자의 얼굴이 밝다. 아주 오랜만에 보는 덕자의 밝은 모습이다. 사흘 전, 시봉이 머리를 열네 바늘이나 꿰매고 돌아왔을 때와는 비교가 안 되는 얼굴이다.

"오빠들, 글 죽이던데. 근래 들어 오늘처럼 많이 벌어본 적도 없는 거 같아."

누워 있던 시봉과 나의 눈이 마주쳤다. 그러곤 서로 고개를 돌렸다. 없어졌던 그 종이가 덕자의 손에 들어간 모양이다.

"근데, 쓰려면 끝까지 써줄 것이지 왜 쓰다가 말았어? 조금만 더 썼으면 아주 죽였을 텐데……"

저 종이를, 아니 이제 전단지가 된 시봉, 혹은 팔대이의 고백을 빼앗아야 할까, 그러면 덕자가 가만히 있을까?

"특히 난 이 첫 부분이 좋더라. '부모는 이해하는 게 아니라고 생각합니다. 용서해야 하는 것입니다' 이거, 딱 나라니까."

나는 고백할 수 있는 인간들이 부럽다, 아니 무섭다. 덕자의 얼굴은 밝기만 하다.

머리칼 傳言

여자의 머리칼에 기묘한 힘이 존재한다는 사실이 타인에 의해 처음 발견된 것은 일천구백팔십사 년, 여자 나이 다섯 살 때의 일이었다. 여자의 실질적인 보호자이자 용인 굴암산 기슭에 위치한 용수사(龍守寺) 주지 지종(知終)에 의해서였다.

지종은 자식 없이 늙어버린 대처승이었다. 환갑 넘은 그의 아내는 날이 갈수록 근력이 쇠잔해지고 있었다. 지종이 무리를 해가면서까지 인근 고아원에서 여자아이를 데려와 자신의 호적에 올린 이면에는 늙은 아내의 구멍 숭숭 뚫린 정강이뼈와 그럴수록 남루해져가는 법당 풍경이 자리잡고 있었다. 그에게 여자아이는 일종의 보험이었던 셈이다.

여자아이는 고아원 아이들 중에서 단연 돋보였다. 아니,

좀더 정확히 말해 여자아이의 머리칼이 그랬다. 대부분 영양 부족으로 누렇게 변색된 아이들의 머리칼과 달리 여자아이의 그것은 굵고 풍성했으며, 잘 말린 참나무 숯처럼 윤기가 흘렀다. 눈꼬리와 입술 선은 보일 듯 말 듯 하늘로 치고 올라갔으며, 인중은 길고 깊었다. 잔병치레 없고 어린아이답지 않게 인내심 많은 얼굴이었다.

여자아이는 절 생활에 잘 적응해나갔다. 새벽 다섯 시에 깨워도 칭얼거리지 않았다. 누가 시킨 적 없어도 그 작고 마디 얇은 손가락으로 물을 길어 오기도 했으며, 아주 조금씩 먹었고 목소리도 작았다. 다섯 살이라는 나이가 믿어지지 않을 정도로 몸가짐이 단정했다. 지종도, 그의 아내도 흡족해했다.

지종은 서둘러 여자아이의 머리칼을 잘라버리기로 했다. 지종에게 여자아이의 머리칼은 처음엔 탐스러웠으나 보면 볼수록 불온하고 불안한 그 무엇이었다. 지종은 여자아이만이 자신의 말년을, 임종을, 젯밥을 지켜주고 차려줄 유일한 사람임을 확신했다. 그러기 위해선 여자아이가 자신의 머리칼이 얼마나 탐스러운지, 얼마나 손쉽게 물결치는지, 또 얼마나 보는 이의 시선을 사로잡는지, 그 모든 것을 몰라야만 했다.

지종은 자신의 방 한가운데 창호지와 날 선 가위, 면도칼을 준비한 뒤 여자아이를 불렀다. 여자아이는 그 물건들이

뜻하는 바를 알아채지 못했다. 지종 또한 구차한 설교나 설명을 하지 않았다. 여자아이는 그때 겨우 다섯 살이었다. 기억마저 시간의 틈새 속으로 사라져버릴 나이.

지종은 주저하지 않고 가위를 들었다. 여자아이의 머리칼은 갓 걷어 올린 미역줄기처럼 지종의 손가락과 손가락 사이에서 흘러내렸다. 지종은 몇 번이고 여자아이의 머리칼을 움켜쥐려 했지만 번번이 실패하고 말았다. 지종은 자신의 손가락과 여자아이의 머리칼을 번갈아 바라보았다. 그 모든 것이 다 자신의 노쇠한 완력과 침침해진 두 눈 탓이라고 오해했다. 몇 번의 실패를 거듭한 후, 지종은 머리칼 움켜쥐는 것을 포기했다. 움켜쥐지 않고 눈으로 대충 가늠한 뒤 가위를 갖다 대면 그뿐, 어차피 마무리는 면도칼의 몫이었다. 지종은 여자아이께로 조금 더 다가가 가위를 들이댔다.

새된 비명이 지종과 여자아이 사이를 갈랐다. 지종은 또다시 오해하고 말았다. 자신이 들고 있던 가윗날이 자신도 모르는 사이에 여자아이의 목 언저리나 뺨 위에 생채기를 낸 것으로. 그러나 그 어디에도 가윗날의 흔적은 없었다. 여자아이 또한 미동 없이 앉아 있었다. 비명은 이내 지종의 환청이 되고 말았다. 지종은 다시 가윗날을 여자아이의 머리칼 근처로 가져갔다. 비명은 없었다. 이제 가위를 움켜쥐기만 하면 여자아이의 속세는 영영 두 동강 나고 말 것이다. 지종은 크게 숨을 몰아 쉬며 가위를 움켜쥐었다. 그리고 바

머리칼 傳言 109

로 그때…… 지종은 똑똑히 보았다. 여자아이의 머리칼이 동글게 몸을 말아 가위의 날과 날 사이로 빠져나가는 것을, 살아 움직이는 연체 동물처럼 저희들끼리 동료의 몸을 껴안아주는 것을, 감싸 안아 숨겨주는 것을.

지종이 물었다.

"네가 움직였니?"

"아니요."

"스님한테 거짓말하면 못 써."

"내가 움직인 게 아니란 말이에요……."

여자아이의 머리칼은 수직낙하 그 모양 그대로 얼어버린 폭포처럼 고요하기만 했다. 지종은 조금 더 바짝 여자아이 등 뒤로 다가갔다. 허리도 좀더 곧추세웠다. 이제 아이가 아무리 머리를 움직인다 해도 가윗날 반경에서 벗어나지 못할 것이다. 지종은 가위다리에 낀 손가락에 힘을 주었다. 가윗날과 가윗날이 부딪치며 시린 쇳소리를 냈다. 챙강. 그 순간…… 여자아이의 머리칼이 일제히 천장을 향해 곤두섰다. 마치 보이지 않는 손이 천장에서 내려와 아이의 머리칼을 낚아챈 듯, 대기의 흐름을 타고 하늘로 치솟는 불기둥처럼, 그렇게 단호한 이글거림으로……. 여자아이의 고개 또한 그 충격으로 인해 뒤로 젖혀지고 말았다.

지종은 갑자기 방 안 전체가 거꾸로 뒤집힌 듯한 현기증을 느꼈다. 여자아이의 머리칼은 살아 있었다. 미세한 바람에도 제 몸을 보존치 못하고 나부끼는 그런 연약한 섬유질이 아닌, 중력을 이겨낸, 여자아이의 소유물이 아닌, 또 다른 생명체.

여자아이의 표정은 좀 전과 변함이 없었다. 솜이불에 오줌을 지린 아이마냥 부끄러움과 체념이 뒤섞인 얼굴이었다.

"얘네들이 움직인 거예요……."

지종은 아무 말도 할 수 없었다.

"얘네들은 내 말을 잘 안 들어요."

여자아이는 곁눈질로 자신의 치솟은 머리칼을 쳐다보며 말했다. 담담한 어투. 여자아이의 그 아무렇지도 않은 말투와 눈짓과 행동이 지종을 더 두렵게 만들었다. 지종은 자신도 모르게 움켜쥔 가위를 떨구었다. 그제야 일직선으로 팽팽히 한곳만 바라보던 여자아이의 머리칼이 움직이기 시작했다. 귀밑머리는 서서히 부챗살 모양으로 내려앉았고, 정수리 근처 몇 가닥의 머리칼들은 지종의 얼굴 쪽으로 몸을 굽혀왔다. 지종은 질끈 두 눈을 감았다. 머리칼들은 마치 거대한 곤충의 촉수처럼 지종의 머리통을 더듬거리기 시작했다. 손아귀에 포획한 먹잇감을 마지막으로 확인하는 듯한 느긋함. 머리칼들은 눈썹 위에서 잠시 멈칫했다가 다시 정수리 근처로 맹렬히 기어올라갔고, 다시 귓등 쪽으로 맥없이 흘러내렸다. 스멀거리는 뱀이 되었다가, 때론 엷은 바람을 일으키는 잠자리의 투명한 날개도 되었다가, 또 어느 땐 날카로운 바늘이 되어 지종의 벌거벗은 머리 위를 거닐었다. 무언가를 안타깝게 찾고 있는 듯한 움직임, 조바심 섞인 행보.

그 두려운 움직임 앞에서 지종은 한편 수치스러웠는데, 그것은 다름 아닌 자신의 성기 때문이었다. 아이의 머리칼이 지종의 머리통 위에서 움직이기 시작하자마자 지종의 성기는 맹렬히 발기하기 시작했다. 근 십 년 만이었다. 죽은 줄로만 알았던 자신의 성기가 살아 움직인 것이었다. 더구나 이전엔 미처 경험치 못했던 놀라운 속도와 팽창력으로……. 지종은 수치스럽고 두렵고 미혹해졌다. 빠져나갈 수 없는 나락, 추락 중에 느끼는 충만. 지종은 정신을 잃고 쓰러졌다.

지종이 여자아이를 내쫓지 않은 것은 순전히 그의 아내 때문이었다. 아내는 지종의 말을 믿어주지 않았다. 아내는 여자아이를 좋아했다. 대신 지종은 여자아이의 머리칼에 커다란 무쇠 머리핀을 해주었다. 여자아이 혼자 힘으론 도저히 걸쇠를 풀 수 없는 머리핀.

세월은 흘렀다. 여자아이는 무럭무럭 자라났다. 여자아이의 머리칼은 별다른 말썽을 부리지 않았다. 여자아이의 머리칼은 더 이상 자라지도 않았다. 늘 아이의 어깨선에 머물렀다. 아이는 눈에 띄게 그 총명함을 잃어갔고, 게을러졌고,

먹을 것을 탐하게 되었다. 시키는 일만 했고, 그 일들도 온통 실수투성이였다. 지종은 늦은 밤, 부엌에서 남은 밥을 게걸스럽게 먹고 있는 아이를 자주 목격했다. 아이의 머리칼은 차츰 까칠해졌고 서캐가 내려앉았다. 지종은 안쓰러웠으나 외면했다. 지종의 두려움은 변함이 없었다.

아이의 머리칼은 그뒤 딱 한 번 솟구쳤는데 그것은 지종의 아내가 임종하던 순간이었다. 아내의 머리맡에 앉아 있던 아이의 머리칼이 들썩거리기 시작하더니 이내 무쇠 머리핀과 함께 천장을 향해 일어섰다. 그러나 그 시간은 그리 길지 않았다. 덜컹, 소리와 함께 다시 힘없이 내려앉았다. 지종은, 아내의 임종보다 아이의 머리칼이 더 두려웠다. 그러나 아이를 내치진 못했다. 그 역시 이젠 쇠락한 몸이었다. 아이마저 없으면 당장 삼시 세끼를 걱정해야 할 처지였다. 지종은 두려움을 자신의 운명으로 받아들였다. 아이의 무쇠 머리핀이 풀리면, 그것이 열리는 순간, 자신과 아이의 인연 역시 끝나게 될 것임을 직감했다. 그리고 그 순간이 그리 멀지 않았음 또한.

남자는 퇴직한 장학사의 아들이었다. 서른한 살이었고, 서울 소재 공립 여자 고등학교의 이 년 차 국사 교사였으며 역사 문제 연구소의 소장과 연구원으로 근현대 민족주의 속에 내장된 파시즘에 관한 논문을 몇몇 학회지에 발표하기도 했다. 작년 가을 삼 년여의 열애 끝에 동갑내기 방송국 구성작가와 결혼했으며, 18평형 아파트와 중고 아반떼를 소유했다. 교사 임용과 동시에 전교조에 가입했으며(그로 인해 그는 생애 처음 아버지의 뜻을 거스르기도 했다), 학생들과 동료 교사들 사이에서 신망이 두터웠고, 교총 소속 중견 교사들에게도 예의 바른 모습을 보여주었다. 객관적으로 드러난 그의 결점이라곤 이제 막 M자형으로 탈모가 진행되기 시작한 머리카락뿐인 것 같았다. 아내는 매일 아침 무스와 스프레이로 그의 넓은 이마를 가려주었다.

"자기도 머지않아 아버님처럼 되겠다. 대머리는 유전이래."

"좋지, 뭐. 자기도 케빈 스페이시 좋아하잖아. 나도 그렇게 될 거야. 아주 섹시한 대머리."

"황비홍만 되지 말아줘."

남자는 가끔 주말이나 방학을 이용해 아버지의 용인 별장에 내려가곤 했다. 아내도 동행하곤 했지만 방송국 일로 인해 혼자 내려가는 경우가 더 많았다. 별장은 단층 조립식 목조 건물이었다. 뒤로는 굴암산이 자리잡고 있었고, 앞으론 백여 평의 텃밭을 품고 있었다. 남자는 텃밭을 가꾸거나 산책을 하거나 책을 보는 일로 별장에서의 시간을 흘려보냈다. 남자는 아무도 침범하지 않는 그 시간들을 소중하게 생각했다. 다음 학기엔 다소 무리가 따르더라도 대학원 진학을 해야지, 아이는 좀더 미루는 게 좋겠어. 남자는 그런 생각들을 하며 괜스레 심각해지기도 했다.

남자가 여자를 만난 것은 산책 겸 약수를 뜨러 갔던 굴암산 중턱 작은 암자에서였다. 스무 살이나 되었을까, 몸매는 다소 뚱뚱했지만 피부는 맑아 보였다. 암자엔 늙은 중 한 명과 여자가 전부였고, 여자는 그 암자의 공양 보살인 것 같았다. 늘 약수가 흐르는 수돗가에 앉아 쌀을 씻거나 푸성귀를 다듬고 있었다. 남자는 여자의 두 눈을 보고 대번에 그녀가 정상이 아님을 알아챘다. 여자의 두 눈엔 초점이 없었다. 항상 남자를 보곤 배시시 웃음을 흘렸다. 남자가 자신의 뒤에 플라스틱 물통을 들고 서면 언제나 황황히 수도꼭지를 양보했다.

남자의 눈에 여자가 인상 깊었던 것은 초점 없는 눈도, 시도 때도 없이 흘리는 웃음도 아니었다. 여자의 목덜미 근처에 자리잡은 거대한 무쇠 머리핀, 아무런 문양도, 장식물도 없이 가장자리에 벌겋게 녹이 슨 무쇠 머리핀. 그 머리핀이 남자의 가슴에 화인처럼 남았다.

암자는 늘 고요했다. 딱히 고정적으로 찾아오는 신도도 없는 모양이었다. 늙은 중 또한 방 밖으로 나오는 일이 없었다. 여자는 부엌 턱에 주저앉아 멀거니 나무들을 바라보거나 해바라기를 했고, 그도 지루해지면 제 두 손을 목덜미께로 넘겨 무쇠 머리핀 걸쇠를 만지작거렸다.

한 번은 남자가 물었다.

"그 머리핀, 무겁지 않아요?"

여자는 부끄러운 듯 웃으며 자신의 머리핀을 손등으로 감추었다.

"다음에 올 때 하나 사다 줄까?"

남자는 자신도 모르게 말을 낮추었다.

"안 돼요. 스, 스님한테 호, 혼나요. 하나도 아, 안 무거워요."

여자는 손사랫짓까지 해가며 과잉 반응을 보였다. 남자는 그 과잉 반응을 단지 여자의 온전치 못한 정신 탓으로 돌렸다.

남자가 여자의 무쇠 머리핀 걸쇠를 푼 것은 그로부터 삼 개월이 지난 후의 일이었다. 주말을 아내와 함께 용인에서 보내던 남자는, 갑자기 혼자가 되고 말았다. 아내가 용인으로 오면서 보냈던 대본이 인터넷상에서 사라졌기 때문이었다. 그도 동행하려 했지만 아내가 만류했다. 아내는 자신으로 인해 남편의 계획이 어긋나는 것을 원치 않았다. 사소하고, 짧은 순간이라도 남자에게 안주하거나 매달리는 듯한 인상을 남기고 싶진 않았다. 남자 또한 아내의 급작스러운 상경으로 인해 외로움이나 허전함을 느끼지는 않았다. 예전처럼 책을 읽거나 산책을 하거나 약수를 떠오면 그뿐, 오히려 더 평안해지는 듯한 느낌마저 들었다.

남자는 마실 물이 충분히 있었음에도 불구하고 저녁 무렵 플라스틱 물통을 들고 굴암산 쪽으로 향했다. 트레이닝 복 주머니에는 아내가 놓고 간 반달 모양의 플라스틱 머리핀이 들어 있었다. 검은색 플라스틱 재질에 모조 큐빅이 박혀 있는, 길거리 노점에서 아내가 직접 고른 싸구려 머리핀이었다. 비록 큐빅이 몇 개 빠져나가 볼품없는 모양새였지만, 여자가 하고 있는 머리핀과는 비교할 바가 못 되었다.

남자가 절 마당에 도착했을 때 여자는 수돗가에 앉아 배추를 씻고 있었다. 여자의 바로 옆에는 파란 방수천이 깔려 있었고, 그 위에 말갛게 씻겨진 배추들이 차곡차곡 쌓여 있었다. 수돗물은 거세게 흘러내리고 있었고, 여자는 노래인지 법구경인지 분간되지 않는 무언가를 계속 흥얼거리며 배춧속 가득 소금을 끼얹고 있었다. 여자는 남자의 존재를 인식치 못했다. 남자는 여자 몰래 머리핀을 바꿔주기로 마음먹었다. 가까운 곳에서 본 여자의 무쇠 머리핀은 뒤집힌 기역자 모양의 걸쇠를 지니고 있었다. 생각했던 것보다 더 녹슬어 있었고, 더 단단해 보였다. 남자가 여자의 머리핀에 손을 댔다. 여자는 여전히 등 뒤의 상황을 알지 못하는 것 같았다. 시린 바람이 한차례 남자의 뺨을 스치고 지나갔다.

걸쇠는 잘 풀리지 않았다. 남자는 자신도 모르게 이를 악다물었다. 걸쇠를 쥔 손가락에는 벌겋게 피가 쏠렸다. 여자는 흥얼거리며 고개를 흔들었다. 남자의 손가락이 여자의 뒤통수를 슬쩍 건드렸으나, 여자는 뒤돌아보지 않았다. 걸쇠는 마치 그 모양 그대로 인두질된 듯 꿈쩍도 하지 않았다. 남자는 자신의 모습이 우스워졌다. 그러자 손놀림이 더욱더 거칠어졌다. 걸쇠는 조금 들썩거리는 것 같더니 다시 제자리를 찾아갔다. 여자의 고개가 들렸다. 여자는 무연히 하늘을 바라보았다. 이제 막 떠오른 별들이 소금처럼 빛나고 있었다. 여자는 하늘을 향해 소금 한 줌을 흩뿌렸다. 어둠이 더욱더 촘촘하게 내려앉았다.

　순간, 머리핀의 걸쇠가 풀렸다. 들썩거린 걸쇠 틈으로 머리칼 한 올이 흘러내렸다. 그 한 올을 타고 다른 한 올이 흘러내려왔고, 또 다른 한 올, 또 다른 한 올, 댐이 무너지듯 그렇게. 그러곤 끝이었다. 걸쇠는 힘없이 자신의 몸을 풀었고, 무쇠 머리핀은 남자의 발등으로 떨어졌다. 그제야 여자의 고개가 남자를 향해 돌려졌다. 그러나 남자는 여자의 얼굴을 볼 수 없었다. 여자의 머리칼이 쑤아, 남자의 얼굴 쪽으로 덮쳐왔다. 순간적으로 남자는 무춤해졌다. 여자의 얼굴은 머리칼에 파묻혀 보이지 않았다. 바람은 분명 남자가 서 있는 곳에서 여자 쪽으로 흐르고 있었다. 바닥에 깔려 있는 파란 방수천도 그쪽으로 나부끼고 있었다. 하지만 여자의 머리칼은 그 바람을 거슬러 남자를 향해 계속 육박해들어왔다. 여자의 머리칼이 이토록 길었던가. 남자는 여자의 얼굴을 보고 싶었다. 한 손으로 계속 여자의 머리칼을 헤집었으나 그럴수록 더더욱 여자의 머리칼은 남자의 얼굴을 향해 달려들어왔다. 까칠하고 기름때 잔뜩 낀 머리칼이 아니었다. 날렵하게 세상을 덮치는 별똥별 같은, 손바닥을 간질이는 강아지풀 같은, 그런 몸부림.

여자의 머리칼 촉수는 남자의 얼굴, 그중 이마 쪽에 집중되어 있었다. 남자의 머리칼이 있었던 곳, 이제는 하나 둘 빠져버려 자잘한 모공으로 그 흔적만 남아 있는 곳. 달려들어온 머리칼은 그 흔적 위에서 한동안 머물렀다. 뭉툭한 촉수로 두들겨보기도, 제 몸을 말아 비벼보기도 하였다. 남자는 눈을 감았다. 여자의 머리칼이 이맛살을 뚫고 들어와 뇌수 깊이 박히는 듯한 통증을 느꼈다. 그러나 또 한편 남자는, 여자의 길고도 풍성한 머리칼이 온전히 자신의 것이 된 듯한, 새로운 모종을 이양 받은 듯한 뻑뻑함에 몸을 떨었다. 머리를 휘두르면 기다란 머리칼이 함께 흐느적거릴 것 같은, 그 출렁임의 무게가 주는 풍성함, 혹은 은밀한 불량기, 여자와 온전히 하나가 된.

남자는 더 이상 참을 수가 없었다. 두 손을 더듬거려 여자의 몸을 찾았다. 그러곤 쌓아둔 배추 더미 위로 쓰러졌다. 벌거벗은 등판 가득 소금 알갱이가 박혀 왔다. 그 위를 여자의 머리칼이 지나갔다. 남자의 허벅지에 소름이 돋았다. 그 위를 여자의 머리칼이 내려앉았다. 치솟을 대로 치솟은 성기는, 이내 터질 듯한 통증을 수반했다. 그 둘레를 여자의 머리칼이 정성스레 핥아주었다······. 활짝 열린 신경의 마디마디를 통해 이전까지의 몸의 기억들이 빠르게 스쳐지나갔다. 이전까지의 고통과 이전까지의 쾌락을 한데 섞어놓은 듯한, 몸 안으로 우수수 떨어지는 운석들, 만조 직전 거침없이 방류하는 몸의 수문······. 남자는 격렬하게 사정했다. 그러곤 정신을 잃었다.

풀어 헤쳐진 머리칼은 한동안 남자의 어깨 위에서 물결치다가 다시 여자에게로 돌아갔다. 여자는 주섬주섬 옷을 주워 입고 수돗가 한편에 쪼그리고 앉았다. 여자의 발 앞에는 무쇠 머리핀이 떨어져 있었다. 십오 년 넘게 여자를 가두어 온 머리핀이었다. 여자는 무쇠 머리핀을 바라보았다. 배추더미에 누워 있는 남자를, 지종이 누워 있는 문지방을 바라보았다. 여자는 무쇠 머리핀을 집어 들려다가 주춤하고, 다시 손을 뻗쳤다가 거두기를 반복했다. 밤하늘을 쳐다보며 작은 한숨을 내뱉기도 했다. 그러곤 결심한 듯 무쇠 머리핀을 집어 들었다. 여자의 머리칼들이 스르르 일렁거렸다. 괜찮아, 괜찮아······. 여자는 조용히 중얼거렸다. 여자는 윗입술을 깨물며 다시 머리핀의 걸쇠를 채웠다. 더 이상 머리칼의 요동은 없었다. 여자는 밤하늘을 향해 다시 소금 한 줌을 흩뿌렸다. 밤하늘 가득 별들이 빽빽이 빛나고 있었다.

남자는 일주일 내내 고열에 시달렸다. 학교도 출근하지

못했다. 이마엔 마치 수십 개의 바늘이 밟고 지나간 듯 붉은 반점들이 돋아나 있었다. 아내는 방송국에 결근계를 내고 남자의 곁을 지켰다. 왠지 그래야만 될 것 같았다. 남자는, 아내가 빤히 보는 앞에서 자신의 이마를 쉼 없이 만지작거렸고, 그러다가 갑자기 성난 광인처럼 제 머리칼을 움켜쥐기도 했다. 베개 위에 죽어 있는 머리칼들을 한데 모아 일렬로 길게 엮었다가, 일순간 라이터 불을 갖다 대기도 했다. 아내는 남자에게서 예전과는 다른, 세련되지도 깔끔하지도 못한, 날것 그대로의 팽팽함을 느꼈다. 아내는 일주일 내내 남자의 곁을 떠나지 않았다. 아니, 못했다.

그러나 일주일 후, 남자는 언제 그랬냐는 듯 자리를 털고 일어나 출근 준비를 했다. 아내는 남자의 가르마를 정성껏 정돈해주었다. 일주일 만에 처음 해보는 빗질이었다. 머리칼들은 그새 제 주인의 가르마를 잊었는지 제자리를 찾지 못하고 허둥댔다. 아내는 아주 오랫동안 빗질을 하였다. 한 손으론 연신 허공으로 말려 올라가는 남자의 머리칼들을 눌러주었다. 그제야 머리칼들이 서로 등 돌린 채 몸을 숙였다. 가르마가 남자를 예전의 남자로 되돌려주었다. 아내의 마음도 남자의 머리칼처럼 다시 가라앉았다.

변한 건 없었다. 남자의 귀가 시간이 좀 늦어졌지만 아내는 개의치 않았다. 남자의 서류 가방에서 '벼룩시장'이니 '교차로'니 '가로수'니 하는 것들이 뭉치째 나왔지만 별다른 신경을 쓰지 않았다. 남자가 피곤한 얼굴로 일찍 잠드는 날들이 많아졌지만, 아내는 대본 작업을 배로 늘렸을 뿐이었다. 아내는 좀더 꼼꼼했어야만 했다. 남자의 구두를 조금만 더 자세히 살폈더라도, 남자가 가져온 생활 정보지 어느 부분에 밑줄이 그어져 있는지 눈여겨보았더라도, 남자가 왜 그렇게 피곤해했는지 금세 눈치챌 수 있었을 것이다. 남자는 무언가를 찾고 있었다. 하긴, 그건 아내의 잘못이 아니다. 꼼꼼함으로 해결될 문제는 아니었다.

원룸식 옥탑방, 보증금 오백 월 이십.

토요일 오후, 남자는 아내 모르게 용인을 향해 아반떼를 몰았다.

지종은 문지방 틈으로 여자가 남자의 손에 이끌려 절 밑으로 내려가는 것을 훔쳐보았다. 여자는 별다른 저항을 하지 않았다. 지종은 무덤덤했다. 예상한 일이었다. 오히려 생각한 것보다 며칠 더 늦춰진 이별이었다. 이 주일 전, 지종은, 그의 옆에서 빨래를 개키고 있던 여자의 등 언저리에 머리칼 한 올이 붙어 있는 것을 발견했다. 무쇠 머리핀을 한 이후, 단 한 올도 빠지지 않았던 머리칼이었다. 지종은 한동안 그 머리칼을 노려보다가 여자 모르게 제 손바닥에 감추었다. 머리칼은 살아 있는 듯 꿈틀거렸다. 움켜쥔 손바닥이 금세 땀으로 흥건해졌지만 지종은 펴지 않았다. 이건 내 몫

이야……. 지종은 낮게 중얼거렸다.

　엔진 소리가 희미해지자 지종은 문갑 서랍 안에 가두어두었던 머리칼을 꺼내 들었다. 머리칼은 방금 수면 위로 낚아채진 붕어처럼 지종의 엄지와 검지 밑에서 파닥거렸다. 지종은 여자의 머리칼이 두렵지 않았다. 여자의 머리칼은 지종의 엄지손가락을 휘감더니 다시 팔뚝을 향해 기어올라갔다. 지종은 예전 여자의 머리칼 촉감을 다시 한 번 떠올렸다. 그러자 누워 있던 그의 어깨가 움찔거렸다. 이제 여자의 머리칼은 그의 목선을 타고 오르기 시작했다. 지종은 알고 있었다. 저 머리칼이 무엇을 원하는지, 어디를 향해 가고 있는지. 자신의 두려움으로 인해 오랜 세월 감금되어 왔던 머리칼이, 그 포한을 어떻게 풀고자 하는지에 대해서도. 그러나 또 한편 지종은 머리칼에게 말하고 싶었다. 처음엔 두려웠지만, 그게 전부는 아니었다고, 나의 집착을 그렇게밖에 표현할 수 없었다고, 그래서 너희를 가두었다고……. 지종의 자글자글한 눈 밑은 금세 축축해졌다. 머리칼은 턱 바로 밑까지 다다랐고, 지종은 소리 내어 울기 시작했다. 머리칼은 지종의 벌어진 입술 앞에서 잠시 몸을 멈추었다. 촉수는 주저하듯 허공을 향해 제 몸을 비틀었다. 그러나 그것도 잠시, 머리칼은 다시 맹렬히 지종의 입 안을 향해 몸을 움직였다. 식도로, 식도로, 숨줄을 향해, 거침없이.

온전히 풀어 헤쳐진 여자의 머리칼은, 살아 있는 모든 것들에게로 제 몸을 뻗어갔다.

　화초의 줄기와 벤자민의 가지와 남자의 육체와 심지어 장판 틈 바퀴벌레에게까지. 뻗어나간 머리칼들은 생명체의 전신을 휘감고는 한참 동안 움직이지 않았다. 여자는 머리칼이 움직이는 방향대로 제 몸을 구부리거나 고개를 조아렸다. 별다른 거부도, 반항도 하지 않았고, 그리 힘들어하는 것 같지도 않았다. 사원을 향해 경배 드리는 이슬람교도처럼 조용하고 조심스럽기까지 했다.

　그때마다 남자는 화초나 벤자민 화분을 여자 쪽으로 좀더 가까이 옮겨주었다. 처음엔 그저 놀랍고 신기했지만, 시간이 지날수록 안타까웠다. 애초에 화초와 벤자민 화분을 사다놓는 게 아니었다.

　옥탑방의 크기는 가로 열 자, 세로 여덟 자였다. 방 한편에 조그만 싱크대가 있었고 그 뒤에 욕실 겸 화장실이 있었다. A4 용지 두 장 크기만 한 창문이 하나 달려 있었고, 남자가 급히 사다 놓은 침대와 중고 냉장고가 자리를 잡고 있었다. 여자는 딱히 옥탑방을 마음에 들어하지도, 그렇다고 싫어하지도 않았다. 옥탑방에 온 첫날부터 방 한구석에 얌전히 누워 있을 뿐, 별다른 움직임이 없었다. 화초와 벤자민 화분은 그런 그녀의 모습이 안쓰러워 구입한 것이었다.

　"답답하지 않아?"

남자가 한 시간 넘게 화초 앞에 엎드려 있는 여자에게 물었다. 여자는 고개를 숙인 채 곁눈질로 남자를 바라보았다. 여자의 표정은 무덤덤했다.

"그냥, 좀 어지러워."

여자는 무쇠 머리핀을 할 때와 그렇지 않을 때, 많은 부분에서 달랐다. 눈빛과 말투가 그랬고, 미소와 감각이 그랬다. 다짜고짜 반말인 점도. 여자는 무쇠 머리핀을 하면 몸 안의 모든 감각이 무뎌지는 것 같다고 했다. 머리핀을 풀면 그 반대가 되었고.

"화초를 치워버릴까?"

"아마, 그럼 네가 더 괴로워질 거야."

실제로 여자의 머리칼은 다른 그 무엇보다 남자에게 많은 집착을 보였다. 잠시라도 남자의 몸에서 떨어지지 않으려 했고 머리칼 반경에서 멀찌감치 벗어나 있어도, 화초를 휘감고 있는 와중에도, 항상 몇 가닥은 남자의 머리칼을 향해 일렁거렸다. 그러다가 몇 가닥이 남자의 몸에 닿기라도 하면, 남자는 마치 심한 몸살에라도 걸린 듯, 여자의 몸을 향해 파고들었다.

문제는 사정을 한 이후에도 여자의 머리칼이 남자를 놓아주지 않는 데에 있었다. 최후의 한 방울, 마지막 남은 양분마저 짜내려는 듯 남자의 성기를, 머리칼을, 귓등을, 조이고 어루만졌다. 남자가 벗어나려 애쓰면 애쓸수록 더욱더 옭매었고, 여자의 전신에 최대한 밀착하도록 만들었다. 그때마다 남자는 머리칼을 화분 쪽으로 유인한 뒤, 간신히 빠져나오곤 했다.

"이게 정말 살아 있는 걸까?"

남자는 제 몸에 그어진 붉은 자국을 바라보며 물었다.

"정말 너하곤 상관없는 거야?"

"내 몸에 있는 건데 왜 나랑 상관이 없어."

"하지만 네 맘대로 움직이지도 못하잖아?"

"그건 맞지만…… 내가 모르는 내 마음이라는 것도 있잖아…… 그게 머리카락 한 가닥 한 가닥 속에 숨어 있을 수도 있고……."

"사실, 난 아직도 네 머리카락이 무서워. 막, 흥분도 되지만…… 그래도 정말 무서워. 그래서 더 흥분되기도 하지만……. 너에 대해서 아는 게 없어서 더 그런가 봐."

"나도 아는 건 없어. 단지 난, 내 몸이 이끄는 대로 움직일 뿐이야. 그게 전부야……. 너처럼 나도 내 머리카락이 무서워. 잠들 때마다 애네들이 내 목을 조여올까 봐…… 그게 겁나……."

남자는 항상 아내가 있는 집으로 돌아갔다. 새벽 두 시가 되었든 세 시가 넘었든, 여자와 함께 잠드는 일은 없었다. 옥탑방을 나설 때마다 남자는 밖에서 방문을 걸었다. 유리창엔 따로 철창을 박았고, 어두운 색조의 커튼을 해 달았다.

남자는 여자의 문 밖 출입을 철저히 막았다. 그건 여자를 보호하기 위함이 아니었다. 자신이 납치하듯 데려온 여자였지만, 그렇다고 해서 남자가 자신의 모든 삶을 여자에게 맞춘 것은 아니었다. 남자는 전과 같이 출근했고, 예전처럼 학생들을 가르쳤다. 퇴근 후엔 항상 여자의 옥탑방에 들렀고, 자정 무렵쯤 아내가 기다리는 집으로 돌아갔다. 옥탑방 층계 앞에선 오랫동안 주위를 살폈고, 집으로 들어가기 전엔 양복 위에 멀쩡한 소주를 뿌렸다. 아내 앞에선 만취한 듯 양말도 벗지 않고 침대 위에 쓰러졌다.

감출 수만 있다면 감출 수 있을 때까지 숨기고 싶은 게 솔직한 남자의 심정이었다. 자신이 매혹된 대상이 여자인지, 여자의 머리칼인지, 남자는 확신할 수가 없었다. 그것이 여자에 대한 애정인지, 단순히 생경한 것에 대한 호기심인지조차도.

남자의 변화를 제일 먼저 알아챈 것은, 역시 아내였다.

"나한테 뭐 불만 있니?"

출근 전, 변함없이 남자의 머리를 빗겨주며 아내가 물었다.

"아니……."

"나한테 숨기는 거 있어?"

"별거 아니야……, 그냥, 학교가 어수선해서 그래……."

"그래, 그랬구나……. 난, 널 믿어……. 넌, 지금까지 아무 문제없이 잘 살아왔잖아……."

"……."

"그래서 가끔 이런 걱정이 드나 봐……. 넌, 어떤 식으로든 다 잘될 거라고 믿잖아……."

남자는 하마터면 아내에게 다 털어놓을 뻔하였다. 모든 것이 다 자신의 실수였다고, 그저 호기심이 전부였다고……. 남자는 저녁엔 곧장 집으로 들어가자고, 다신 옥탑방 근처엔 가지 말자고 여러 번 자신에게 되뇌었다.

하지만 퇴근 후, 남자가 찾은 곳은 여자의 옥탑방이었다. 걷다보니, 아니 걷는다는 느낌도 없이 휘적거리다보니 층계가 보였고, 옥탑방이 보였다. 에스컬레이터에 몸을 실은 듯, 보이지 않는 자장에 이끌린 듯 그렇게…….

모두 다 잘될 거야, 모두 다 잘될 거라구…….

남자는 옥탑방 문을 열며 그렇게 웅얼거리기만 했다.

여자의 얼굴은 날이 갈수록 우울해져갔다. 어찌 보면 그건 예견된 것이었는지도 몰랐다. 좁은 방에 홀로 갇혀 오직 자신의 머리칼 동선만을 따라 이곳저곳 기어다니는 일은, 분명 외롭고 쓸쓸한 일임에 틀림없었다. 머리칼의 움직임은 늘 고정되고 한정되어 있었으며, 여자의 자세 또한 변함이 없었다. 단지 머리칼이 좀더 복잡하게 얽히거나 휘감는 힘이 더 팽팽해졌다는 것, 그것이 전부였다. 그럴수록 여자는 점점 더 남자에게 집착했다. 집으로 돌아가려는 남자의 몸

위에 부러 자신의 머리칼을 맞닿게 만들기도 했고, 화분을 깨뜨려 방 안을 어지럽히기도 했다. 그러나 남자는 변함이 없었다. 두려움에 쫓기듯 허겁지겁 옥탑방을 나섰고, 여러 번 잠금 상태를 확인했다.

한 번은 집으로 돌아가려는 남자의 팔을 잡고 여자가 말했다.

"차라리…… 머리핀을 해주고 가……."

남자는 벤자민 가지 이곳저곳으로 뻗쳐나간 여자의 머리칼을 바라보았다.

"머리핀을 어떻게 다시 해…… 그러다간 내 몸이 다시 잡힐 텐데……."

"네 몸으로 유인만 해줘. 그다음엔 내가 알아서 할 테니까."

남자는 의심 가득 찬 눈으로 여자를 바라보다가 천천히 머리칼 쪽으로 다가갔다. 남자가 다가오자마자 머리칼들은 일제히 한 방향으로 나붓거리기 시작했다. 여자의 한 손엔 무쇠 머리핀이 들려 있었고, 남자는 여자와 일정한 거리를 유지한 채 무쇠 머리핀이 채워지기만을 기다렸다. 여자는 고개를 숙인 채 한참 동안 제 손에 들린 무쇠 머리핀을 바라보기만 할 뿐, 별다른 동작을 취하지 않았다. 남자가 몇 번 재촉하고 또 몇 차례 짜증을 냈지만, 여자는 움직이지 않았다. 이 머리핀을 다시 채우면, 그땐 또 자신이 어떤 모습으로 변할지, 어떤 생각과 어떤 우울에 시달리게 될지, 아니, 그런 감정이나 느낄 수 있을지……. 여자는 선뜻 움직일 수가 없었다.

그대로 등을 돌려 나가려던 남자를 향해 여자가 무의식적으로 발걸음을 뗐다. 그로 인해 여자의 가장 긴 머리칼 한 올이 남자의 몸에 가 닿았다. 순간, 남자의 어깨가 움찔거렸다. 그러나 예전처럼 여자의 품으로 달려들지는 않았다. 단 한 올의 손짓이었기에, 간신히 자신의 욕망을 옭아맬 수 있었다. 남자는 뒤돌아서서 여자의 뺨을 때렸다. 남자의 손길을 따라 일렁이던 머리칼들이 일제히 방향을 바꿔 여자의 뺨 위로 내려앉았다. 먹이를 발견한 수십 마리 독수리떼처럼 서로 먼저 여자의 뺨 위로 착지하려 안간힘을 썼다. 남자는 그런 여자를 외면하고 옥탑방을 나섰다. 세차게 문을 닫았고, 여러 번 잠금 상태를 확인했다. 그러곤 다시는 오지 않을 사람처럼 거칠게 철제 층계를 내려갔다.

다음 날, 남자가 옥탑방 문을 열었을 때, 여자의 머리칼엔 무쇠 머리핀이 채워져 있었다. 남자를 보고서도 여자의 머리칼은 요동치지 않았다. 화초와 벤자민 화분도 그 자리 그대로였다. 대신, 이번엔 여자가 문제였다. 여자는 방 한구석에 쪼그리고 앉아 생쌀을 우적우적 씹어 삼키고 있었다. 남자를 보고도 아무런 말이 없었고, 남자가 한 걸음 더 다가가자 손 안에 남은 생쌀을 허겁지겁 입 안으로 쑤셔 넣었다.

남자는, 여자를 처음 만났던 그 순간들을 떠올렸다. 그러자 다시 여자가 애틋해졌다. 남자는 조심스럽게 여자를 품에 안았다.
 "스, 스님한테 데, 데려다줘요……."
 여자는 바들바들 몸을 떨며 그렇게 말했다. 남자는 여자를 껴안은 채 자리에 누웠다. 여자의 몸은 쉽사리 진정되지 않았고, 두 손은 완강히 가슴께 모아져 있었다.
 "스, 스님이 보, 보고 싶어요……. 바, 밥 지어 드려야 한단 마, 말이에요……."
 남자는 더 이상 제 욕망을 참지 못하고 여자의 목덜미를 더듬거려 무쇠 머리핀 걸쇠를 풀었다. 쏟아져나온 머리칼들은 거침없이 남자의 귓구멍 속으로 흘러들어갔다. 남자는 그 어느 때보다 더 깊숙이 여자의 몸을 향해 파고들었다. 다신, 머리핀 하지 마. 다시는……. 남자는 여자의 귓불에 대고 그렇게 중얼거렸다. 머릿결 사이로 언뜻언뜻 보이는 여자의 얼굴은 축축하게 젖어 있었다. 그런 여자와는 상관없이, 여자의 머리칼은 남자의 몸 위에서 더더욱 거칠게, 더더욱 광포한 몸짓으로 요동쳤다.
 그날 밤, 남자는 여자를 데리고 처음 옥탑방 문을 나섰다. 바람이 일정한 방향 없이 세차게 불어대는 날이었다. 여자와 외출하기엔 더없이 좋은 날씨였다. 남자는, 외출이 여자의 우울을 진정시켜 줄 것이라고 믿었다. 만일을 위해 주머니 속에 무쇠 머리핀을 넣는 것도 잊지 않았다. 여자는 아무런 표정 변화 없이 남자를 따라 나섰다.

옥탑방이 위치한 곳은 서울의 변두리 고지대 마을이었다. 평상시에도 인적이 뜸한 곳이었다. 인도를 따라 올라가면 야산이 나왔고, 그 반대로 걸어가면 지하철 역사가 나왔다. 남자가 방향을 잡은 곳은 야산 쪽이었다. 야산 근처에서 서울의 야경을 보여준 후, 다시 되돌아올 생각이었다. 남자에겐 그리 시간이 많지 않았다. 아내가 기다리는 집으로 돌아갈 시간이었다.

여자의 머리칼은 별다른 반응을 보이지 않았다. 그저 바람의 방향에 따라 얌전히 나부낄 뿐이었다. 남자의 마음은 한결 가벼워졌다. 여자 또한 싫지 않은 표정이었다. 어둠 속에 웅크린 마을과 도로를 두리번거리며 천천히 발걸음을 움직였다. 남자는 여자보다 두세 걸음 앞서 가며 부지런히 사람의 흔적을 살폈다.

얼마나 걸었을까. 남자는 문득 자신의 뒤가 허전해졌음을 느꼈다. 일정한 간격으로 들려오던 여자의 발자국 소리가 사라졌다. 남자는 황급히 뒤돌아섰다.

여자가, 여자가…… 보이지 않았다……. 인도엔 검은 비닐봉지 한 장만이 커다란 원을 그리며 소용돌이치고 있을 뿐, 그 어디에도 여자의 흔적은 없었다. 남자는 급히 왔던 길을 되짚어 뛰기 시작했다. 여자가 숨을 만한 곳이나 도망칠 만한 곳은 없었다. 인도의 한쪽은 높다란 담장이었고, 또 다른 한쪽은 야산에서 이어진 숲이었다. 숲의 둘레엔 철조 망이 촘촘히 둘러쳐져 그 어디에도 여자가 비집고 들어갈 틈은 없어 보였다. 옥탑방 근처까지 한달음에 도착한 남자 는 다시 야산 쪽으로 방향을 바꾸었다. 여자가 옥탑방에 도 착해 있을 확률은 적었다. 아무리 빠른 걸음으로 내려갔어 도 중간에 만났어야 정상이었다. 그렇다면 여자는 아직 길 위에 있는 것이 분명했다.

남자는 야산을 향해 뛰어가며 잠시, 이대로 여자를 버리 는 게 어떨까, 이대로 여자를 잃어버리는 것이 좋지 않을까, 고민했다. 이대로 여자와 헤어진다면, 지금 이 순간 여자와 남남이 된다면, 남자는 다시 예전으로 돌아갈 수 있을 것만 같았다. 좋은 남편으로, 좋은 교사로, 자기 마음에 흡족한 자신으로……. 지금 이 발걸음을 반대편으로 돌려 지하철을 타면 자신과 관계된 모든 사람들이 아무 일 없었다는 듯 남 자를 대해줄 것만 같았다. 그리고 지금 이 순간을 놓치면 그 모든 것을 잃게 될 것이라는 불길한 예감 또한 고개를 내밀 었다. 여자를 버렸다는 도덕적 부채감에서도 어느 정도 자 유로워지지 않을까, 난, 버린 게 아니라고…… 단지, 잃어 버렸다고, 잃어버린 거라고…….

그러나 남자는 발걸음을 돌리지 못했다. 만약 여자가 다 른 사람에 의해 발견된다면, 그래서 남자 명의로 계약된 옥

탐방과 그간의 행적이 밝혀진다면, 그래서 다시 여자를 남자 앞으로 데려온다면……. 그렇게 된다면 남자는 돌이킬 수 없는 곳으로 치닫게 될 것이다. 모든 것을 다 잃게 될 것이다……. 아니, 그러나 그게 전부는 아니었다. 실제 남자의 머릿속을 휘젓고 다닌 가정과 상상은 단 하나였다. 타인을 향해 움직이는 여자의 머리칼……. 그게 전부였다. 그 사실 하나만으로도 남자의 발걸음은 더더욱 급해졌다. 남자는 상상만으로도 심한 질투를 느꼈다.

여자가 발견된 곳은, 남자가 처음 여자의 부재를 확인한 곳에서 불과 열 걸음도 떨어지지 않은 곳에서였다. 여자는…… 허공에 떠 있었다. 인도 한편에 서 있는 플라타너스 나뭇가지에 팔과 다리를 길게 늘인 채, 아무런 저항도, 작은 몸부림도 없이, 그렇게, 그렇게 매달려 있었다. 바람의 움직임에 몸을 맡기고, 교수형을 당한 죄인처럼 고개를 숙인 채……. 남자는 어둠 속에서도 여자의 머리칼이 나뭇가지를 단단히 거머쥐고 있는 것을 똑똑히 보았다. 남자가 여자를 미처 발견하지 못한 것은 그 때문이었다. 나무의 밑동만 보고 뛰었지, 그 위를 쳐다볼 여력이 없었고, 생각도 하지 못한 것이다.

남자는 나뭇가지를 향해 팔을 뻗었다. 어림없는 높이였다. 제자리에서 연신 점프를 해보았지만, 소용없는 일이었다. 여자는 그런 남자의 모습을 무표정하게 내려다볼 뿐, 그 어떤 말도 건네지 않았다. 남자의 마음은 다급해졌다. 행여 누가 볼까 겁이 났다.

급기야 남자는 나무를 타고 오르기 시작했다. 생애 처음 기어오르는 나무였다. 남자는 자신이 나무를 기어오르게 될 것이라곤 상상도 하지 못했었다. 나무의 표피는 거칠고 차갑고 딱딱했지만, 남자는 개의치 않았다. 나무 이곳저곳에 난 상처에 손톱을 박으며 조금씩 조금씩 위를 향해 몸을 움직였다. 그 순간 남자는 온전한 한 마리 야수가 되었다. 이전까지의 삶과, 이전까지의 지식과, 이전까지의 인간을 잊어버린……. 무언가를 자꾸 깨물고 싶은 충동에 휩싸이게 된 것도, 윗니와 아랫니 사이에, 어금니와 송곳니 사이에 무언가를 채워 넣고 깊숙한 자국을 남기고 싶은 욕구에 시달리게 된 것도, 그런 증상을 처음 발견하게 된 것도, 그때부터였다. 남자는 자신의 치아를 앙다물며 여자의 머리칼을 향해 다가갔다.

그러나 남자는 여자의 머리칼을 풀지 못한 채 나무에서 내려와야만 했다. 여자의 머리칼이 감겨 있는 나뭇가지는, 발을 디디기엔 너무도 가는 것이었다. 남자는 나뭇가지를 부러뜨리기 위해 사력을 다했지만, 실패했다. 디디기에는 너무 가늘고, 부러뜨리기엔 너무 강한. 남자는 다른 방법을 강구해야만 했다.

남자는 바람에 흔들리고 있는 여자의 몸 바로 아래에 섰다. 남자의 눈높이에 여자의 허벅지가 닿았다. 여자는 남자가 무엇을 하려는지 눈치챈 듯, 그러나 그 모든 것을 다 감내하겠다는 듯 두 눈을 감고 있었다. 남자는 한참 동안 여자의 허벅지와 머리칼을 노려보다가 이내 결심한 듯, 여자의 허벅지를 거칠게 깨물었다. 여자의 짧은 비명 소리와 함께 여자의 몸이 지상으로 조금 내려앉았다. 남자가 생각한 대로였다. 여자의 머리칼은 빠르게 나뭇가지에서 벗어나기 시작했다. 그럴수록 남자는 더 힘껏 여자의 허벅지를 깨물었다. 여자의 몸이 거의 다 내려왔음에도, 머리칼이 나뭇가지에서 다 풀어졌음에도, 남자는 여자의 허벅지에서 떨어지지 않았다. 이건 내 생각이 아니야……. 남자는 무언가 잘못되어가고 있음을 느꼈다. 자신의 생각과는 상관없이 몸이, 치아가, 송곳니가 움직이고 있었다. 마치 여자의 숨통을 끊어놓을 듯, 송곳니에 날을 세우고, 자신이 미처 알지 못했던 자신의 모습으로……. 여자의 몸에서 남자를 떼어낸 것은 여자의 머리칼이었다. 여자의 머리칼이 남자의 목을 움켜쥐었다. 그제야 남자는 화들짝 놀라 뒷걸음질쳤다. 자신이 지금 무슨 짓을 했는지, 어떤 선을 넘어섰는지, 비로소 목도한 것이었다. 여자의 머리칼은 더 이상 남자를 따라오지 않았다. 제 주인의 피 묻은 바지 위에 앉아 조용히 상처를 쓰다듬었다. 남자는 여자의 머리칼보다, 자신이 더 두려워졌다. 그리고 이젠 정말 여자를 떠나야 할 때가 됐다고 생각했다.

그렇지 않으면 정말 어떤 일이 벌어질지 모른다고⋯⋯. 남자는 그렇게 결심을 굳혔다. 그렇게 일방적으로.
 플라타너스 나뭇가지가 툭, 지상으로 떨어졌다. 여자의 머리칼이 거머쥐고 있던, 바로 그 나뭇가지였다.

 남자가 자신의 결심을 더욱더 빨리 실행하기로 마음먹은 것은, 아내와의 사이에서 벌어진 작은 사고 때문이었다. 출근 직전이었다. 여느 때처럼 남자는 머리를 감고 면도를 하고, 양치질을 했다. 얼굴 이곳저곳을 거울에 비춰 보며 면도가 잘 되었는지, 혹, 코털이 비집고 나오진 않았는지 확인했다. 머리를 수건으로 말리고 있을 때, 아내가 다가왔다. 아내의 손에는 빗과 무스와 스프레이가 들려 있었다. 얼마 전부터 아내는 더 이상 남자의 머리 손질을 해주지 않고 있었다. 남자가 늦게 들어와도 조용히 문만 열어줄 뿐, 아무런 속내도 비추지 않았다. 말은 하지 않았지만, 아내는 모종의 결단을 준비하고 있는 듯했다. 남자 또한 그 모든 것을 알고 있었지만, 그래서 막고 싶고 되돌리고 싶었지만, 그 어떤 행동도 취할 수가 없었다. 그저 몸과 마음의 괴리, 그 사이에서 갈팡질팡했을 뿐이었다.
 아내가 남자의 머리를 빗기기 시작하자마자, 남자는 이것이 아내의 마지막 의식임을 깨달았다. 아내의 빗질은 평소보다 더 더디고 조심스러웠다. 아내는 말이 없었고 무표정했다. 남자는 온전히 자신의 머리를 아내에게 맡긴 채 미동 없이 앉아 있었다. 빗의 촉수가 두피를 훑고 지나갈 때마다 팔과 다리에서 힘이 빠져나갔고, 전신이 나른해졌다. 아내의 부드러운 손길과 일정한 살내음, 목 언저리를 스치는 차가운 손등. 남자는 이 모든 것을 평생토록 유지하고 싶었다. 두려움이 야기하는 흥분보다, 세차게 일렁이는 머리칼보다, 차라리 이 손길 속에서 영원히 살고 싶다고……

남자는 몸을 돌려 아내를 안았다. 아내는 팔꿈치로 남자의 손을 떼어내고 계속 빗질을 하려 했다. 그러나 남자는 멈추지 않았다. 지금 이 순간을 놓치면 다시는 아내를 안지 못하게 될 것 같았다. 그는 아내와 함께 방바닥으로 쓰러졌다. 아내는 남자의 입맞춤을 완강히 거부했다. 두 눈을 질끈 감고 이리저리 고개를 피했다. 그럴수록 남자는 더욱더 다급해져 아내 얼굴 이곳저곳에 무작정 입을 맞추었다.

그러다가 어느 한순간, 남자는 또다시 무엇인가를 깨물고 싶은 충동에 휩싸이고 말았다. 송곳니와 어금니가 근질거리기 시작하더니 이내 참을 수 없을 만큼 입 안이 갑갑해졌다. 입 안 가득 침이 고였고, 독한 입 냄새가 나기 시작했다. 남자는 자신의 마음을 다잡기 위해 안간힘을 썼다. 그래선 안 된다고, 아내에게 그래선 안 된다고, 제발 내 마음대로, 내 머리에 따라 움직여달라고……. 그러나, 기어이 남자의 송곳니는 아내의 귓불을 깨물고야 말았다. 남자가 마음속에서 안간힘을 쓰고 있던 그 시간, 그 순간에……. 깊고 뚜렷한 상처를……. 아내의 비명 소리가 그의 귓등에 상처를 내었다.

　남자는 출근하지 않고 곧장 여자의 옥탑방으로 달려갔다. 그의 계획은 명확했다. 남자는 여자와의 영원한 이별을 원했다. 자신의 몸이 미처 알지 못하는 곳, 찾아갈 수 없는 곳, 알지 못하는 사람들에게로 보내려 했다. 그래야만 안심할 수 있을 것 같았다. 그래야만 자신의 송곳니가 무뎌질 것만 같았다.

　여자는 무쇠 머리핀을 한 채 좁다란 창으로 들어오는 햇살을 쬐고 있었다. 성난 얼굴로 방문을 연 남자의 얼굴을 빤히 바라보고도 그가 지금 어떤 상태인지, 무슨 생각을 하고 있는지, 전혀 알아채지 못했다. 남자는 여자의 손을 우악스럽게 잡고 옥탑방 밖으로 뛰쳐나갔다. 여자는 겨우 맨발에 슬리퍼를 꿰찰 수 있었다. 발목까지 내려오는 얇고 조잡한 치마가 바람에 나부꼈다.

　남자가 방향을 잡은 곳은 지하철 역사 쪽이었다. 늦은 출근길을 재촉하는 사람들이 흘깃흘깃 여자와 남자를 바라보았다. 여자는 갑자기 자신에게 쏟아진 많은 사람들의 시선에 배시시 미소로 답했다. 그제야 사람들은 여자에게서 시선을 거두고 바지런히 제 갈 길을 재촉했다. 여자의 손을 잡고 있는 남자의 발걸음도 사람들 못지않게 바빠졌다.

지하철 역사는 수도권 전철과 연결되는 환승역이었다. 지하로는 순환선이 다녔고 지상으론 국철이 다녔다. 출구와 통로엔 늘 사람들이 가득 했고, 지상과 지하가 연결되는 계단은 층계가 보이지 않을 정도로 많은 사람들이 밀려왔다 또 밀려나가고 있었다. 남자는 그곳을 향해 걸어가고 있었다. 여자는 그저 남자가 이끄는 대로 걸음을 움직일 뿐이었다.

남자는 지상과 지하가 연결되는 계단 앞에 멈춰 섰다. 사람들은 꾸역꾸역 올라갔다 내려갔다, 물결치고 있었다. 여자는 그 대오를 신기한 듯 바라보았다. 그러다 혼자 웃기도 했고, 자판기 앞에 서 있는 사람들을 오랫동안 바라보기도 했다. 남자는 여자의 손을 움켜쥐고 계단을 향해 오르려다 멈칫하곤 되돌아왔다. 그러곤 역사 출구 쪽으로 몇 걸음 걸어가다 다시 계단 쪽으로 몸을 돌렸다. 남자는 쉽사리 결정을 내리지 못했다. 여자의 손을 놓지 못했다.

그러기를 수십 분, 갑자기 여자가 남자의 손을 뿌리치고 계단을 향해 뛰어오르기 시작했다. 여자의 눈에 무엇인가 들어온 모양이었다. 지하와 지상, 동시에 전동차가 도착했을 때였다. 남자는 황급히 여자의 뒤를 따랐다. 이런 식은 아니었다. 손을 놓아도 내가 놓아야 해……. 남자는 사람들 물결을 거스르며 여자의 뒤를 쫓았다. 남자 앞에서 층계를 오르고 있는 여자의 몸짓은 절박해 보였다. 그녀 또한 누군가를 뒤쫓고 있는 것 같았다.

층계참에 올라섰을 때, 남자는 비로소 여자가 쫓고 있는 대상이 누군지 알게 되었다. 계단의 마지막 층계를 막 디디고 오른 사람……. 진회색 승복을 걸친 낯선 노승 한 명……. 여자는 그를 쫓고 있었다.

남자는 왜 그 순간 그토록 분노를 느낀 것일까? 무엇이 그를 그토록 참을 수 없게 만든 것일까? 여자가 승려를 쫓아 발걸음을 움직인 건, 어찌 보면 너무도 자연스러운 일이었다. 그러나, 남자는 그 자연스러움을 용납할 수가 없었다. 자신의 내부에서 터져나오는 힘들을 주체할 길 없었다.

남자는 빠르게 여자 쪽으로 걸음을 옮겨나갔다. 거칠게 사람들을 밀치며 전진해나갔다. 몇몇 사람들이 남자에게 욕을 해댔고, 또 몇몇은 남자로 인해 넘어질 뻔하였다. 그러나 남자는 개의치 않았다. 여자를 향해 성큼성큼 다가갈 뿐이었다. 이제 여자와 남자와의 거리는 불과 서너 발자국도 되지 않았다. 손만 뻗으면 닿을 수 있는 거리……. 남자는 천천히 오른손을 들었다. 여자의 모습 어디에도 남자의 흔적은 남아 있지 않았다. 단 한 번만이라도, 단 한 번만이라도 여자가 뒤돌아보기를, 그러기를 남자는 바랐다……. 그러나, 여자는 남자의 존재를 눈치채지 못했다. 그저 고개를 치켜들곤 노승의 뒷모습을 놓치지 않으려 애썼다. 남자는 참을 수가 없었다. 여자의 목덜미 근처까지 다가간 남자의 오른손은, 우악스럽게 여자의 무쇠 머리핀을 낚아챘다……. 후드득, 소리와 함께 무쇠 머리핀이 풀렸다. 여자의 머리칼도 덩달아 뽑혔다. 남자는 무쇠 머리핀을 뽑자마자 뒤돌아섰다. 그러고 왔던 길을 되짚어 내려가기 시작했다.

　뒤돌아보지 마라…… 뒤돌아보지 마라……. 남자는 그렇게 중얼거리며, 사람들을 밀쳐내며, 계단을 내려갔다. 무쇠 머리핀을 움켜쥔 채, 무쇠 머리핀 걸쇠에 여자의 머리칼이 일렁거리는 것도 모른 채.

백미러 사나이
──사물이 눈에 보이는 것보다 가까이 있음

1

그의 뒤통수에 상처를 낸 사람은 당시 현직 중앙정보부장으로 재직하고 있던 김재규씨였다. 물론 김재규씨가 여덟 살이던 그를 향해 맥주병을 집어 던지거나 몽키스패너를 내리친 것은 아니었다. 김재규씨는 서울에, 그는 지방의 한 소도시에 살고 있었기 때문에 그들은 별다른 일면식도 갖지 못했던 사이였다. 그러나 그의 아버지는 끝까지 그의 뒤통수에 상처를 낸 사람은 중앙정보부장 김재규라고 우겨댔다. 그의 어머니는 그런 아버지를 보며 미치려거든 곱게 미치라며 악을 써댔다. 그렇지 않아도 머리 나쁜 자식 아예 병신으로 만들어놓았다고, 자식 뒤통수에 대고 재떨이를 던지는 아비도 정상은 아니라는 말까지 덧붙였다.

칠십구 년도 가을이었다. TV에선 며칠 동안 지루한 조가(弔歌)만 계속해서 흘러나왔다. '태산이 무너진 듯 강물이 갈라진 듯 이 충격 이 비통 어디다 비기리까'로 시작하여 '이 나라 수호신 되어 못 다한 일 이루소서'로 끝나는 조가는 무려 5절까지 계속되었다. 정규 방송이 지켜질 리 만무했다. TBC에서 하는「호돌이와 포순이」, MBC에서 방영하는「샤롯트」대신 소복 단정히 차려입은 할머니들이 떼로 몰려나와 태극기로 뒤덮인 관 앞에서 누가 누가 더 오래 통곡하나, 시합하는 프로그램이 편성되었다. 때때로 부산에 입항한 미 항모 키티호크 호의 크기를 재는 과학 프로그램도 방영되었다. 그는 보름 넘게 TV 앞에서「호돌이와 포순이」「샤롯트」를 기다렸다. 가끔씩 '이 같은 어인광풍 낙엽지듯 가시어도'를 저도 모르게 흥얼거리기도 했다.

보름 정도 지난 후엔 할머니들 대신 포승줄에 묶인 김재규씨가 장기 출연하며 권총 저격을 무덤덤한 표정으로 재현했다. 독일제 32구경 7연발 권총을 무표정한 얼굴로 당기는 김재규씨의 깔끔한 연기에 비해 박정희 대통령 역을 맡은 연기자(검찰 혹은 합수부 소속의 군인인 듯)의 액션은 지나치게 경직되고 부자연스러워 보였다. 탄환을 맞고 쓰러지는 연기라기보단 총을 피해 상 밑으로 숨는 듯한 포즈였다. 카메라맨은 그런 연기자의 액션이 고인이 된 전직 대통령에게 누가 될지 모른다고 생각했던지 계속 누워 있는 장면만 앵글에 담아 화면에 내보냈다. 보다 못한 김재규씨도 한 마디 했다.

아니지, 그쪽으로 쓰러진 게 아니라 이쪽으로 넘어졌다니깐.

그의 아버지가 TV 수상기를 향해 용궁 다방 마크가 찍힌 사기 재떨이를 집어 던진 것은 바로 그 순간이었다. 예정대로였다면 그의 아버지는 이 주일 후 순시 차 도청에 내려온 박 대통령에게 직접 '모범 전매인' 표창을 받기로 되어 있었다. 그의 아버지는 전매청 산하 외산 담배 특별단속반 소속이었다. 럭키스트라이크나 카멜, 말보로 따위의 담배를 피우는 사람들을 적발, 검찰에 인계하는 역할이었다. 그의 아버지의 전과는 혁혁했다. 검찰에 인계하기도 미안할 정도로 많은 사람들을 적발해냈다. 그런 경우, 그의 아버지는 검찰의 과중한 업무 부담을 덜어주기 위해 수표나 물품 같은 것으로 피의자들의 조서를 대체해주기도 했다. 그의 집에 들어온 금성사의 야심 찬 신제품인 14인치 텔레비전과 대한전선의 250리터짜리 냉장고도 그런 조서 중의 하나였다. 그의 아버지는 그 모든 것이 다 박 대통령의 은덕이라고 생각했다. 사람들이 담배를 많이 피우는 것도 박 대통령의 은덕, 국내 잎담배 농가들을 보호하는 것도 박 대통령의 은덕, 조서를 텔레비전으로 대체할 수 있게 된 것도 박 대통령의 은덕이라고 생각했다. 그리고 그 모든 은덕을 궁정동 주안상 위에 올려져 있던 시바스리갈과 함께 허공으로 날려버린 원흉이 바로 김재규라고 여겼다. 그러니 어찌 재떨이를 집어던지지 않을 수 있겠는가! 할 수만 있다면 냉장고라도 집어던지고 싶은 심정이었다.

그러나 그의 아버지의 손을 떠난 재떨이가 착지한 곳은 불행히도 금성사의 최신식 TV 브라운관이 아닌, 방바닥이었다. 재떨이는 바로 산산조각 났다. 그리고 그 많은 조각 중 두 조각이 TV 바로 앞에 앉아 이제나저제나 「샤롯트」만을 기다리고 있던 그의 뒤통수에 내려앉고 말았다. 여덟 살의 그는 마치 예순두 살의 박 대통령처럼 그 자리에 고꾸라지고 말았다. TV에선 다시 김재규씨의 말이 흘러나왔다.

바로 쓰러진 게 아니라니깐!

그렇게 해서 그의 뒤통수엔 고양이 눈 크기만 한 구멍이 두 군데 생기게 되었다. 그때까지만 해도 그의 뒤통수에 생긴 두 개의 구멍이 그의 인생에 어떤 영향을 끼칠지, 어떤 역할을 하게 될지 아무도 알지 못했다. 하긴, 어쩌면 그때까지만 해도 그의 뒤통수에 생긴 두 개의 구멍은 단지 구멍에 지나지 않을 수도 있었으니깐.

그의 뒤통수에 생긴 두 개의 구멍에 특별한 의미를 부여한 사람은 이웃집에 살던 재야 의료 엔터테이너(그는 분명 사람들에게 즐거움을 나누어주는 사람이었다) 최씨였다. 동네에서 최씨에 대한 소문과 평판은 상반된 두 가지로 극명하게 나뉘어 있었다. 한쪽의 의견은, 최씨가 국내 최고의 의과대학을 탁월한 성적으로 졸업하였으나 현 정부의 반민주적인 보건 의료 정책에 강한 회의를 품고 몸소 마르크스 레닌주의를 실천하고자 우리 동네에 자리잡았다는 것이다. 그는 특히 동네 아주머니들의 전폭적인 지지를 받고 있었는데, 그것은 그가 시중 의원의 절반도 안 되는 가격으로 동네 아주머니들의 쌍꺼풀 수술을 해주기 시작하면서부터였다. 동네에 살던 몇 안 되는 대학생들은 제 어머니의 눈꺼풀을 보며 마르크스 레닌주의에 좀더 심취하게 되었고, 몇 달 지나지 않아 동네엔 온통 마르크스 레닌주의 문신을 새긴 아주머니들이 활개 치며 돌아다니게 되었다.

최씨에 대한 또 다른 소문 하나는, 그가 어느 작은 정형외과의 원무과 직원 출신이라는 것이었다. 병원의 규모가 너무 소규모여서 때때로 최씨가 간호사를 대신하여 의사의 진료를 도왔고, 그러면서 눈대중으로 몇 가지 의료 행위를 배웠다는 것이다. 그 소문을 입증이라도 하듯 그는 외과 진료에 비해 내과 진료에는 부진을 면치 못했는데, 배가 아프고 현기증 증세가 약간이라도 보이면 그는 무조건 회충약부터 조제해주었다. 한번은 맹장에 걸린 할머니에게 다량의 회충약을 그 자리에서 삼키게 만들어 심각한 의료 사고를 일으킬 뻔하기도 했다. 동네 아이들은 매일매일 항문에서 실뱀

장어만 한 회충을 뽑아내며 그를 욕했고, 일부 동네 어른들은 그가 전라도 출신이라 믿을 만한 위인이 못 된다고 쑤군거리기도 했다.

이랬거나 저랬거나 최씨의 의술은 내과를 빼곤 썩 훌륭한 것이었다. 동네 노파의 십 년 묵은 관절염을 단 두 달 만에 완치시켜주기도 했고, 조기축구 회원들의 찢어진 무릎 근육을 V자 모양으로 꿰매어 그들의 잠들어 있던 투지를 불러일으켜주기도 했다. 어떤 사람들은 그가 마약 성분이 다량 포함된 약품으로 주민들을 현혹시키고 있다고도 했고, 또 어떤 사람들은 그가 비교(秘敎)의 신봉자로서 신의 의지로 병든 자를 완쾌시키는 것이라고도 했다. 그가 진료하면서 알아들을 수 없는 말을 웅얼거리는 것도 다 주술의 일종이라고 했다.

당시 초등학교 1학년에 재학 중이었던 그는 최씨에 대해 그 어떤 편견도 가지고 있지 않았다. 그가 최씨에 대해 명확히 아는 것이라곤, 최씨가 미군 부대 식당에서 주방 보조로 일하는 아주머니의 눈가에 마르크스 레닌주의를 심어주고 대신 카멜 담배 열 보루를 받았다는 것, 최씨가 버린 카멜 담배꽁초를 집어 들고 개미집을 파헤치던 그를 퇴근하던 아버지가 우연히 발견했다는 것, 한참을 고민하던 그의 아버지가 이웃간의 정을 생각해 최씨의 조서를 어머니의 쌍꺼풀과 영양제로 염가 봉사해주었다는 것, 그것이 전부였다.

그의 뒤통수에 두 개의 구멍이 생기자마자 그의 어머니는 당연하다는 듯 최씨를 찾아갔다. 그러곤 가뜩이나 공부 못 하는 자식, 머리에 땜통까지 있으면 얼마나 보기 싫겠느냐, 최대한 예쁘게 꿰매달라는 말을 남기고 집으로 돌아갔다. 최씨는 그의 어머니가 말하는 내내 고개를 숙이고 있었다. 그의 어머니는 지갑을 꺼내들다 말고 별안간 자신의 쌍꺼풀이 동네에서 제일 얇게 된 것 같다고, 이래서 야매가 나쁘다는 소리를 듣는 거 아니냐며 버럭 화를 내곤 쏜살같이 진료소 밖으로 나가버렸다.

진료소엔 최씨와 그만이 남겨졌다. 말이 진료소지 최씨 집 자그마한 정원 한편에 얼기설기 가건물을 짓고, 가정용 싱글 침대와 철제 책상 하나, 그리고 히포크라테스 선서를 적어놓은 액자 하나가 전부인 초라한 진료소였다.

최씨는 한동안 말없이 철제 책상에 앉아 있었다. 그러다가 갑자기 두 주먹에 힘을 모아 철제 책상을 내리쳤다. 그는 여진으로 인해 위태롭게 흔들리는 히포크라테스를 불안한 눈길로 쳐다보았다. 히포크라테스는 환자용 의자 바로 옆 벽면에 걸려 있었다. 최씨는 당장이라도 일어나 히포크라테스 선서를 바닥에 내던질 것처럼 연속해서 철제 책상을 내리쳤다. 히포크라테스가 빠르게 왕복 운동을 했다. 선서 글귀도 보이지 않게 되었다. 어린 그는 최씨의 그런 행동이, 환자를 좀더 빨리 싱글 침대에 눕게 만드는 최씨만의 독특

한 사인이라고 이해했다. 그는 조용히 일어나 싱글 침대에 엎드렸다. 그러자 철제 책상의 울림도 덩달아 멈춰졌다. 대신 최씨의 긴 한숨 소리가 들려왔다. 진료는 최씨의 한숨 소리가 대여섯 번 정도 더 이어진 뒤에야 시작되었다.

누가 이랬니?

최씨가 잘 들지 않는 면도칼로 피와 함께 엉켜버린 그의 머리칼을 자르며 물었다.

김재규요.

최씨의 손이 멈칫했다.

누구?

김재규.

최씨는 잠시 동안 침묵을 지키고 서 있다가 다시 면도칼을 놀리기 시작했다.

박통이 어린 네 머릿속에도 숨어 살고 있었나 보구나.

그는 최씨의 말에 아무런 대꾸도 하지 않았다. 뒤통수에선 연신 사각사각거리는 최씨의 면도칼 소리가 들려왔고, 싱글 침대에선 시큼한 크레졸 냄새가 났다. 그는 두 눈을 말똥말똥 뜬 채 베개 앞 벽면을 멀거니 바라보았다.

좀 아플 거야.

최씨는 바늘에 실을 꿰며 한 옥타브 정도 높아진, 의욕 넘치는 목소리로 말했다. 바늘을 든 최씨의 오른손엔 거미줄 같은 퍼런 힘줄들이 이곳저곳 돋아났다. 그는 온몸의 맥이

노글노글 풀리는 것만 같았다. 침대는 의외로 푹신했다.

이건 정말 박통의 눈을 닮았는걸.

최씨는 바늘 끝으로 그의 두 군데 상처 부위를 툭툭 건드리며 혼잣말처럼 말했다.

내 사명감을 갖고 꿰매줄게, 꼬마야. 너도 사명감을 갖고 꾹 참으렴.

최씨의 바늘이 상처 가장자리를 파고들었다. 그의 어깨가 움찔거렸다.

아프지?

아니요. 그냥 따끔해요.

그래?

최씨의 상체가 그의 뒤통수 쪽으로 좀더 기울어졌다. 바늘이 그의 상처에 길을 내고, 다시 허공으로 빠져나올 때마다 그의 머리는 실과 함께 허공으로 십 센티미터 정도씩 들어 올려졌다.

정말 안 아파?

실 때문에 간지러운 걸요.

최씨는 잠시 생각에 잠긴 듯 아무 말도 하지 않고 서 있었다.

정말 지독한 박통이구나.

최씨는 다시 바늘을 움직였다. 그러나 얼마 가지 못해 바늘은 두 동강 나고 말았다. 최씨는 재빠른 동작으로 다시 바늘귀를 꿰고 상처를 잇대기 시작했다. 그의 몸은 옴쭉하지 않았다. 까무룩 까무룩 몰려드는 졸음을 참기 위해 어금니를 몇 번 앙다물었을 뿐이었다.

이래도?

최씨의 얼굴은 술 마신 사람처럼 불콰하게 변해버렸다. 그는 최씨가 좀 안쓰럽게 여겨졌다. 그리고 어떻게 하면 최씨가 조용히 진료에만 전념할 수 있을까, 고민했다. 그는 졸린 목소리로 말했다.

아저씨, 아파요. 아파서 죽겠어요.

그렇지? 아프지? 내 오늘 이놈의 박통의 눈깔을……!

최씨는 조용해지기는커녕 좀더 시끄럽게 바늘을 움직였다. 그는 두 눈을 감아버렸다. 머릿속이 자꾸만 자우룩해져 갔다. 따끔거리는 느낌마저도 사라졌다. 그저 쉬지 않고 웅얼거리는 최씨의 목소리만이 귓가에서 맴돌았을 뿐이었다. 이놈, 박통 네 이놈, 담배도 내 맘대로 골라 못 피우게 하는 이 나쁜 놈…….

그 순간, 그는 처음으로 정말 자신의 뒤통수에 박 대통령이 숨어 살고 있는 것은 아닐까, 의심했다. 자신이 못 본 것을 최씨가 보았을 수도 있다고, 그래서 저렇게 흥분한 것이라고, 뒤통수는 남의 눈에나 보이는 곳이니……. 그렇지 않고는 어른인 최씨가 어린 자신에게 저렇게 화를 낼 리 없다고…….

그렇게 생각하니 정말 그런 것도 같았다. 그래서 이렇게 아프지도 않은 것이라고, 최씨의 카멜 담배를 우연히 집어든 것도 다 박 대통령이 시켜서 한 짓이라고……. 그는 또 한편으론, 정말 그렇게 되면 얼마나 좋을까, 하는 생각을 하기도 했다. 어쨌든 박 대통령은 아버지에게 은덕을 베푼 소중한 사람이니까……. 그러면 다신 아버지가 재떨이를 집어 던지는 일도 없을 거라고……. 그는 그렇게 소망하다가 잠들어버렸다.

그가 잠에서 깨어났을 때, 최씨는 그의 발치 옆에 팔꿈치를 베고 엎드려 있었다. 눈을 감고 있는 최씨의 얼굴은 몹시 지쳐 보였다. 그는 일어나자마자 뒤통수부터 먼저 만져보았다. 운동화 끈 모양으로 꿰매진 상처는, 뒤통수 한가운데 모로 누운 두 개의 초승달처럼 눈을 감고 있었다. 그는 침대에 걸터앉아 오톨거리는 실밥을 한참 동안 만져보았다. 왼쪽 구멍에 일곱 바늘, 오른쪽 구멍에 다섯 바늘, 총 열두 바늘이었다. 그는 최씨가 깨지 않게 최대한 발소리를 낮춰 진료소를 빠져나왔다. 하지만 진료소 문을 막 열었을 때, 등 뒤에서 들려오는 최씨의 지친, 그러나 여전히 화난 목소리를 어쩔 수 없이 듣고야 말았다.

한 번만 더 고자질을 하거나, 나쁜 짓을 하면 네 뒤통수 박통이 눈뜰 거야. 실이 모자라서 헐겁게 꿰맸으니까 더 조심해야 한다고……. 알았어? 네 눈을 잡아먹을지도 모른다고!

그는 뒤돌아보지 않았다. 상처 부위가 당기는 듯한 느낌이 들었다. 투둑, 소리를 내며 당장이라도 실밥이 풀릴 것처럼 상처 부위에 힘이 쏠렸다. 실밥이 조금 헐거워진 듯한 느낌. 그는 전력 질주로 최씨의 집을 빠져나왔다. 실밥이 헐거워진 것을 최씨에게 들키고 싶지 않았다. 그는, 최씨가 또다시 박 대통령과 일전을 겨루는 것을 원치 않았다.

집에 돌아온 그를 보자마자 어머니가 소리쳤다.

한 번만 더 TV 앞에 붙어 앉아 있어봐! 그땐 너 죽고 나 죽는 거야!

그는 주섬주섬 책가방을 뒤져 받아쓰기 공책을 폈다. TV에선 오랜만에 「샤롯트」가 방영되고 있었다.

그가 최씨의 말을 다시 떠올리게 된 것은 그로부터 약 보름 정도 지난 후의 일이었다. 금요일 4교시 받아쓰기 시험 중이었다. 당시 여덟 살이었던 그에게 닥친 심각한 당면 과제는, 박 대통령의 돌연한 죽음도, 계엄령의 발동과 그에 따른 통행금지 시간의 확대도, 박 대통령 사후 권력 지형의 급격한 변화도 아닌, 한글 맞춤법에 대한 명쾌한 이해와 활용이었다. 당시 그는 안타깝게도 거의 문맹에 가까운 한글 맞춤법 실력을 보유하고 있었다. 그가 쓰고 읽을 수 있는 한글은 고작 그의 이름 석자인 '이시봉'과 집 안 장롱 위에 있던 여러 국산 담배 박스들의 이름들, 그러니까 '태양' '은하수'

'한산도' '신탄진' '거북선' 등이 전부였다. 초등학교 1학년 교과서엔 나오지 않는 단어들. 그는 거의 매일같이 '나머지 공부'를 할 수밖에 없었다.

그러니까 그날도 그는 받아쓰기용 갱지를 받아든 순간, 담담히 자신의 나머지 공부 운명을 예견하고 그에 순종하기로 마음을 다잡았다. 그리고 무표정한 얼굴로 친구들과 똑같이 연필을 쥔 채 선생님이 부르는 단어를 받아쓸 예비 자세를 취하였다. 그의 어머니는 이번에도 또 빵점을 받아오면 옷을 홀딱 벗기고 대문 앞에 하루 종일 세워놓을 것이라고 말했다. TV도 내다 버릴 것이라고 위협했다. 나머지 공부를 하는 것은 두렵지 않았다. 일찍 집에 돌아가봤자 놀아줄 친구가 있는 것도 아니었다. 친구들은, 그와 말을 하면 한글을 까먹는 전염병에 감염되는 줄 알고 있었다. 어떤 친구는, 그가 낮에는 사람이지만 밤이 되면 닭으로 변해 한글을 배울 수 없는 것이라고, 제법 논리 있는 주장을 펴기도 했다. 그래서 그의 유일한 친구는 저녁 여섯 시에나 만날 수 있는 TV 속 호돌이와 포순이, 그리고 샤롯트뿐이었다. 허나, 이제 그는 그런 친구들조차 만나지 못할 위기에 처해진 것이었다. 그는 저도 모르게 한숨을 내쉬었다. 선생님의 입술에서 제발 '태양'이나 '한산도' 같은 것이 발음되길 바랄 뿐이었다.

첫번째 문제는 '햇살'이었다. 그는 잠깐 머뭇거리다가 '태양'이라고 적었다. 두번째 문제는 '태극기'였다. 그는 소리 나지 않게 연필을 내려놓았다. TV를 내다 버리는 어머니의 모습이 눈앞에 그려졌다. 저 멀리선 샤롯트가 슬픈 표정으로 작별 인사를 하고 있었다. 호돌이와 포순이는 고양이로 변해 책상 이곳저곳을 뛰어다녔다. 그는 두 눈을 질끈 감아 버렸다. 슬프게 작별 인사를 건네는 친구들의 모습을 더 이상 보고 싶지 않았다.

바로 그 순간이었다. 감은 그의 두 눈 앞에 뒷자리에 앉아 있는 반장의 얼굴이 또렷하게 들어왔다. 고개를 반쯤 숙인 채 샤프를 들고 열심히 답안지를 적으며 득의양양한 표정을 짓고 있는 반장의 얼굴······. 반장은 반에서 유일하게 모나미 제도 샤프를 갖고 있는 친구이기도 했다. 그는 감은 두 눈을 떴다. 다시 그의 눈앞에는 앞자리 친구의 굽은 등과 교탁 위에 서 있는 선생님의 모습이 들어왔다. 사각거리는 연필 소리와 무언가를 열심히 적고 있는 친구들. 교실 풍경은 예전과 다름없었다. 그는 몇 번 손으로 눈두덩을 문질러보기도, 연필 꽁지로 눈썹 부위를 눌러보기도 했다. 시력엔 아무런 이상도 없었다. 그는 다시 조심스럽게 두 눈을 감아보았다.

역시 뒷자리 반장의 모습이 들어왔다. 이번엔 반장의 얼굴뿐만 아니라, 반장의 책상에 놓인 답안지와 그 안에 적힌 알 수 없는 한글 낱말들까지 확연하게 시야에 잡혔다. 교실

뒷벽에 걸린 환경미화용 그림들과 조잡한 게시판까지.

그는 다시 눈을 떴다. 그리고 이번엔 고개를 돌려 직접 반장을 바라보았다. 두 눈을 감았을 때 보았던 반장 모습 그대로였다. 선생님은 그에게 뒤돌아보지 말라고 주의를 주었다. 반장도 신경질적인 얼굴로 그를 노려보았다. 그는 다시 앞을 바라볼 수밖에 없었다. 그러고 나서 한참 동안 자신의 뒤통수를 만지작거리다가 짝꿍도 들리지 않을 만큼 조용한 목소리로 중얼거렸다.

박 대통령께서 눈을 뜨셨군.

눈을 떴을 땐 아무런 문제가 없었다. 상(像)이 겹치거나 흔들리는 일도 없었다. 다만, 두 눈을 감았을 때가 문제였다. 마치 고개를 돌린 것처럼, 눈앞에 보이지 않는 백미러를 부착한 것처럼, 뒤편의 영상이 또렷하게 망막 안으로 들어왔다. 그는 대번에 그것이 자신의 눈이 아님을 깨달았다. 그건 박 대통령의 눈이라고, 박 대통령이 보는 세상이라고……

그는 다시 두 눈을 감았다. 박 대통령이 힘겹게 다시 뜬 눈을 무시해선 안 된다고, 그건 예의가 아니라고 생각했다. 뒷자리 반장의 답안지가 눈에 들어왔다. 그는 조심스럽게 반장의 답안지 속 글자들을 제 답안지에 옮겨 적기(아니, 그려나가기) 시작했다. 연필을 쥔 손이 조금 떨리긴 했지만 글자를 옮겨 적는 덴 별다른 어려움이 없었다. 그러면서 그는 생각했다. 나는 그저 박 대통령이 보는 세상을 기록할 뿐이라고.

그날 받아쓰기 시험에서 그는 당당히 구십 점을 획득했다. 그가 틀린 문제는 '햇살' 하나에 불과했다(안타깝게도 그에겐 지우개가 없었다). 선생님은 그를 일으켜 세운 뒤 상기된 얼굴로 '하면 된다'를 연속해서 외쳤고, 친구들은 떨떠름한 표정으로 박수를 쳐주었다. 그는 조금 우쭐한 심정이 되었다.

그날 저녁, 그는 느긋한 포즈로 「호돌이와 포순이」 「샤롯트」를 연속해서 시청할 수 있었다. 어머니는 그가 내민 받아쓰기 답안지를 가족 앨범에 소중히 끼워놓았다. 아버지는 그가 오래전부터 졸랐던 도깨비감투 미니어처를 사주기도 했다. 그는, 자신의 뒤통수에서 눈을 뜬 박 대통령에 대해 아무한테도 말하지 않았다. 그건 아주 소중히 간직해야만 할 비밀 같았다. 그게 당연한 예의인 것 같았고.

그로부터 이틀 후, 최씨는 느닷없이 급습한 보건소 직원들과 검찰 직원들에 의해 '공중 위생법 위반'으로 체포되고 말았다. 최씨는 변변한 항의 한 번 해보지 못한 채 연행되어 갔다. 동네 사람들은 수갑 찬 최씨의 모습을 묵묵히 지켜보기만 했을 뿐, 누구 한 명 나서서 최씨를 변론해주지 않았다. 보건소 직원들은 최씨를 끌고 가며 제보 전화를 걸어온 목소리가 아이 목소리였다고 동네 사람들에게 귀띔해주었다. 이후, 동네 사람들 중 그 누구도 최씨의 소식을 들은 사람은 없었다. 가끔씩, 아주 가끔씩, 동네 아주머니들의 점당 십 원짜리 화투판에서, 서로의 눈가에 그어진 마르크스 레닌주의를 보며 그래도 퍽 괜찮았던 사람이었는데, 하고 회자되는 게 전부였다. 사람들은 자연스럽게 최씨를 잊어갔다. 무럭무럭 커나가기에 바빴던 그 역시도……. 하긴, 어디 잊혀진 게 최씨뿐인가? 사람들은 근 십수 년 동안 자신들을 통치했던 박정희도, 그를 죽인 김재규도 쉽게 잊어가고 있었다. 아니, 잊어가는 것처럼 보였다.

2

그는 무럭무럭 자라났다. 남들처럼 똑같이 초등학교를 졸업하고 중학교를 졸업하고 고등학교를 졸업했다. 큰 병치레를 한 적도, 소년원에 수감된 적도, 예능 방면에 두각을 나타낸 적도 없었다. 지극히 평범한 성격과 체격을 가진 소년으로 자라났다.

그 와중에 그의 아버지는 전매청 소속 외산 담배 특별단속반에서 퇴직하여 시내 상가 한 귀퉁이에 담배가게를 열었고, 그곳에서 간간이 미군 부대 PX에서 흘러나오는 카멜 담배를 밀거래하기도 했다. 그의 어머니는 동네 아주머니들과 함께 당시 시내에서 한창 주가를 올리던 '두발로' 스탠드바에 출입하며 뭇 제비들의 마음을 사로잡기 위해 안간힘을 썼지만, 번번이 제비들의 낙점에서 제외되곤 했다. 그때마다 어머니는 술 취한 목소리로 자신의 쌍꺼풀이 지나치게 얇아서 그런 것이라며 동네가 떠나가라 울부짖기도 했다.

동네에 몇 안 되던 대학생들은, 자신들의 어머니 눈두덩에 새겨진 마르크스 레닌주의가 제비들의 스텝 몇 번에 허물어지는 것에 좌절, 차례차례 사법고시와 행정고시로 진로를 바꾸었다. 그러곤 시험에 떨어질 때마다 동네 전봇대 한복판에 김지하의 시구를 적으며 훌쩍거렸다.

그의 친구들은 연이어 세 번씩이나 대통령을 배출한 육사에 들어가기 위해 미리부터 머리를 삭발한 채 수학 정석에 매달렸고, 교련 시간만 되면 마치 당장이라도 육사에 합격한 사관생도들처럼 모조 캘빈 소총을 들고 김일성 허수아비를 향해 고래고래 소리를 지르며 진격하였다.

그를 둘러싼 사람들은 그렇게 변하고 있었지만, 그에겐 좀처럼 변하지 않는 몇 가지가 있었다. 그중 대표적인 것이 바로 한글 맞춤법의 이해와 활용 실력이었다. 안타깝게도 그가 고등학교를 졸업할 때까지 제 실력으로 쓰고 읽을 수 있었던 한글은, 자신의 이름 석 자와 '태양' '은하수' '한산도' '신탄진' '거북선'뿐이었다. 초등학교 1학년 때의 실력 그대로. 하나의 보탬과 빠짐없이.

그가 그런 한글 실력으로 고등학교까지 무사히 마칠 수 있었던 비결은 의외로 간단했다. 그의 뒤통수에 자리잡은 박 대통령의 시력이 그때까지도 쌩쌩하게, 노화되지 않고 활달하게 움직였기 때문이었다. 중학교 배치고사를 볼 적에도, 인문계 고등학교 입학 연합고사를 치를 때도, 그는 그저 두 눈을 연신 감았다 떴다 하며 답안지를 작성해나갔다. 그리고 그때마다 그는 매번 무난한 성적으로 상급학교에 진학했다. 더구나 당시의 시험은 한 문제도 빠짐없이 객관식으로 출제되었기 때문에 글자를 그리는 번거로움도 없었다. 그저 OMR 카드에 까만 점만 찍으면 되는, 아주 간단한 시험이었다. 그의 학교 성적 순위는 뒷자리에 어떤 성적을 보유한 친구가 앉느냐에 따라 매학년 상하 고저의 그래프가 가팔랐다. 중학교 2학년 1학기 때는 그가 늘 맨 뒷자리에서 시험을 봤기 때문에 성적 또한 맨 끝자리에서 맴돌 수밖에 없었다.

그의 뒤통수에 박 대통령이 들어앉지 않았으면 어떻게 되었을까? 확신할 순 없지만, 아마도 그는 지금보다 더 많은 한글 단어를 읽고 쓸 수 있었을 것이다. 인문계 고등학교는 몰라도 도시 근방 농업 고등학교나 공업 고등학교는 충분히 제 실력으로 입학할 수 있었을 것이다. 아니, 어쩌면 각고의 노력 끝에 인문계 고등학교에 입학했을지도 모른다.

하지만, 그는 뒤통수에 박 대통령의 눈이 생기고 난 뒤부터 모든 학문들과 그를 익히기 위한 노력들에 아쉬운 작별 인사를 건넬 수밖에 없었다. 눈을 감고 학문적 고민을 하려 해도 뒤통수 한가운데 자리잡은 박 대통령이 그를 가만 놔 두지 않았다. 그는 모든 것을 겸허한 마음으로 인정하기로 했다. 내 부족한 머리를 안타까이 여긴 박 대통령이 눈을 감지 못하고 직접 왕림한 것이라고, 박 대통령이 이승에 학문적 여한이 남은 것이라고, 다른 분야에만 욕심 내지 않는다면(그러니까 예를 들어 노름판 같은 곳) 아무 문제없을 거라고……

그가 육사를 지원하지 않고 서울 소재 상위권 대학교에 당당하게 입학 원서를 낸 것도 그런 생각의 일환이었다. 학구열 왕성한 박 대통령에게 좀더 좋은 환경을 열어주는 것이 자신의 임무라고 생각했다. 좀더 머리 좋고 영특한 친구를 뒷자리에 두는 것.

하지만 그는 몰랐던 것이다. 서울이라는 곳이, 당시 대학교라는 곳이, 학문적 분위기와는 얼마나 동떨어져 있었는가를. 또 박 대통령이 살아생전 대학교라는 곳을, 대학생들을, 얼마나 경원시하고 미워했는가를.

아무튼 그는 그렇게 해서 서울로 올라가게 되었다. 일천구백구십일 년 삼 월이었다. 대통령은 여전히 군인 출신이었고, 그해 육군사관학교는 사상 최고의 경쟁률을 기록하였다.

3

 그는 과묵하고 성실한 대학생이 되었다. 괜스레 선배들과 어울려 라면을 끓여 먹으며 킥킥거리지도 않았고, 동기들과 숨넘어가기 일보 직전까지 사생결단 족구에 매달리지도 않았다. 회비 이천 원짜리 개강 파티에도 참석하지 않았고, 동아리 방이나 학회 방을 기웃거리는 일도 하지 않았다. 당시 신입생이라면 거의 의무적으로 배워야 했던 '문선'도, 평발이라는 확인되지 않은 이유를 내세워 빠지곤 했다. 그는 그저 아현동 산동네에 있는 자취방과 신촌에 위치한 학교 사이를 부지런히 오갈 뿐, 별다른 취미 활동도, 연애도 하지 않았다.
 그런 그를 보고 동기들은, 그가 안기부 고위 간부의 외아들이어서 그렇다, 아니다, 용산에 있는 호스트바에서 밤새도록 아줌마들에게 시달려 우리와 어울리는 것이 피곤했던 것이다, 무슨 소리냐, 쟤가 원래 프랑스 입양아 출신이다, 아직 한국말이 서툴러서 그런 거다, 쟤 원래 이름은 이시봉이 아니라 알랭 시봉이다 등등, 수많은 추측과 억측을 해댔다. 하지만 그 누구도 그에게 직접 확인하려 들지는 않았다. 그저 고개를 숙인 채 부지런히 자취방으로 향하는 그를 바라보며 쑥덕거리기만 했을 뿐이었다.

그의 이름이 학우들 사이에 본격적으로 알려지기 시작한 것은 구십일 년 사월 하순경의 일이었다. 좀더 정확히 말해 백골단이 풀 스윙한 쇠 파이프에 뒤통수를 가격당한 서부총련 소속 대학생이 숨을 거둔 바로 다음 날, 그러니까 구십일 년 사월 이십칠 일, 신촌 일대에서 일어난 가두시위가 마감된 직후부터였다. 갑자기 수십 명의 학우들이 그의 주위에 몰려들어 일제히 박수를 치기 시작했다. 어떤 사람들은 그의 이름 앞에 '사수대 선봉일꾼' '차차기 서부총련 사수대장'이라는 수식어를 붙여 부르기도 했다. 총학생회장이라는 사람이 다가와 그를 격정적으로 껴안았고, 학우들은 그와 어깨동무를 한 채(그의 의사를 물어보지도 않고) 학교로 돌아갔다. 왼편에서 어깨동무를 한 학우는 삼십 초 간격으로 '열사의 뜻 이어받아 노태우 정권 타도하자'라는 구호를 외쳐 그를 깜짝깜짝 놀라게 만들었다. 그는 학교로 돌아가면서도 이게 도무지 어떻게 된 영문인지 알 수 없었다. 사람들이 왜 갑자기 자기에게 이렇게 친한 척을 하는지, 왜 왼쪽에 있는 친구는 사람을 깜짝깜짝 놀라게 만드는지⋯⋯.

그날의 일을 좀더 자세히 살펴보면 대강 다음과 같다. 그러니까 그날도 그는 평소와 다름없이 강의를 마치고 자취방으로 돌아가기 위해 부지런히 학교 정문을 나서고 있었다. 그의 발걸음은 여전히 빨랐고, 고개는 최대한 아래로 숙여져 있었다. 그는 철저히 남들과의 접촉을 꺼려했다. 남들과 이야기하다가 행여 자신의 한글 실력이 들통 나고 대학 합격의 비밀까지 발각된다면, 자신의 뒤통수에 힘겹게 부활한 박 대통령의 의지를 제 스스로 저버리는 꼴이 된다고 생각했다. 그건 부활한 사람에 대한 예의가 아니었다. 홀로 조용히 박 대통령의 부활 의미를 되새기는 것, 수도사처럼 자취방에서 절제된 생활을 영위하는 것, 그것만이 증인된 자의 의무이자 운명이라고 생각했다. 자취방에서 그때 막 데뷔한 신승훈이 출연하는 쇼 프로그램을 하루 종일 감상하는 일이 있더라도, 어쨌든.

한데, 그날은 도로에 버스 대신 깃발을 든 학생들이 뛰어다니고 있었다. 그들은 한시도 쉬지 않고 박수를 쳐댔고 연신 고함을 내지르고 있었다. 그는 버스 정류장에서 잠시 동안 버스를 기다리고 서 있었다. 하지만 버스는 좀처럼 오지 않았다. 대신 학생들만 끊임없이 꾸역꾸역 밀려들어올 뿐이었다. 학교에서 자취방까지는 도보로 약 삼십 분 거리였다. 그는 잠시 망설이다가 어깨에 멘 가방 끈을 바싹 조인 후, 도로를 향해 뛰어들었다. 고개를 숙이고 빠르게 뛰어간다면 행여 동기들이나 선배들을 만난다 해도 자신을 알아보긴 힘들 것이라고 생각했다. 다행히 학생들의 시위 방향도 그의 자취방 쪽이었다. 그는 느릿느릿 걷는 학생들 사이를 헤치고 전속력으로 달리기 시작했다. 몇 명의 여학생들이 그의 몸과 부딪혀 넘어지기도 했지만 그의 발걸음은 멈춰지지 않앉다.

 서울 시청을 향해 순탄하게 전진하던 학생들의 대오는 이대 앞 사거리 근처에서 멈춰지고 말았다. 아현 고가도로를 최후 저지선 삼아 이중 삼중 진을 치고 있던 전경들이 다연발 최루탄을 쏘며 격렬한 저항을 시도했기 때문이었다. 순식간에 학생들의 대오가 흐트러졌다. 전경들과 학생들은 도로를 가운데 두고 대략 백여 미터 정도 떨어져 있었다. 하지만, 일부 심약한 학생들은 마치 당장이라도 전경들의 손에 의해 낚아채지기라도 할 것처럼 뒤돌아 도망치기 시작했다. '질서! 질서!'를 쉼 없이 외치는 학생이 있는가 하면 금방이라도 기도가 막힐 것처럼 도로 한가운데 누워 가쁜 숨을 몰아 내쉬는 여학생도 생겨났다. 학생 대오 맨 앞에 서 있던 사수대들은 일대 혼란에 빠진 학생들을 보면서도 좀처럼 앞으로 나아가지 못했다. 그저 괜스레 도로에 쇠 파이프를 두들겨대며 찔끔찔끔 흐르는 눈물을 감추거나, 십중팔구 불발되기 일쑤인 화염병을 애꿎은 가로수에다 대고 던질 뿐이었다. 한 치 앞도 나아가지 못하는 상황. 전경들은 점차 거리를 좁혀 오고 있었다.

 그때였다. 학생들의 대오에서 누군가가 쏜살같이 전경들을 향해 뛰어나갔다. 입고 있는 옷으로 보나 가방을 멘 폼으로 보나 대학생이 분명했다. 머리에 띠도 두르지 않았고, 왼쪽 가슴에 검은색 리본도 달지 않았다. 평범한 체격에 평범한 얼굴을 한 대학생이었다.

 처음 그를 본 사수대와 학생들은, 제 분을 이기지 못하고 전경들에게 달려드는 무모하고 감수성 풍부한 학생쯤으로 생각했다. 가끔 피를 보거나 사과탄을 직격으로 맞은 학생들이 저지르는 우발적인 도전쯤으로 여겼던 것이다. 실제로 사수대 몇 명이 그를 제지하기 위해 전경 쪽으로 달려나가기도 했다. 하지만 사수대들은 이내 그를 잡는 것을 포기했다. 그의 걸음이 빠르기도 빨랐지만 뭔가 이상한 점을 발견했기 때문이었다. 뛰는 폼이…… 전경들을 향해 달려가는 자세가 이상했다. 분명, 전경들을 향해 뛰어나가고 있었지만, 얼굴과 가슴은 학생들을 향하고 있는 자세. 그제야 사수대 학생들은 그가 뒷걸음질로 뛰어가고 있다는 것을 깨달았다. 최루가스 들어간 두 눈을 질끈 감은 채 무서운 속도로 뒷걸음질치고 있다는 것을.

 어안이 벙벙해진 것은 전경들도 마찬가지였다. 화염병과 돌멩이와 최루탄이 난무하는 긴박한 상황 속에서 자신들을 향해 홀로 뒤통수를 내보인 채 달려오는 학생이라니……. 전경들은 학생들을 향해 겨누고 있던 최루탄 발사기를 내려놓은 채 멍하니 그를 바라보았다. 갑자기 나타난 그로 인해 그 모든 상황들이, 화염병과 돌멩이와 최루탄이 난무하던 도로가, 그저 아이들 놀이터쯤으로 변해버린 듯했다. 그는 변함없이 씩씩하게 두 팔을 내저으며 전경들을 향해 맹렬히 뒷걸음질해갔다.

보다 못한 백골단 몇 명이 그를 잡기 위해 뛰쳐나갔고, 그때부터 그와 백골단 사이의 쫓고 쫓기는 긴박한 릴레이가 벌어졌다. 도망치는 자가 쫓아오는 자의 얼굴을 바라보며 뛰어가는, 추적자의 자존심을 심각하게 훼손하는 릴레이. 학생들과 전경들 사이, 비어 있는 백여 미터 도로를 트랙 삼아 어지럽게 회전하는 정체불명의 릴레이. 건물 창문 곳곳에 매달려 시위를 구경하던 시민들의 탄성 아닌 탄성이 흘러나왔고, 황당한 표정으로 릴레이를 지켜보던 사수대들은 다시 대오를 정리할 수 있는 시간을 확보했다. 그는 뒷걸음질치면서도 전방의 가로수나 쓰레기통 같은 엄폐물에 한 번도 부딪히지 않았고, 백골단이 휘두른 곤봉에도 맞지 않았다. 되레 이성을 잃고 무작정 그를 쫓아오기만 했던 백골단 몇 명이 사수대 학생들에게 사로잡혀 방독면과 곤봉, 헬멧을 빼앗기는 처지가 되고 말았다. 전경들의 사기는 급속하게 저하되었고, 사기가 오를 대로 오른 사수대들의 화염병은 그 어느 때보다 정확하게 페퍼포그 위로 날아갔다. 그 와중에도 그는 뒷걸음질을 멈추지 않고 전경과 학생들의 완충지대를 이리저리 뛰어다녔다.

그의 뒷걸음질이 멈춘 것은 전경들이 아현 고가도로를 포기하고 충정로 종근당 빌딩 앞까지 후퇴하고 난 뒤의 일이었다. 그러니까 좀더 정확히 말해 아현 고가도로 옆, 그의 자취방으로 향하는 골목을 에워싸고 있던 전경들이 모두 철수한 뒤의 일이었다. 하지만 이번엔 학생들이 전경들을 대신해 골목길을 에워쌌다. 그러곤 일제히 박수를 치고 환호성을 질러댔다. 그는 그때까지도 자신이 무슨 일을 했는지, 어찌된 영문인지, 알아채지 못하고 있었다. 그저 최루가스 잔뜩 먹은 두 눈을 대신해 뒤통수로 학생들의 얼굴을 바라보았을 뿐이었다.

후에 그는 그날을, 자신의 뒤통수에 부활한 박 대통령이 대학생들과 거짓 화해를 시도한 첫날이라고 기록해두었다.

4

그날, 그가 순순히 학생들의 어깨동무를 받아들이고 다시 학교까지 되돌아간 이면에는 보다 근본적인 이유가 숨겨져 있었다. 여자가 한 명 있었다. 그를 에워싸고 박수를 치던 많은 학생 중 한 명이었다. 그는 뒤통수로 그녀를 바라보았다. 아니, 그의 뒤통수가 그녀의 얼굴에서 시선을 떼지 않았다. 어깨동무를 한 뒤에도, 학교로 돌아간 뒤에도.

평범한 얼굴이었다. 늘 조금 감겨 있는 듯한 큰 눈과 작고 오뚝한 콧날, 날렵한 하관, 반듯한 이마에는 '해체 민자당 타도 노태우'라는 빨간 띠가 둘러져 있었다. 초록색 체크무

늬 티셔츠와 색 바랜 청바지를 입고 있었고, 가느다란 팔목에는 흰 손수건이 단단하게 감겨 있었다. 무척이나 슬픈 목소리를 낼 것만 같은 얼굴. 후에 그는 그녀의 얼굴이 예전 박 대통령이 궁정동에서 숨을 거둘 때, 그의 죽음을 슬픈 목소리로 지켜주었던 가수 심수봉과 지나치게 많이 닮아 있다는 것을 알게 되었다. 그녀에 대한 끌림엔 다 그만한 이유가 있었다는 것을, 자신보다 한 발 앞서 뒤통수에 살고 있던 박 대통령이 그녀에게 매혹된 것임을.

다음 날, 그는 강의실 대신 교내 출정식이 벌어지고 있는 학생회관 앞을 한참 동안 어슬렁거렸다. 어제와 비슷한 복장을 한 학우들이, 어제 밴 최루가스 냄새를 폴폴 풍기며 구호를 외치고 있었다. 어제 남은 화염병과 어제 휘둘렀던 쇠파이프를 들고 어제의 노래를 부르고 있는 학우들은, 그러나 하나같이 지치고 데꾼한 눈동자를 하고 있었다. 그녀를 찾는 것은 좀처럼 쉽지 않았다. 여학생들은 단체로 주문이라도 한 것처럼 엇비슷한 티셔츠와 청바지를 입고 있었다. 그는 대열 이곳저곳을 돌아다니며 여학생들의 얼굴을 뚫어져라 바라보았다. 여린 목소리의 구호가 들려오면 그쪽으로 고개를 돌리기도 했다.

연단에 있던 총학생회장이 그를 발견하고 무대 위로 불러 올렸다. 그는 잠시 주춤하다가 연단 위로 올라갔다. 그리고 연단에 오르자마자 고개를 이리저리 돌려가며 한참 동안 학우들을 훑어보았다. 곧 그녀를 발견할 수 있었다. 그녀는 연단 바로 앞 좌측 열 선두에 어제와 같은 띠를 두르고 서 있었다. 검은색 양복을 차려 입은 총학생회장이 어제와 같이 그를 일컬어 '백만 학도의 선봉일꾼'이라고 흥분된 목소리로 소개하는 와중에도, 그는 그녀에게서 눈을 떼지 않았다. 뒤통수 박 대통령의 눈이 아닌, 자신의 온전한 두 눈으로 처음 그녀를 본 순간이었다. 그의 눈 또한 그녀가 마음에 들었다. 한시라도 빨리 그녀의 목소리를 듣고 싶어졌다.

총학생회장의 연설이 끝나기도 전에 연단을 내려서려던 그를 몇 명의 학우가 제지했다. 그러곤 비장한 얼굴을 한 세 명의 남자 신입생들이 그의 곁에 일렬로 도열했다. 연단 바로 앞에는 하얀색 플래카드 천이 펼쳐졌고, 총학생회장의 연설은 정점을 향해 달려가고 있었다.

반드시 이 땅에서 미 제국주의를 몰아내고 민주 정부를 수립코자…… 여기 네 명의 새내기들이 혈서로써 우리들의 투쟁 의지를 드높이고자…….

총학생회장의 격앙된 목소리가 흘러나오는 중에 누군가 다가와 그의 귀에 대고 속삭였다. 원래 혈서를 쓰기로 예정되어 있던 새내기가 감기몸살 탓에 나오지 못했다, 잠깐이면 되니까 수고 좀 해달라, 총학생회장에게 선봉일꾼으로 지목된 마당에 혈서쯤…….

당연, 그는 사양하려 했다. 하지만, 그 순간 그를 바라보며 '투쟁!' 하고 외치는 그녀와 눈이 마주치고 말았다. 그는 얼떨결에 그녀를 따라 '투쟁!' 하고 작은 목소리로 외쳤다. 그의 귀에 대고 속삭이던 친구는 고맙다고, 진정한 선봉일꾼이라고 어깨를 두드려주었다.

그가 포함된 네 명의 새내기가 쓸 혈서의 내용을 사수대장이라는 사람이 읊어주었다.

'파쇼 독재의 원흉인 미국을 축출하고 한국 총독 그레그를 추방하자!'

그에게 배당된 글씨는 '한국 총독 그레그를'이었다. 원문을 보고 쓰는 것이 아니었다. 사수대장이 읊어준 글자를 기억하고 있다가 각자 하얀색 플래카드 위에 자기 몫의 글자를 적는 것이었다. 그는 두 눈을 질끈 감고 플래카드 앞에 무릎 꿇었다. 오른손 검지 첫번째 마디를 면도칼로 그을 때도 그는 감은 두 눈을 뜨지 않았다. 무언가 저 멀리 옥상 위에 희미하게 보이는 글자를 뒤통수 박 대통령이 읽어내고 있었다. 그를 포함한 네 명의 새내기들은 피 한 방울도 허투루 흘려보내지 않겠다는 신념으로 재빠르게 혈서를 써나가기 시작했다. 앞에 앉아 있던 몇몇의 여학생들은 차마 눈을 뜨지 못하고 고개를 숙였다. 그는 연신 두 눈을 감았다 떴다, 하며 혈서를 적어나갔다. 피가 잘 흘러나오지 않자 마치 치약 짜듯 손가락을 눌러가며 한 자 한 자 그려나갔다.

그렇게 완성된 플래카드가 학우들을 향해 들어 올려지자

이곳저곳에서 탄성이 흘러나왔다.

'파쇼 독재의 원흉인 미국을 축출하고 기술의 혁신-삼성 추방하자!'

학우들은 그와 그가 쓴 글자를 번갈아가며 쳐다보았다. 함께 혈서를 쓴 새내기들은 틀린 글자 때문에 다시 혈서를 쓰는 것은 아닐까, 불안하고 원망 섞인 눈초리로 그를 노려 보았다. 이곳저곳에서 학우들의 추측이 난무하기 시작했다. PD 계열이어서 저런 거다, NL 계열인 총학생회의 독단에 맞서 나름대로 항의한 거다, 삼성의 노사 관계를 우회적으로 비판한 것이다, 아니다, 쟤네 아버지가 삼성 이사라더라, 무슨 소리냐, 쟨 알랭 시봉이 맞다, 사노맹의 도움 요청을 받고 잠입해온 프랑스 좌파 연합 회원이다 등등. 그 누구도 학생회관 너머 십오 층 건물 옥상에 세워져 있는 광고판을 주시하진 않았다.

학우들의 동요를 본 총학생회측은 혈서 플래카드를 앞세우고 가두시위를 벌이려던 당초의 계획을 서둘러 수정할 수밖에 없었다. 대신 어제 가투에서 빛나는 전과를 올린 그를 사수대 선봉에 내세우려 했다. 그러나 그런 총학생회의 바람과 달리, 그는 한 여학생 옆에 바투 붙어선 채 좀처럼 앞으로 나서려 하지 않았다. 몇 명의 총학생회 간부가 그에게 달려가 설득해보았지만 허사였다. 그는 그저 여학생이 내지르는 구호를 반 박자 느리게 따라 외칠 뿐이었다. 총학생회

간부들은 그가 PD 계열이 분명하다고, 극렬 분파주의자일지도 모른다고 쑤군거렸다.

그가 없는 사수대들은 전경들에게 맥없이 밀리고 말았다. 이대 상가 건물주들은 창문에 고개를 내밀고 그가 등장하기만을 손꼽아 기다렸다. 지인들 몇 명을 데려와 함께 창문에 매달린 건물주도 있었다. 이제 곧 상황이 역전될 것이라고, 불세출의 투사 한 명이 나타나 전경들의 사기를 떨어뜨릴 것이라고. 하지만 그는 끝내 등장하지 않았다. 몇몇의 사수대들이 그의 행동을 따라 뒷걸음질치며 뛰어다녀보았지만 대부분 도로턱에 걸려 넘어지거나 백골단들의 곤봉 세례에 혼비백산, 다시 자세를 바꿔 학교 쪽으로 뒤도 돌아보지 않고 도망쳤다. 건물주의 말만 믿고 창문을 주시하던 지인들은, 과연 맷집 하나는 타고난 것 같다며 고개를 끄덕거렸다. 그날 가투에서 학생들은 이대 앞 사거리 전경들의 저지선을 단 한 걸음도 넘어서지 못한 채 다시 학교로 되돌아오고 말았다.

그날 시위에서 그의 뒷걸음질을 본 사람이 딱 한 명 있기는 있었다. 바로 심수봉을 닮은 그녀였다. 최루가스와 백골단에 쫓겨 삼삼오오 이 골목 저 골목 뛰어다니다 어느 순간 정신을 차려보니 그와 그녀, 단 둘이서만 대현동 어느 주택가를 내달리고 있었다. 그는 그녀보다 정확히 한 걸음 앞서 달려나갔다. 전날과 다름없는 뒷걸음질이었다. 전날의 그를 기억하는 그녀는 내심 안심이 되었다. 그가 자신을 지켜줄 것이라, 그가 자신을 지켜주기 위해, 언제 어느 때 뒤에서 나타날지 모르는 백골단을 경계하기 위해 뒷걸음질치는 것이라고 확신했다.

한데, 그의 뒷걸음질이 이상했다. 쓰레기통과 가로수와 백골단의 곤봉을 날렵하고 능숙하게 피하던 어제의 세련된 뒷걸음질과 달리, 무언가 허술하고 투박하고 서툴렀다. 채 십여 미터를 나아가지 못해 전봇대나 담벼락에 부딪히기 일쑤였고, 스텝이 엉켜 제풀에 넘어지는 경우도 왕왕 발생했다. 그의 모습은 전날과 다름없었다. 가방도 그대로였고, 신발도 그대로였다. 다만, 두 눈을 질끈 감고 뛰던 어제와 달리, 오늘은 그녀의 얼굴에서 한시도 시선을 떼지 않고 있다는 점, 그 점만 다를 뿐이었다. 그녀는 숨을 헉헉 내쉬며 뛰어가는 와중에도 그의 시선이 적잖이 부담스러워 자주 고개를 숙여야만 했다. 하지만 그의 시선이 그리 싫지만은 않았다. 어쨌든 그가 자신을 지켜주기 위해 애쓰고 있다는 것만큼은 분명했으니까. 그는 총학생회장이 인정한 '백만 학도의 선봉일꾼'이었으니까.

그날 저녁, 그는 미아동에 있는 그녀의 집까지, 그녀를 안전하게 에스코트해주었다. 이동하는 도중 통성명을 나누었으며, 서로의 전화번호를 교환하기도(그는 불러주었고, 그녀는 적어주었다) 했다. 그는, 그녀가 집으로 들어간 이후에도 한참 동안 대문 앞을 서성거렸고, 그렇게 수십여 분이 지난 후에야 조심스럽게 뒷걸음질쳐 그녀의 집에서 멀어져갔다. 그러고 더 이상 그녀의 집이 시야에 들어오지 않게 된 이후, 비로소 뒤돌아 뛰기 시작했다.

그녀는 인식하지 못했겠지만, 그는 그날 하루 내내 그녀에게 자신의 뒤통수를 보여주지 않기 위해 각고의 노력을 기울였다. 어쩔 수 없이 뒤통수를 보이는 경우엔 두 눈을 깜빡거리지 않기 위해 눈꺼풀에 잔뜩 힘을 주었다. 그가 온전히 제 눈으로만 그녀를 보기 위해 애썼다는 것, 자기 안에 숨어 있는 어떤 사람에게 그녀의 모습과 그녀의 집을 보여주지 않기 위해 노력했다는 것, 그녀는 그것을 전혀 눈치채지 못했다. 수년이 흐른 지금까지도.

그날은 그와 박 대통령이 한 여자를 두고 균열하기 시작한 첫날이었다.

5

그로부터 며칠이 지난 어느 날이었다.

그날도 그는 줄곧 심수봉을 따라 '해체 민자당 타도 노태우'를 외치며 서울 시내 이곳저곳을 돌아다니다가 늦은 밤이 되어서야 자취방으로 돌아왔다. 그녀를 처음 만난 이후,

그의 두 눈으로 직접 그녀를 본 이후, 그의 뇌리 속엔 온통 그녀 생각뿐이었다. 강의실엔 한 번도 들어가지 않았고 그녀가 있을 법한 장소, 그러니까 학생회관 앞이나 학회실 근처를 끊임없이 어슬렁거렸다. 그러다가 그녀를 발견하면 그 곁에서 잠시도 떨어지지 않으려 노력했다. 인문대 문화 선전반 소속인 그녀를 따라 '불타는 청춘' 문선을 익히며 '애국의 새 세대를 걸어가'기도 했으며, 휘발유 냄새를 뒤집어쓴 채 화염병을 만들기도 했다. 동기들 사이에선 그와 그녀가 사귄다는 소문이 돌기 시작했다. 그녀는 소문에 크게 신경 쓰지 않는 눈치였다. 매일매일 집까지 바래다주는 그의 곁에서 '함께 가자 우리 이 길을' 운운하는 민중가요를 흥얼거리거나, 아주 가끔씩 그의 손을 잡아주어 가슴을 활랑거리게 만들었을 뿐이었다. 그러나 그녀는 헤어지기 전 꼭 한 번씩 그날의 투쟁에 대해 서로 비판하는 시간을 갖길 원했는데, 그때마다 지나치게 흥분하고 목소리가 높아져 그를 적잖이 당황하게 만들기도 했다. 그녀의 비판은 대강 이런 것이었다. 나는 네가 예전처럼 사수대의 선봉에 서길 원한다, 보다 적극적인 투쟁의 한 길로 나아가길 원한다, 동지들에 대한 피 끓는 애정으로, 혈기왕성한 애국 청년으로 거듭나길 원한다, 오늘처럼 나약하고 수동적인 모습은 노태우 군사 정권의 장기 집권 야욕을 더욱 공고히 해줄 뿐이다 등등. 반면, 그녀에 대한 그의 비판은 언제나 간단명료했다.

네가 오늘 쓴 모자는 챙이 너무 짧았어. 얼굴이 다 탔잖아. 다음부턴 챙이 긴 모자를 써…….

그는 그녀의 비판에 마음 상해하지 않았다. 그저 그녀의 곁에 머물 수 있는 현실이 꿈만 같았을 뿐이었다. 자신의 뒤통수에 부활한 박 대통령 생각은 한 번도 하지 않았다. 박 대통령이 세상을 바라볼 기회조차 주지 않았다. 눈 감을 시간이 어디 있는가, 그럴 시간 있다면 한 번이라도 더 그녀를 봐야지……. 그는 그날도 벌겋게 충혈된 눈으로 자취방에 되돌아왔다. 한시라도 빨리 자취방 이부자리에 누워 두 눈을 쉬게 하고 싶었다.

그러나 그날, 자취방 문을 열려던 그는 멈칫하고 제자리에 설 수밖에 없었다. 분명, 자신의 방문이 틀림없는데, 문의 정중앙에 낯선 황금색 십자가 모형이 붙어 있었다. 그건 그의 자취방 맞은편 방문에 부착되어 있던 것이었다. 그는 고개를 갸우뚱거리다가 힐끗 뒤돌아보았다. 맞은편 방문엔 십자가가 보이질 않았다. 그는 잠시 고민하다가 주인집 아주머니가 자신을 전도하기 위해 그랬구나, 쓸데없는 짓을 하셨구나, 하며 십자가를 떼어내려 손을 내밀었다.

한데, 무언가가 이상했다. 십자가가 손에 잡히질 않았다. 분명 십자가를 향해 손을 뻗었는데 아무것도 잡히는 것이 없었다. 그저 거칫한 방문 표피만 손가락 끝에 스칠 뿐이었다. 그는 몇 번 더 손을 뻗어보았지만 허사였다. 눈에 보이는 십자가가 손에는 잡히질 않았다. 그는 자신의 시력을 의심했다. 하루 종일 최루탄 난무한 거리를 돌아다녔으니 무리도 아닐 거라는 생각을 했다. 그는 두 눈을 감고 눈덩이 위를 문지르기 시작했다. 어디선가 아릿하고 시큼한 최루가스 냄새가 났다. 금세 눈물이 고이고 뒷목 부위가 뻐근해져 오기도 했다.

그 순간, 그의 뒤통수 박 대통령이 눈을 떴다. 혈서 사건 이후, 처음 떠진 박 대통령의 눈이었다. 물론 엄밀히 따져 보면 그 기간 중에도 박 대통령의 눈은 몇 번 떠지긴 떠졌었다. 그가 잠들기 직전이나, 좌변기에 앉아 최선을 다할 때, 뜨거운 커피에 손을 데었을 때 등등. 하지만 그건 눈을 떴다고 말하기 힘들 만큼 짧은 순간이었다. 무채색과 유채색의 구분도 할 수 없을 만큼 찰나의 순간……. 그는 박 대통령이 부활한 이후 처음으로 자신의 뒤통수에 생긴 두 눈을 부담스러워했다. 그래서 철저히 외면했다. 베개 깊숙이 뒤통수를 파묻고 난 뒤에야 비로소 눈을 감고 잠을 청할 정도로 틈을 보이지 않기 위해 노력했다. 물론 그의 그런 노력의 중심엔 심수봉이 있었다. 누군가를 깊이 사랑하는 데 있어 뒤통수에 생긴 두 눈은, 자신의 몸 속에 부활한 박 대통령은, 그저 거북스럽고 거추장스러운 존재였을 뿐이었다.

그러나 그는 그 순간, 박 대통령의 시선을 의식하고도 감은 두 눈을 뜨지 않았다. 박 대통령의 시선을 야멸차게 뿌리칠 필요는 없을 것 같았다. 그의 등 뒤에 그녀가 있는 것도 아니고, 그저 잠시 자신의 두 눈을 쉬게 하는 것이라면. 그 순간 박 대통령이 볼 수 있는 것이라고 해봤자 기껏 자신의 방문과 똑같이 생긴, 굳게 닫힌 맞은편 방문이 전부였으니까.

그러나, 그런 생각을 하며 계속 두 눈을 문지르고 있던 그는, 어느 한순간 두 눈을 번쩍 뜨고 말았다. 박 대통령의 시야에 들어온 무엇인가를 그제야 인식했던 것이다. 그의 두 눈이 미처 보지 못한 것, 그러나 박 대통령의 눈엔 보이는 것, 맞은편 방문의 황금색 십자가……!

그는 황급히 고개를 돌려 맞은편 방문을 바라보았다. 역시나 십자가는 보이질 않았다. 그는 다시 고개를 돌려 이번엔 자신의 방문을 보았다. 십자가는 분명 그곳에 매달려 있었다. 여전히 자신의 손에는 잡히지 않는…….

그는 한동안 구부정한 자세로 굳은 듯 서 있다가, 다시 몸을 돌려 맞은편 방문 앞에 섰다. 그리고 조심스럽게 그에겐 보이지 않는 십자가를 향해 손을 뻗어보았다.

아아, 그곳엔 분명 무언가가 걸려 있었다. 그의 손가락 끝에 거칫한 나뭇결이 아닌, 날카롭고 차가운 금속성의 십자가와 벌거벗은 예수의 형상이 만져졌다. 보여지진 않고 만져지기만 하는 형상……. 그는 무춤해져 뒤로 물러서고 말았다. 박 대통령의 시선이 맞았던 것이다.

 그는 그제야 자신의 두 눈이 뒤통수에 들어앉은 박 대통령의 눈에 의해 일부분 잠식당했다는 사실을 깨달았다. 그가 자신의 방문에서 본 십자가는, 실제론 맞은편 방문에 걸려 있던 십자가라는 것을, 마찬가지로 맞은편 방문에서 본 나무 무늬는, 실은 자신의 방문 무늬였다는 것을……. 눈을 뜬 상태에서도 정면이 아닌, 뒤가 보인다는 것을…….

 그는 더듬더듬거리며 간신히 그의 자취방 안으로 들어갔다. 방 안으로 들어간 이후에도 증상엔 별다른 변함이 없었다. 그의 시선이 닿는 곳마다 배구공만 한 구멍이 뚫려졌고, 그 구멍 속으로 뒤통수 너머의 풍경이 펼쳐졌다. 창문 중간에 자리잡은 사방 무늬 벽지, 형광등 가운데 떠 있는 모노륨 장판, 커튼 중앙에서 입을 다물고 있는 책상 서랍……. 마치 세상 한가운데 커다란 구멍이 뚫려 있는 듯한 풍경.

 그는 한쪽 벽면에 세워져 있는 전신 거울 앞으로 다가갔다. 거울 안에는 얼굴 없는 한 청년이, 아니 마치 사방 연속 무늬 가면을 뒤집어쓴 듯한 청년이 서 있었다. 그나마 박 대통령에 의해 잠식당한 눈앞의 세상이 아직 그리 넓지 않다는 것이 다행이라면 다행이었다. 정중앙의 배구공만 한 구멍을 빼곤 모든 것이 다 정상이었다.

 그는 오랫동안 거울을 노려보았다. 그리고 생각했다. 이젠 정말 박 대통령과 헤어질 때가 되었다고, 둘 중에 어느 한 명은 시력을 잃어버릴 때가 되었다고. 그는 한참 동안 그렇게 중얼거리며 거울 앞에 서 있었다.

6

다음 날, 그가 눈을 떴을 때도 증상은 사라지지 않고 계속되었다. 오히려 전날보다 구멍의 크기는 더 넓어져 있었다. 앞의 세상보다 뒤의 세상이 조금 더 커진 것이었다. 그는 학교를 갈 것인가 말 것인가에 대해 고민했다. 더구나 그날은 '민자당 해체와 공안 통치 종식을 위한 범국민 결의대회'가 예정된 날이기도 했다. 전날 그녀는 내일은 어떤 일이 있어도 시청 앞 로터리를 해방구로 만들자고, 네가 선봉에 서지 않으면 나라도 쇠 파이프를 들고 전경과 맞설 테니 알아서 하라고, 그 어느 때보다 강한 어조로 그에게 다짐을 받아두었다.

그는 잠시 망설이다가 서둘러 나갈 채비를 했다. 이대로 집에 있으면 안 될 것 같았다. 비단 그녀와의 약속 때문만은 아니었다. 가만히 앉아서 당할 순 없는 노릇이었다. 박 대통령이 뒤의 세계를 보여준다면, 뒤의 세상으로 그녀에게 가는 길을 막아선다면, 기어서라도 제 갈 길을 가겠다는 것이 그의 생각이었다. 그것만이 박 대통령에게 맞설 수 있는 유일한 방법인 것 같았다. 그는 주섬주섬 옷을 챙겨 입었다. 옷을 입으며 그는 자신이 정말 투사가 된 것 같은 느낌을 받았다. 그리고 옷을 다 입었을 때쯤엔 자신이 진정한 투사가 되어야만 다시 앞의 세상이 보일 것이라는 확신을 갖게 되었다.

그러나 그날, 그가 학교까지 가는 데 걸린 시간은 평소보다 두 배가 조금 넘는 한 시간 이십여 분이었다. 도무지 제대로 발을 떼어놓을 수가 없었다. 층계의 끝이 어디인지, 층계참이 어디인지, 분간이 되질 않았다. 두 눈을 부릅뜨고 신호등을 노려보아도 시야에 잡히는 것은 오직 등 뒤에 서 있는 행인들의 무표정한 얼굴과 신문 가판대뿐이었다. 앞으로 걸어나갈수록 다가오는 것은 하나 없고, 점점 멀어지기만 하는 풍경들……. 멀어지기만 하는 사람들……. 박 대통령의 구멍은 점점 더 넓어져만 갔고, 그는 심한 현기증을 참아내기 위해 자주 어금니를 앙다물어야만 했다.

다른 무엇보다 그의 걸음을 더디게 만든 것은 혼미해진 방향 감각이었다. 한참을 걷다보면 반대 방향이거나 엉뚱한 골목길이었고, 우측에서 오는 사람을 피해 왼쪽으로 몸을 틀면, 바로 그 방향에서 걸어오던 뒷사람과 정면으로 충돌하곤 하였다. 그는 도로 한쪽 전봇대에 몸을 기대는 일이 잦아졌고, 그때마다 미간을 찡그리며 가쁜 숨을 토해냈다. 그러나 결코 두 눈을 감거나, 뒷걸음질치는 일은 하지 않았다.

그건 그의 자존심이 용납하지 않았다. 이대로 박 대통령에게 질 순 없는 노릇이었다.

그가 학교에 당도한 건, 교내 출정식을 끝낸 학우들이 구호를 외치며 막 도로로 빠져나오고 있을 무렵이었다. 마이크를 든 총학생회장이 선두에, 쇠 파이프와 화염병을 든 사수대가 그 뒤를 따르고 있었다. 그는 그 모든 것을 오직 소리로써 인식해냈다. 이제 그의 시력은 거의 대부분 뒤의 세상에 의해 점령당하고 남은 게 별로 없었다. 평소 그가 바라보던 세상이 콤팩트 화장품 크기만 한 사각형이었다면, 이제 남은 부분은 콤팩트 속 둥근 거울을 제외한 나머지 모서리 부분에 지나지 않았다. 그리고 그 모서리로 보여지는 세상이란 기껏해야 팔랑거리는 머리끈과 낡아빠진 운동화, 불규칙적으로 들어 올려지는 주먹들이 전부였다.

그는 한동안 도로에 서서 학우들의 구호 소리를 듣고 있었다. 그러곤 무언가를 작정한 듯 단호한 표정으로 학우들의 행렬에 끼어들었다. 연신 앞사람의 뒤꿈치를 밟고, 제 발에 엉켜 넘어지는 일도 있었지만, 그의 발걸음은 멈춰지지 않았다. 앞으로 나아가는 일만이 그가 할 수 있는 유일한 일인 것처럼, 그 어떤 구호도, 그녀의 이름도 외치지 않고, 오직 발걸음만 옮겨나갈 뿐이었다.

그러니까 그는 그때까지만 해도 아직 희망을 잃지 않고 있었던 것이다. 자신의 시력을 되찾게 될 것이라고, 자신의 눈으로만 그녀를 보게 될 것이라고 확신했던 것이다. 모서리로 보여지는 세상이 점점 흐릿해지고 있었음에도, 그는 그렇게 오해했던 것이다. 자신의 오해가 부를 그 어떤 사태도 예감하지 못한 채.

7

한 청년이 살았다. 두 눈을 감으면 뒤통수 너머의 세상을 볼 수 있는 신기한 재주를 가진 청년이었다. 청년은 그것을 부활한 박 대통령의 두 눈이라 믿었다. 청년은 박 대통령 덕분에 손쉽게 대학에 들어갔고, 백만 학도의 선봉일꾼이 되었으며, 한 여자를 만나게 되었다. 그러나 청년은 한 여자를 사랑하게 되자 자신의 뒤통수에 생긴 박 대통령이 귀찮아지기 시작했다. 청년은 의도적으로 박 대통령과 멀어지려 노력했다. 사랑을 새마을 운동처럼 할 순 없는 거라고, 새마을 운동이 오히려 사랑을 방해할 수도 있는 거라며……

그러자 부활한 박 대통령이 가만있질 않았다. 지금까지 청년에게 건네준 모든 것들을 다시 앗아가기 시작했다. 그것도 모자라 청년의 눈마저 내놓으라고 위협했다.

청년도 박 대통령의 역습에 무방비 상태로 당하고만 있진 않았다. 청년은 저항했다. 앞이 보이지 않고 방향 감각마저

상실했지만, 청년은 예전처럼 박 대통령의 눈을 통해 세상을 보려 하지 않았다. 아무것도 보이진 않았지만 그럴수록 더 제 눈을 믿고 앞으로 나아가야 한다고, 그러다 보면 언젠가 박 대통령의 손길에서 벗어날 순간이 올 것이라고……

그날, 청년은 '민자당 해체와 공안 통치 종식을 위한 범국민 결의대회'에 참석하고 있었다. 청년은 자근자근 자신의 시력을 향해 덮쳐오는 박 대통령의 발걸음을 느꼈고, 그로 인해 불안해하고 두려워했던 게 사실이다. 그리고 그 두려움을 이겨내기 위해, 그 두려움을 숨기기 위해, 의도적으로 계속 앞으로만 걸어나갔다.

시위대의 맨 앞쪽까지 걸어나갔을 때, 누군가 청년의 등을 가볍게 쳤다. 청년은 뒤돌아보지 않고도 그것이 그녀의 손길임을 알 수 있었다. 그녀는 시위대 앞쪽에 쪼그려 앉아 화염병을 투척하고 되돌아오는 사수대원들에게 부지런히 새 화염병을 건네주는 일을 하고 있었다. 청년은 그녀의 얼굴을 애써 외면하려 했다. 그건 자신의 시선이 아니었으니까.

네가 올 줄 알았어.

그녀는 청년의 손을 잡아주었다. 그러곤 재빠르게 청년의 손에 무엇인가를 넘겨주었다.

봐, 우리 편이 밀리고 있어. 나라도 뛰어나가 던지려던 참이었어.

화염병이었다. 청년은 보이지도 않는 그녀의 얼굴을 향해 시선을 고정시켜보았다. 그러나 청년의 시야에 들어온 것은 최루가스 속에서 나부끼는 깃발들뿐이었다. 그녀의 얼굴은 보이지 않았다.

한참 동안 화염병을 만지작거리기만 하던 청년을 그녀가 채근했다.

뭐 해, 어서 안 가고! 가서 꽃병을 날리라고!

그녀는 청년이 들고 있던 화염병에 불을 붙여주었다. 청년은 고개를 숙인 채 주춤주춤 앞으로 걸어나갔다. 이곳저곳에서 최루탄 터지는 소리, 화염병 깨지는 소리가 들려왔다. 어디에선가 그녀의 목소리가 다시 들려왔다.

빨리 가! 빨리 뛰라고!

그제야 청년은 한 발 두 발 뛰어나가기 시작했다. 보이는 건 아무것도 없었다. 눈앞엔 온통 자욱한 최루탄 연기뿐이었다. 두 눈이 쓰리고 숨이 턱턱 막혀왔지만 청년은 달리기를 멈추지 않았다. 앞으로 계속 달려나가야 한다는 생각뿐이었다.

두 명의 백골단이 청년을 향해 뛰어왔다. 청년은 그들에게 잡히지 않으려 방향을 바꾸었다. 그러자 이번엔 네 명의 백골단이 청년을 향해 곤봉을 들고 달려들었다. 백골단이 휘두른 곤봉에 청년은 어깻죽지를 맞고 쓰러졌다. 하지만 손에 든 화염병은 놓지 않았다. 청년은 휘청거리며 일어나 또다시 앞을 향해 뛰어나갔다. 화염병을 던지는 건 아무래도 상관없었다. 청년에게 중요한 건 오직 앞을 향해 나아가는 것뿐이었다. 자신의 뒤통수에 부활한 박 대통령을 향해, 박 대통령의 눈을 향해 달려나가는 것뿐이었다.

또다시 전경들의 무리가 청년을 향해 달려들고 있었다. 이번엔 청년도 방향을 바꾸지 않았다. 물러서지 않고 전경들을 향해 달려나갔다. 손에는 아직 화염병이 쥐어져 있었다. 청년은 화염병을 던져서라도 길을 만들고, 그렇게 해서라도 계속 앞으로 뛰어나갈 생각이었다. 조금만 더, 조금만 더, 청년은 전경들과의 거리를 좁히기 위해 전력을 다해 뛰어나갔다. 그러고 있는 힘껏 전경들을 향해 화염병을 집어던졌다.

바로 그 순간, 이대 앞 사거리 상가 건물주는 3층 창문에 매달려 전경들과 학생들 사이의 밀고 밀리는 공방전을 구경하다가 또 한 번 난생 처음 보는 희한한 광경을 목격하게 되었다.

한 남학생이, 여학생이 건네준 화염병을 들고 용감무쌍하게 백골단을 향해 돌진하는 모습이 보였다. 거기까지야 뭐 늘 보던 풍경이어서 그리 새로울 것도 없었다. 어느 정도 선까지 달려나가 화염병을 던지고 도망치는 학생들의 모습은 이제 이골이 나도록 보고 또 보아온 모습들이었다.

한데, 그 남학생은 달랐다. 어찌된 일인지 화염병을 던져야 할 선에서 던지지 않고 그냥 한 손에 든 채 계속 앞으로만 달려나가는 것이었다. 그걸 놓칠 백골단들이 아니었다. 두 명의 백골단들이 그를 향해 뛰어나갔다. 저대로 가다가는 영락없이 백골단의 곤봉 세례를 받을 것 같았다. 초짠가? 그는 고개를 갸웃거리며 남학생의 뒷모습을 유심히 내려다보았다. 그제야 건물주는 그 학생이 바로 지지난 번 시위에서 믿어지지 않을 만큼 빠른 뒷걸음질로 전경들의 사기를 저하시킨 바로 그 불세출의 투사라는 것을 알게 되었다. 키로 보나, 입고 있는 옷으로 보나 그 학생이 틀림없었다. 건물주의 허리가 창문 밖을 향해 한 뼘쯤 더 내밀어졌다.

남학생은 백골단의 손에 잡히기 일보 직전에 오른쪽으로 몸을 틀었다. 그러자 다시 네 명의 백골단들이 그에게로 달려들었다. 남학생은 백골단 중 한 명이 내리친 곤봉에 맞아 도로에 넘어지기도 했다. 지켜보던 건물주와 학생들과 시민들의 입에서 탄성이 흘러나왔다. 하지만 남학생은 재빠른 동작으로 다시 일어나 뛰기 시작했다. 손엔 여전히 불붙은 화염병이 들려 있었다. 이제 남학생이 달려가는 방향은 다시 그가 뛰쳐나온 데모대 쪽이었다. 백골단들은 여전히 그의 등 뒤에서 빠르게 쫓아오고 있었고, 화염병의 불씨는 정점을 향해 달아오르고 있었다.

순간, 남학생의 손에 들려 있던 화염병이 하늘을 향해 날아올랐다. 거리에 있던 모든 사람들의 시선이 그가 던진 화염병을 따라 들어올려졌다. 그를 뒤쫓아 오던 백골단들의 발걸음이 우뚝 멈춰졌다. 그를 돕기 위해 화염병을 들고 뛰쳐나오던 사수대원들의 발걸음도 멈춰졌다. 마치 도로 위의 모든 시간들이 정지된 듯 짧은 정적이 흘렀다.

남학생이 던진 화염병은 포물선을 그리며 목표물을 향해 날아갔다. 그러고는 데모대 한 중앙에서 파열했다. 화염이 솟았고, 학생들은 비명을 내지르며 사방으로 흩어졌다. 그 와중에 몇몇 학생들의 운동화에 화염이 옮겨 붙었으나 다행히 재빠른 동작으로 신발을 벗어버려 별다른 화상 피해는 입지 않았다.

모든 사람들이 그를 바라보았다. 그를 쫓던 백골단도, 그를 도우려 뛰쳐나오던 사수대도, 시민들도, 건물주도.

그는 그제야 걸음을 멈추었다. 그가 만들어낸 화염은 데모대 중앙에서 검은 연기와 함께 마지막 소임을 다하고 있었다. 그의 고개는, 자신이 던진 화염병을 외면한 채 백골단 쪽을 향해 있었다. 이곳저곳에서 웅성거리는 소리가 들리기 시작했다. 백골단들도 들고 있던 곤봉을 무릎 아래까지 내린 채 서로서로 눈만 마주칠 뿐, 좀처럼 움직이려 하지 않았다.

얼마나 그러고 있었을까? 그가 다시 뛰기 시작했다. 이번엔 데모대도, 백골단 쪽도 아닌 그 중간에 자리잡은 대현동 골목 쪽이었다. 좀 전과 같이 앞으로 뛰는 것이 아닌, 예전 그 맹렬한 뒷걸음질로⋯⋯. 능숙하게 전봇대와 가로수를 피하고, 도로 턱을 넘고, 쓰레기통을 비껴가며⋯⋯.

그러나 그 누구도 그를 뒤쫓아 가진 않았다. 그저 멀어져 가는 그의 앞모습을 바라보기만 했을 뿐이었다. 그리고 잠시 후, 다시 사수대와 백골단 사이의 맹렬한 공방전이 이어졌다. 언제 그런 일이 있었냐는 듯 서로가 서로에게 집중하며⋯⋯.

오직 3층 창문에 서 있던 건물주만이 그가 사라진 대현동 골목길을 오랫동안 바라보다가 소리 나게 창문을 닫았다. 그리고 나서 다시 지인들에게 전화를 걸기 시작했다. 오늘 데모에서 말이야⋯⋯.

8

이후, 그의 모습을 학교에서 본 사람은 아무도 없었다. 강의실에서도, 학생회관 앞에서도, 교문 앞에서도, 그의 모습은 보이질 않았다. 학기가 끝나고 새 학기가 시작되었지만, 그는 등록하지 않았다. 어떤 사람은 그가 용산에서 본격적으로 호스트바를 차렸다고도 했고, 또 어떤 사람은 그가 모국인 프랑스로 되돌아갔다고도 했다. 하지만 그 어느 것도 믿을 만한 것은 못 되었다. 그저 대부분 술자리 농담처럼 금세 후끈 달아올랐다가 금세 식고 마는, 그런 소문들뿐이었다. 그는 완벽하게 사라진 것처럼 보였다.

또다시 시간은 흐르고 흘렀다.

그 와중에 여러 차례 투옥과 구금과 도피 생활을 일삼던 총학생회장은, 여당의 구청장 후보로 변신하여 자신의 전과 기록을 자랑스럽게 선거 홍보물에 삽입할 수 있게 되었다. 또한 그는 박정희 대통령 기념관을 관할 구청 내로 유치하여 막대한 수익 창출을 이루겠다는 공약을 내놓아 야당 후보와 설전을 벌이기도 했다.

박정희 대통령 기념관으로 인해 임대 수입이 상승할 것이라고 예상한 이대 앞 건물주는, 지인들에게 열심히 전화를 돌려 총학생회장 지지를 부탁했고, 통화 간간이 새삼 박 대통령의 치적을 떠올리곤 감회에 젖기도 했다.

한편, 졸업 후 비영리 여성단체를 조직, 진보적인 페미니스트 이론가로 여러 여성 잡지에 얼굴을 내민 심수봉은, 박 대통령의 딸을 단체에 초청하는 문제로 회원들과 마찰을 빚기도 했는데, 회원들은 그녀에게 대놓고 '여성 해방만을 위하는 거냐, 인간 해방을 원하는 거냐'하고 큰 소리로 항의하기도 했다. 그녀는, 그런 회원들의 이름을 하나하나 수첩에 적은 후, 이름 상단 위에 '조만간 정리해야 할 대상'이라고 더 큰 글자로 적어놓았다.

그는 그런 사람들 앞에 단 한 번도 모습을 나타내지 않았다. 아니, 어쩌면 한두 번 정도 모습을 나타냈을지도 모른다. 다만 사람들이 그를 알아보지 못했을 뿐. 사람들은 모두 제 갈 길을 향해 앞으로 나아가기에 정신이 없었다. 미처 그를 기억하거나 회상할 만한 짬이 나질 않을 정도로. 그를 떠올리면 큰일이라도 날 것처럼…….

그가 여러 사람들의 눈 앞에 다시 나타난 것은 구십 년대 후반의 일이었다. 여의도 한강 고수부지 조깅 코스에서였다. 며칠 전부터 조깅 코스에 나타나 오직 뒷걸음질로만 뛰는 한 사내를 보며 근처 아파트 주민들이 쑤군거리기 시작했다.

왜 저렇게 뛰는 거지?
뭐 특별한 이유가 있나 보지.
저게 더 힘들지 않나?
힘든 만큼 건강엔 좋겠네.
그렇구나. 그래서 저렇게 뛰는구나.
어때, 우리도 한 번 저렇게 뛰어볼까?
그럴까? 뭐 돈 들어가는 것도 아닌데…….

그렇게 해서 한 명 두 명 그의 뒤를 따라 뛰는 사람들이 늘어났다. 처음 그를 따라 뛴 사람들이 건강엔 아주 그만이라고, 옆집 사람들에게 자랑을 늘어놓았다. 다음 날부터 옆집 사람들도 그의 뒤를 따라 뛰기 시작했다. 옆집 사람들도 자신의 체력단련 비법을 친척들에게 자랑하기 시작했다. 그러자 얼마 지나지 않아 그의 뒤를 따라 뛰는 사람들이 수십여 명에 달하게 되었다. 각종 매스컴이 몰려들어 그에게 인터뷰를 요청했으나, 그는 두 눈을 감은 채 묵묵부답이었다. 그저 계속 뒷걸음질칠 뿐이었다. 그의 그런 태도에 할 말을 잃은 리포터는 건강엔 아주 그만이라는, 확인되지 않은 멘트를 세 번이나 반복해서 웅얼거렸다. 그때부터 전국 공원이나 약수터에서 뒷걸음질치는 할아버지 할머니들이 늘어났고, 그런 할아버지 할머니들과 부딪혀 넘어지는 아이들이 기하급수적으로 늘어갔다.

  그를 직접 만나보고 싶은 사람들이 있다면 지금이라도 한강시민공원이나 남산 계단 길로 나가보면 된다. 두 눈을 지그시 감고 뒷걸음질치고 있는 사내. 앞을 등진 채 앞을 향해 뛰고 있는 사내. 그가 바로 그다. 대신 그에게 말을 걸거나 사인을 해달라고 졸라선 안 된다. 왜 안 되는지는 다들 알고 있을 테니 더 이상 긴말은 하지 않겠다.

간첩이 다녀가셨다

1

"왜 우리 초소만 한 명이 부족하지? 한 초소에 다섯 명씩이라던데."

규칠이 담배를 꺼내 물며 혼잣말처럼 말했다.

"아까 얼핏 들으니까 한 명이 워커를 안 신고 와서 다시 돌려보냈대요."

봉평 중학교에서 수학을 가르치는 남석이 대꾸했다. 남석은 규칠의 고등학교 이 년 후배였다. 하지만 외견상으론 그가 규칠보다 연장자처럼 보인다. 이십대 중반부터 벗겨지기 시작한 반달형 이마와 버클을 채울 수 없을 만큼 늘어나버린 허리둘레가, 그를 실제 나이보다 십 년은 더 바래 보이게

끔 만들어주었다. 남석은 자주 철모를 벗고 눌린 머리칼을 조심스럽게 한쪽으로 쓸어 넘겼다.

"거, 대충 하지. 워커 안 신었다고 발모가지 부러지는 것도 아니고."

"누가 아니랍니까? 아까 보니 중대장이라는 새끼, 완전히 꼭지가 돈 거 같더라니깐요. 대가리에 피도 안 마른 새끼가 예비군 어르신들한테 반말이나 찍찍 갈겨대고……."

김(金)이 규칠을 거들고 나섰다. 그제야 규칠은 처음으로 김의 얼굴을 제대로 들여다보았다. 어두워서 잘 보이진 않았지만 아무리 봐도 봉평 사람 같지는 않았다. 낯선 얼굴에 한쪽 어깨엔 배낭을 메고 있었다. 새로 이사를 왔나? 예비군 훈련에 배낭을 메고 오는 친구도 다 있군. 규칠은 다시 시선을 거두고 담뱃불을 붙였다.

"담배 피우지 말아요. 초소별 공동 책임이라는 소리 못 들었어요?"

수영이 짜증을 냈다. 수영 역시 규칠의 고등학교 이 년 후배였다. 그는 서울 소재 한 대학원에서 한국사학 석사 과정 2학기를 마치고, 현재는 휴학을 한 채 고등부 입시학원에서 국사를 가르치고 있었다. 봉평에 사는 부모님이 조금이라도 도움을 주었으면 휴학을 하는 일도 없었을 것이고, 휴학을 하지 않았으면 예비군 훈련 또한 학교에서 받았을 것이다. 수영은, 부모 잘 만나 주유소 사장 노릇하며 당구장이나 전전하는 규칠이 못내 못마땅하기만 했다.

"괜찮아, 새꺄. 현역 놈들도 이 정도는 다 봐준다고. 이 자식 서울물 먹더니 겁만 잔뜩 늘어서 내려왔네."

규칠이 수영을 무시하고 담배 연기를 길게 내뿜었다.

"그래요. 괜찮아요. 자자, 우리도 다 같이 피웁시다. 한 명만 피우면 문제되지만 다함께 피우면 현역 애들도 아무 말 못 해요. 그게 바로 공동 책임 아닙니까."

김이 윗주머니에서 담뱃갑을 꺼내 남석과 수영에게 내밀었다. 이 지방엔 공급되지 않는 일본산 담배였다. 남석은 주저주저하다가 담배를 받았지만 수영은 끝내 받지 않았다. 김은 머쓱해져 도로 담뱃갑을 거두었다.

시간은 밤 열 시를 넘어서고 있었다. 그들은 이곳에서 아침 여덟 시까지 경계 근무를 서야만 했다. 한낮의 기온은 여전히 팔월을 방불케 할 만큼 치솟는 구월 하순이라고는 하나, 대관령과 태기산을 인근에 두고 있는 이 지방의 밤 공기엔 벌써부터 자잘한 서리의 기운이 묻어나오고 있었다.

"밤 되니까 제법 춥네. 모닥불이라도 피웠으면 좋겠구먼……."

규칠이 워커로 담뱃불을 비벼 끄며 말했다.

"다른 초소는 일부러 모닥불 피워놓고 노래하고 술 마시고 고기도 구워 먹는다던데……."

"그래도 괜찮대요?"

남석이 물었다.

"뭐, 그래야 간첩 애들이 안 온다는 거야. 우리 여기 있다, 그러니 제발 이쪽으론 오지 마라, 사인을 보내는 거지. 최대한 시끄럽게."

"현역 애들이 가만있는대요?"

"뭐, 그게 문젠가. 살고 봐야지. 예비군 신분으로 국립묘지에 묻힐 일 있냐."

"까짓 거, 우리도 그럽시다."

김이 들고 있던 캘빈 소총을 한쪽 어깨에 걸치며 당장이라도 장작을 주워올 것처럼 나섰다. 규칠과 남석은 한동안 말없이 김을 바라보았다. 왠지 꺼림칙한 느낌을 주는 친구였다. 지나치게 적극적이고, 지나치게 격이 없는 친구인 것 같았다. 규칠이 먼저 선을 긋고 나섰다.

"근데, 형씨 봉평 사람이오? 처음 보는 얼굴 같은데?"

"아, 이런. 소개가 늦었습니다."

김은 마치 이제나저제나 기다리고 있었다는 듯 재빠른 동작으로 지갑에서 명함을 빼내 돌리며 악수를 청했다. 규칠은 라이터를 켜고 명함을 자세히 들여다보았다. 미래부동산컨설팅영업부 대리 김……. 나머지는 그가 알지 못하는 한자였다.

"땅 장사하시는 분이시구먼."

"봉평 사람인 건 맞는데, 봉평에 살진 않는 사람이지요."

"부모님만 봉평에 사시나?"

"아니요. 그냥 사업 관계 때문에 행정상 주소만 봉평으로 되어 있어요. 덕분에 이렇게 훈련에 끌려나온 거구요."

"아, 위장 전입자이시구면."

규칠은 명함을 아무렇게나 바지 주머니에 쑤셔 넣은 후 초소 한쪽에 주저앉았다. 김도 따라 적당한 바위 위에 앉았고, 남석은 초소 모래주머니에 등을 기댔다. 수영만 주머니에 손을 찌른 채 전방을 주시하며 서 있었다. 멀리 강릉 방향에서 야광탄 터지는 소리가 요란하게 들려왔다.

"난, 정말 공산당 새끼들이 싫다 싫어."

규칠이 길게 하품을 하며 말했다. 밤하늘엔 별들이 빽빽이 들어차 있었다. 그는 벌써 사흘째 야간 근무를 서고 있었다. 낮 시간 동안만이라도 충분히 자두면 괜찮을 것을, 걸핏하면 주유소에 들이닥쳐 매출 장부를 들춰보며 돈이 비네, 게을러빠졌네, 청소 상태가 어떻네, 잔소리를 늘어놓는 아버지의 성화 때문에 제대로 숙면을 취하지 못하고 또다시 야간 근무에 끌려나온 것이다. 쪽팔리게 사장이 기름을 넣는 것도 아니고, 아르바이트 애들이 어련히 잘할까봐서, 고약한 늙은이 같으니라고……. 규칠은 팔베개를 하고 흙바닥 위에 길게 누워버렸다.

"아직 아홉 명인가 여덟 명인가 남았다죠?"

남석이 딱히 누구에게라고 할 것 없이 물었다.

"엊그저께 TV에서 두 명 죽은 거 보여줬으니까, 정확히 여덟 명이 맞네요."

김이 손가락으로 숫자를 꼽으며 대답했다.

"잠수함에서 나온 게 스물여섯 명이었죠, 아마?"

"그렇죠. 스물여섯. 나오자마자 겁 많고 쓸모없는 놈들 열한 명은 제풀에 죽었고, 지난 번 뉴스에서 세 명 죽는 거 나왔고, 한 놈은 자수했으니까……. 어라, 아홉인가? 분명 여덟 놈이라고 들었는데……."

"남은 애들은 다 침투조 애들이라면서요?"

"걔네들이야말로 진짜배기래요. 몸도 호리호리하고 탄탄한 게 이건 눈빛이 거의 늑대 수준이래요. 하룻밤에 산길로만 몇십 리를 간다나 뭐라나. 하여간 몇 놈만 생포해서 올림픽에 출전시키면 금메달 댓 개쯤은 문제도 아닐 텐데……."

김은 정말이지 아쉬운 듯한 표정을 지었다.

"그런 애들을 예비군이 뭔 수로 잡는다고……."

"뭐, 국방부라고 그거 모르겠어요. 총알받이 겸 반공정신 고취시킬 겸 동원하는 거죠."

"우리 교사들도 아주 죽을 맛이에요. 밤엔 밤대로 초소 지키라고 하죠, 낮엔 낮대로 공설운동장에 끌려나가 자유총연맹 사람들하고 악쓰면서 규탄 구호 외쳐야 하죠. 이건 정말 전쟁이 따로 없다니깐요."

"아, 학교 선생님이셨구먼."

김은 그러면서 남석에게 다시 한 번 손을 내밀었다. 둘은 다시 한 번 통성명을 하며 오랫동안 손을 흔들었다. 그러곤 누워 있는 규칠 옆에 자리를 잡고 앉았다. 그런 그들을 말없이 바라보던 수영은 연신 종주먹으로 자신의 허벅지를 토닥거리다가 길게 한숨을 한 번 내뱉곤 그대로 그 자리에 앉아 버렸다. 그의 얼굴엔 지치고 짜증난 기색이 역력했다. 하지만 그 누구도 그런 수영에게 관심을 갖지 않았다. 그가 앉든 홀로 열심히 경계 근무를 서든 아무도 신경 쓰지 않았다.

수영이 조용한 목소리로 남석에게 물었다.

"너, 자유총연맹 집회 같은 곳도 쫓아다니냐?"

갑작스러운 수영의 목소리에 모두의 시선이 한꺼번에 쏠렸다. 그래서 그들은 수영 또한 앉아 있었다는 것을 알게 되었다. 규칠은 아예 철모를 벗어 베개처럼 뒤통수 밑에 괴었다. 한결 자세가 편해졌다.

"어……. 뭐, 가고 싶어서 가나. 안 가면 교장이 난리를 치니……."

남석의 말꼬리가 점점 힘을 잃고 어둠 속으로 사라져갔다. 사방에서 귀뚜라미들이 경쟁적으로 울어대고 있었다. 어둠이 조금 더 농밀해진 느낌이었다.

"그런데 안 나가면 학교에서 잘리기라도 하냐고?"

"아니, 뭐 꼭 그런 건 아니지만……. 다들 나가는데 나만 안 나갈 수도 없고……."

수영이 전투복 윗주머니에서 담배를 꺼내 물었다. 옆에 있던 김이 무릎걸음으로 다가와 라이터를 켰다. 라이터 불에 순간적으로 김의 얼굴이 비쳐졌다. 마르고 긴 얼굴에 쌍꺼풀 없이 위로 치솟은, 작고 가는 눈을 가진 사내였다. 수영은 자신의 라이터로 담뱃불을 붙였다.

"언제는 교사만 되면 바로 전교조에 가입할 것처럼 굴더니……."

"그거하고 이거하곤 상황이 다르잖아, 상황이."

남석이 못내 억울한 듯 목소리를 높였다.

"상황? 뭔 상황? 저쪽 애들 몇 명이 잠수함 고장 나서 잘못 떠밀려온 상황? 신문이고 방송이고 모두 미쳐서 오늘은 몇 명 죽였습니다, 중계방송 해대는 상황?"

수영은 얼마 피우지 않은 담배를 조심스럽게 땅바닥에 비벼 껐다. 그러곤 꽁초를 다시 윗주머니에 집어 넣으며 아는 사람들만이라도 그러지 말자, 하고 작은 목소리로 말했다.

"듣자 듣자하니 이 자식, 말 되게 이상하게 하네."

규칠이 몸을 일으켰다.

"뭐가 잘못 떠밀려와, 임마? 걔네들이 계획적으로 침투한 거지. 이거 전쟁 나면 죽창 들고 인민재판하겠다고 설칠 놈일세. 뭐 아는 사람들만이라도?"

수영은 대꾸하지 않았다. 대신 소리 나게 한숨을 내쉬곤 반대편으로 고개를 돌렸다. 남석은 고개를 숙였고, 김은 규칠에게 담배를 건넸다.

"아는 사람들이 보면 뭐가 다른데? 배운 놈들이 보기엔 무장공비 애들이 길 잃은 똥개로라도 보인다더냐? 어디 먹물 많이 묻은 네가 못 배운 나 좀 가르쳐줘라?"

수영은 규칠을 무시했다. 그런 수영의 태도가 규칠을 더 흥분시켰다. 규칠은 말해봐, 새꺄? 말해보라니깐, 하며 목소리를 높였다.

"그게 아니라 이렇게까지 할 필욘 없다는 거예요, 내 말은."

수영이 짜증 난 목소리로 대꾸했다. 그러곤 조금 전 윗주머니에 넣어 두었던 꽁초를 다시 꺼내 물었다.

"이렇게까지 안 하면? 그럼 그냥 보고만 있자고? 도망치게 놔두자고?"

"스물 몇 명 때문에 온 나라가 미칠 필욘 없다는 거예요."

"미치긴 뭐가 미쳤다고 그래, 새꺄. 당연한 걸 갖고. 그럼 넌? 넌 왜 예비군 훈련 나왔어? 고발될까 봐? 벌금 내는 게 무서워서? 말해봐, 새꺄?"

수영은 바로 대답하지 않았다. 대신 작게 혼잣말을 했다.

"씨발. 내가 말을 말아야지……."

"씨발? 이 씹새끼가 정말 죽을라고 환장했나?"

규칠이 발끈하며 자리에서 일어섰다. 남석과 김이 일어나 규칠을 잡았다. 그러는 와중에 김의 캘빈 소총이 바닥에 떨어졌다. 수영은 등을 돌리고 앉은 채 침을 한 번 뱉곤 그 위에 꽁초를 비벼 껐다. 규칠은 남석과 김의 손길을 뿌리치며 계속 수영에게로 다가가려 했다. 씨발놈이 서울 올라가더니 선후배도 없어졌다고, 좆도 없는 놈이 아는 척만 좆나게 하려 든다고, 소리를 질러댔다. 수영은 한숨만 몇 번 내쉬었을 뿐, 별다른 대꾸는 하지 않았다. 규칠의 목소리만 밤하늘 멀리 퍼져나갔을 뿐이었다.

그게 끝이었다. 더 이상 규칠도 어쩌지는 않았다. 못 이기는 척 남석의 손에 이끌려 도로 자리에 앉았다. 규칠이 어느 정도 진정되자 김이 말했다.

"이게 다 예비군들을 피곤하게 만들어서 생기는 문제라니깐요. 자자, 그런 따분한 이야기는 이제 그만 하시고, 다들 출출하지 않으세요?"

김이 모두를 번갈아 보며 말했다. 그러곤 한쪽에 얌전히 놔두었던 배낭을 열었다.

"허허, 팩소줄세."

남석이 김의 배낭 안을 보며 말했다. 그 말에 규칠도 슬쩍 고개를 돌려 배낭을 내려다보았다. 김은 먼저 스포츠 신문을 펴 널찍하게 자리를 만들고 그 위에 배낭의 내용물들을 하나하나 진열하기 시작했다. 팩소주가 여덟 개, 장조림 통조림이 두 개, 훈제 오징어가 세 마리, 플라스틱 소주잔이 다섯 개였다.

"허, 이 양반 많이도 갖고 왔네."

규칠이 다가앉으며 말했다.

"말도 말아요. 내가 이거 갖고 오느라 얼마나 고생을 했게요. 소집 점검 땐 면사무소 화장실에 숨겨 놨다가 초소 배치 시작하자마자 잽싸게 챙겨 나왔죠. 이건 거의 007 수준이었다니깐요."

"그래서 배낭을 메고 오셨구먼."

"아, 예비군 훈련하면서 술 한 잔 못 걸치면 그게 어디 훈련을 받았다고 할 수 있나요? 자자, 얼른 자리들 잡고 앉으세요."

"이거 우리는 아무것도 준비한 게 없는데."

규칠이 제일 먼저 자리를 잡았고, 남석이 그뒤를 따랐다. 수영은 계속 등을 돌린 채 앉아 있었다. 김이 수영의 팔을 끌었지만, 그는 좀처럼 일어서려 하지 않았다. 결국 남석까지 합세해서야 겨우 수영을 스포츠 신문 가장자리에 앉힐 수 있었다. 시간은 자정을 넘어서고 있었고, 초소 옆 국도변으로 이어진 산길 근처로는 벌써 세 시간째 사람 한 명 지나다니지 않고 있었다. 삼십 분마다 한 번씩 순찰을 돌겠다고 위협하던 중대장의 말도 결국 공수표로 끝날 공산이 컸다. 하긴, 일주일 넘게 연일 비상 상태이니 다들 지쳐 있을 만도 했다. 중대장 역시 어느 지프차 위에서 모자란 잠을 청하던가, 그도 아니면 면사무소 주차장에 세워진 임시 막사에서 공무원들과 술잔을 기울이며 이 지방 특산물인 메밀로 쑨 묵을 먹고 있을지도 모를 일이었다.

김이 돌아가면서 모두의 잔을 채워주었다. 김의 잔은 규칠이 채워주었다. 규칠이 물었다.

"근데 형씨는 뭣 땜에 이런 시골로 주소를 옮겨놓은 거요?"

"하, 뭐 그냥저냥 사업차."

"부동산 다니시는 분이 사업차 내려왔다면…… 왜 여기 땅 사두시게?"

규칠이 집요하게 김을 물고 늘어졌다. 김은 술잔만 만지작거릴 뿐, 별다른 말은 하지 않았다. 수영은 바로 앞에 놓여진 플라스틱 잔을 한참 동안 내려보다가 화난 얼굴로 단숨에 들이켰다. 남석이 수영의 잔에 다시 술을 채워주며 조용한 목소리로 무슨 무슨 말을 건넸고, 수영 역시 작은 목소리로 무어라 대꾸했다.

"뭐, 여기 땅 사둘 만한 곳이 있다고……. 아서요, 그나마 똥값인 땅값도 간첩 애들 때문에 더 내려가는 판국인데."

"하, 그거야 모를 일이죠."

"이 양반, 뭔가 있긴 있구먼?"

김은 바로 대답하지 않고 그냥 웃기만 했다. 그러자 규칠이 김의 곁으로 더 바싹 다가앉았다. 수영과 남석은 계속 둘이서만 알아들을 수 있는 목소리로 무언가를 말하고 있었다. 가끔씩 수영은 미간을 찌푸렸고, 그때마다 남석은 손동작까지 해가며 무언가를 열심히 설득시키려 노력했다. 모두의 술잔은 빠르게 비워지고 있었다. 목소리도 점점 커져만 가고 있었다.

"까짓것, 좋습니다. 이렇게 만난 것도 다 인연인데 제가 말씀드리죠. 대신 우리끼리만 알고 있는 비밀이어야 합니다."

김이 한쪽에 놓여 있던 배낭을 자기 앞으로 끌어당겼다. 그러곤 무언가를 꺼내 신문지 위에 펼쳤다. 그것은 오만분의 일 지도였다. 남석과 수영의 시선도 김이 꺼내놓은 지도 위로 향했다.

"잘 안 보이네. 달빛은 좋은데."

김이 밤하늘을 한번 쳐다보았다. 추석을 얼마 남기지 않은 상현달이었다.

"지도는 뭐 하시게?"

"지도를 보면서 말씀을 드려야 하는데……."

"그냥 본 걸로 치고 말로 설명하면 되잖아요?"

"에이 뭐, 까짓것 그럽시다."

김은 다시 능숙한 솜씨로 지도를 접어 배낭에 넣었다.

"사실, 이 지돈 제가 아는 토지공사 간부한테 기름칠 좀 하고 몰래 빼내온 거예요."

김의 말은 대강 이런 것이었다. 앞으로 이삼 년 안에 봉평엔 대규모 관광 위락 시설이 들어온다. 토지공사와 도로공사가 합작으로 왕복 팔차선 도로를 뚫고 대단위 전원주택 토지 조성을 한다. 눈치 빠른 대기업들은 벌써 콘도 부지 정지 작업을 시작한 듯하고, 면사무소 서쪽 절개지 쪽으론 대단위 놀이 공원 단지가 들어올 것이다. 봉평은 이삼 년 안에 천지가 개벽할 정도로 변모할 것이다. 논이나 밭 따윈 눈을 씻고 찾아보려 해도 찾아볼 길 없을 것이다…….

"에이, 이 사람아, 뻥을 치려고 해도 정도껏 쳐야지. 봉평 같은 촌구석에 뭐 볼 게 있다고……. 그리고 이 사람아, 내가 하루에도 열댓 번씩 면사무소 직원들을 만나는 사람이야. 거기 내 불알친구들도 여럿 있다고. 걔네들 입에서 그런 소리 한 번 못 들어봤네. 사람이 뻥을 쳐도 살살 쳐야 재미있지."

규칠이 술기운 섞인 목소리로 가볍게 김을 나무랐다. 김의 말을 주의 깊게 듣고 있던 남석과 수영은 다시 서로의 술잔을 채워주며 시선을 돌렸다.

"하 참, 나 이거……. 이거 봐요, 사장님. 아직 도지사도 모르고 있는 사실을 그런 하찮은 면사무소 직원이 어떻게 압니까? 이런 정보 미리 새나가면 공사 못 해요. 전국에 땅 투기꾼들이 몇 만인 줄 아십니까?"

김이 목소리를 높였다.

"나, 이래봬도 서울에서 수년 동안 땅 장사 하나로만 먹고

산 사람이오. 그런 내가 미쳤다고 이런 산골짝에 주소 옮기고 뭐 한다고 나대지를 수백 평씩이나 사놨겠소? 아, 믿기 싫으면 관두쇼. 내가 손해 보는 것도 아니고……."

김은 자신만만했다. 김의 말에 가장 마음이 흔들린 사람은 의외로 수영이었다. 수영은 남석과 김영삼 정부의 교육 정책과 대안 교육의 실효성에 대해 이런저런 이야기를 나누면서도 한편으론 계속 김의 말에 귀를 기울이고 있었다. 김의 말이 아주 현실성 없어 보이진 않았다. 저렇게 이문 밝은 사람이 주소를 옮기고, 예비군 훈련까지 참석한 것을 보면 마냥 허튼소리인 것 같지는 않아 보였다. 수영은 생각했다. 그렇게만 된다면…… 이 기회에 아주 봉평에 있는 논밭을 정리하자, 그래서 부모님은 인근 횡성 읍내에 담배 가게 하나 차려드리고, 남는 돈으론 서울 변두리에 다세대 주택이라도 하나 구입하자, 이런 기회가 아니면 앞으로 논밭 정리하는 것은 더더욱 어려워진다, 다음 봄 학기에는 어떡하든지 등록을 해야 박사 과정 들어가는 것도 수월해진다……. 수영은 잔뜩 혀 꼬부라진 남석의 말을 듣는 둥 마는 둥하며 머릿속에 여러 가지 계획들을 세웠다가 다시 허물고, 또다시 세우기를 반복했다.

"아니, 이건 뭐 워낙 갑작스러운 얘기니……."

김의 반응에 규칠도 다소 기가 꺾였다.

"사장님, 내가 사장님한테 지금 당장 땅을 사겠다는 것도 아니에요. 누가 압니까, 사장님이 나중에 내가 사놓은 땅 보며 제발 팔라고 애원하게 될지? 이건 그냥 예비군 훈련 함께 받은 인연으로 가르쳐드리는 거예요. 그러니까 내 말 명심하고 내일 아침 날 밝는 대로 내려가서 조그만 자투리땅이라도 있으면 당장 사과나무부터 심어놓으세요."

"사과나무? 건 또 왜요?"

"아, 그래야 보상이 더 많이 나올 거 아닙니까? 유실수가 가장 많이 나와요."

"잡종지에 심어도 보상이 나와요?"

"아, 지목 변경이야 아는 면사무소 직원 데리고 룸살롱 한 번 가면 끝나는 거고. 요즘 잡종지를 밭으로 바꾸는 건 일도 아니에요."

규칠은 김에게로 좀더 다가앉으려 했다. 그 바람에 바로 앞에 놓여 있던 술잔을 엎지르고 말았다. 어이구, 이거 내가 취했나 보네. 규칠은 괜스레 손 걸레질 시늉을 해가며 억지스러운 웃음을 지었다. 그리고 김의 어깨 쪽으로 얼굴을 바싹 붙이곤 좀더 자세히 얘기해봐라, 사실 땅이라면 나도 남 못지않게 갖고 있다, 당신도 봉평에서 땅장사 해먹으려면 내 도움 없인 힘들 거다, 하며 이를 내보였다. 남석은 여전히 취한 목소리로 수영에게 현실과 이상 사이의 괴리 때문에 자신이 얼마나 고뇌하고 아파하고 있는가를 이해시키려 애썼고, 수영은 남석의 말을 한 귀로 흘리며 규칠과 김의 대화에 집중하려 애썼다. 그러나 집중하려 하면 할수록 정신은 혼미해지고 상체는 자꾸 앞으로 수그러지기만 했다. 임야가 어떻고, 개발제한구역이 어떻고, 교육위원 선거가 어떻고, 합법노조 설립의 길이 어떻고, 귀뚜라미 울음소리가 어떻고⋯⋯.

새벽 두 시를 넘기지 못해 그들 네 명은 모두 억병으로 취해버렸다. 수영은 신문지 한편에 아예 누워버렸고, 남석은 그런 수영 앞에서 연신 내 말 듣는 거야 마는 거야, 하며 소리를 질러댔다. 그러다가 어느 한순간 남석 역시 수영 옆에 누워버렸다. 남석은 누운 채로 규칠과 김이 티격태격하는 소리를 들었다. 말을 놓자, 좋다, 대신 주민증을 먼저 까본 후 말을 까자, 주민증을 볼 필요 뭐 있느냐, 같이 늙어가는 처지에, 같이 늙어가는 처지라니? 너 예비군 몇 년 차냐? 내가 군에 좀 늦게 갔다, 너 방위 출신 아니냐, 이 새끼가 군복을 보고도 모르냐? 내가 헬기에서 몇 번을 뛰어내렸는 줄 아냐? 새끼? 이 새끼가 언제 봤다고 새끼 새끼하는 거야⋯⋯. 남석이 들은 것은 거기까지가 전부였다. 그뒤로도 분명 무슨 말이 오간 것 같았지만 도통 생각이 나지 않았다. 자신이 들은 내용 또한 장담을 하지 못할 정도로 의식이 가물가물했다. 남석은 몇 번 몸을 뒤척거리다가 그대로 잠이 들고 말았다.

2

 수영이 잠시 잠에서 깨어났을 때 주위에 일어나 있는 사람은 아무도 없었다. 바로 옆에 남석이 허리를 잔뜩 옹송그린 채 잠들어 있었고, 초소 바로 앞에 규칠이, 규칠의 워커 아래쪽에 김이 누워 있었다. 신문지 위에는 허리가 반으로 꺾인 빈 팩소주와 장조림 깡통들이 어지럽게 널브러져 있었다. 머리가 깨질 듯한 두통과 함께 심한 요의가 일었다. 많이도 마셨네. 아이 씨발, 내가 왜 그랬지……. 수영은 혼잣말을 하며 주섬주섬 몸을 일으켰다. 남석과 무슨 말을 많이도 나누었던 것 같은데 기억에 남는 건 하나도 없었다. 씨발놈, 먹고살 만해지니까 뱃살만 뒤룩뒤룩 찌는구나. 수영은 초소에서 얼마 떨어지지 않은 곳에 구부정히 서서 오줌을 누며 계속 혼잣말을 해댔다. 오줌 줄기가 풀숲에 떨어지면서 제법 요란한 소리를 냈다. 하지만 누구 하나 몸을 일으키거나 눈을 뜨진 않았다. 모두 만취한 모양이었다. 수영 또한 여전히 취기가 느껴졌다. 오줌을 누면서도 계속 상체를 비틀거렸다. 중대장 씹새끼, 오지도 않을 거면서……. 하여간 군발이 새끼들하고 공무원 새끼들은 이래서 안 돼. 수영은 비치적거리며 다시 자신이 누워 있던 곳으로 돌아왔다. 남석은 코까지 골아가며 곤하게 잠들어 있었다. 수영은 목덜미를 몇 번 두들기곤 자신의 자리에 쓰러지듯 몸을 뉘었다. 그리고 막 눈을 감으려다 다시 몸을 일으켜 자리에 앉았다. 무언가가 퍼뜩 그의 머리를 가르고 지나갔다. 자신이 막 잠들기 직전에 했던 생각들, 계획들……. 수영은 조심스럽게 몸을 일으켜 누워 있는 김 쪽으로 다가갔다. 배낭은 김의 발치 옆에 모로 누워 있었다. 지도만 보면 알 수 있을 거야. 혹 우리 땅은 개발계획구역에서 제외됐는지도 몰라. 만약 그렇게 되면 오히려 지금보다 더 땅값이 떨어지겠지. 그걸 먼저 알아야 땅을 팔고 다른 땅을 사두지. 씨발놈, 그런 것 때문에 일부러 지도를 안 보여줬는지도 몰라. 수영은 잠들어 있는 김을 쏘아보았다. 김의 숨소리는 일정하게 들려왔다. 수영은 김의 배낭을 들고 초소에서 이십여 미터 떨어진 가시덤불 샛길로 걸어 나갔다. 그리고 그곳에서 배낭을 열었다. 배낭 안엔 사등분으로 접힌 지도 한 장과, 속옷 두 벌, 두툼한 서류 뭉치와 낡고 오래된 인주통 하나가 전부였다. 수영은 배낭 위에 지도를 펼쳤다. 등고선과 국도는 알아보겠는데 다른 지명은 도통 알아볼 수가 없었다. 수영은 라이터를 켰다. 여기가 면사무소, 여기가 초등학교니깐…….

그때였다. 누군가 수영의 어깨를 잡았다. 김이었다.

"간첩 같은 놈의 새끼."

김은 수영의 몸을 슬쩍 밀치며 지도를 잡아챘다. 그 바람에 지도 한귀퉁이가 찢겨졌다. 마름모 모양으로 찢겨진 지도의 일부분은 수영의 엄지와 검지에 남겨졌다. 김은 수영을 한 번 더 노려본 후, 다시 능숙한 솜씨로 지도를 사등분해 다시 배낭 안에 집어넣었다.

"꼭 뭣도 없는 새끼들이 더 날뛴단 말이야……."

김은 거칠게 침을 뱉었다. 수영은 당황한 눈빛으로 김을 바라보았다. 어떻게 이 상황을 넘어가야 할지 알 수 없었다. 미안하게 됐다고 할까, 그냥 비굴하게 등록금 이야기를 해볼까, 그것도 아니면 차라리 강하게 밀어붙여볼까……? 어차피 이 자식도 술에 취해 있긴 마찬가지니깐……. 수영은 김의 멱살을 잡았다.

"뭐라고 했어, 새끼야!"

김은 자신의 멱살을 틀어쥐고 있는 수영의 손을 한 번 내려본 후 다시 수영의 얼굴을 바라보았다. 그러곤 입술을 한쪽 귓가로 비틀며 웃었다.

"좋은 말할 때 이거 놔라, 눈깔에 빨대를 꽂아 확 먹물을 빨아먹기 전에. 학생이라는 새끼가 발랑 까져갖고……. 별, 씨발놈을 다 보겠네."

좀 전,. 사람 좋은 웃음을 지으며 술잔을 건네던 김이 아니었다. 수영은 심한 모멸을 느꼈다. 김의 멱살을 잡고 있는 손이 부들부들 떨리기 시작했다. 눈앞에 있는 김의 모습이 마치 병풍처럼 여러 개로 나뉘는 것 같았다. 대상을 알 수 없는 열패감과 부끄러움이 그를 괴롭혔다. 금방이라도 울컥

거리며 구역질이 나올 것만 같았다. 수영은 김을 향해 주먹을 날렸다.

하지만 수영의 주먹은 김의 몸 어느 곳도 맞히지 못했다. 대신 김의 주먹이 수영의 명치에 꽂혔고, 쓰러진 수영의 목 위로 김이 올라탔다.

"좋은 말할 때 놓으라고 했지, 씨발놈아! 같은 군복 입고 있으니까 사람이 만만해 보이냐!"

수영은 상체를 비틀며 빠져나오려 했다. 몇 차례 팔을 휘둘러보았지만, 김을 맞추지는 못했다. 김은 수영의 목을 졸랐다. 목 부위에서 두둑, 하는 소리가 났다.

"왜, 씨발놈아? 쪽팔리나 보지? 어디 쟤네들 깨워서 다 까발려볼까? 씨발놈, 좆나 고고한 척 해대더니 꼴좋다. 걱정하지 마, 씹새끼야. 내가 쟤네들한테 친절히 설명해줄 테니까. 간첩 같은 새끼랑 한동네에 살아서 좋겠다고 다 말해줄 테니까!"

수영은 숨을 쉴 수가 없었다. 연신 팔과 발을 버둥거려보았지만, 김은 꿈쩍도 하지 않았다. 이러다가 죽을 수도 있겠구나, 하는 생각이 수영의 머릿속을 스치고 지나갔다. 죽는 건 정말 한순간이구나, 이렇게 간단한 거구나……. 수영은 거의 자포자기 상태가 되었다. 죽지 않는다고 해도 나아지는 건 아무것도 없다는 생각이, 그런 자괴감이, 더더욱 그를 공황 상태로 몰고갔다. 그 순간이었다. 수영의 오른손에 무언가가 잡혔다. 돌이었다. 길쭉하고 날렵하게 뻗은, 산악지역 구릉지에 흔하게 나뒹구는 돌 하나. 분명, 수영이 어떤 살의를 가지고 돌을 집어 든 것은 아니었다. 당시, 그에겐 그럴 정신이 없었다. 그러기엔 그는 너무 많이 취해 있었다. 무언가 손아귀에 잡힌 것까지는 분명한데, 그뒤로는 명쾌한 기억이 없었다.

모든 것은 찰나였다. 정신을 차리고 눈을 떠보니 김이 자신의 옆에 누워 있었고, 그 옆에 돌 하나가 얌전히 놓여 있었다. 수영은 마치 생애 처음으로 마라톤 풀코스를 완주한 선수처럼 온몸을 제대로 가눌 수가 없었다. 숨을 쉴 때마다 가슴과 목 부위에선 통증이 일었다. 허리를 구부리고 구역질을 몇 번 해보았지만 나오는 것은 아무것도 없었다. 수영은 비트적거리며 다시 남석 옆으로 돌아와 몸을 뉘었다. 남석과 규칠은 여전히 세상 모르고 잠들어 있었다. 수영은 사나운 헛기침을 해대며 곁눈질로 쓰러져 있는 김을 바라보았다. 달빛 아래, 김의 한쪽 다리가 가슴께로 구부려지는 것이 보였다. 씨발놈…… 너도 한번 괴로워해봐라. 수영은 그때까지만 해도 김의 상태가 별거 아니라고 생각했다. 기껏해야 뒤통수에 자그마한 혹 하나 생겼겠지, 저러다가 다시 잠들겠지, 하고 말았다. 사태를 이성적이고 현실적으로 판단하기엔, 그는 너무 취해 있었다. 그는 누운 채로 씨발놈, 별것도 아닌 새끼가……, 간첩 좋아하시네……, 하며 웅얼거리다 그대로 잠이 들고 말았다. 자신이 어떤 일을 저질렀는지, 자신 앞에 어떤 운명이 기다리고 있는지, 아무것도 예상하지 못한 채.

3

 수영을 흔들어 깨운 것은 남석이었다. 사위는 여전히 어둠에 휘감겨 있었다.
 "일, 일어나 봐."
 수영은 일어나면서 호출기에 달린 시계를 들여다보았다. 새벽 네 시 오 분. 심한 두통과 갈증이 일었다. 침을 삼킬 때마다 자잘한 면도날 조각들이 함께 넘어가는 것만 같았다. 마치 다른 사람의 얼굴을 달고 있는 것 같은 이물감이 느껴졌다. 남석은 수영의 얼굴 가까이 고개를 내밀고 있었다. 어둠 속이었지만 그의 얼굴에 흐르고 있는 당혹감을 읽어내는 것은 그리 어려운 일이 아니었다.
 "그놈이 죽은 거 같아……."
 남석은 그러면서 초소 반대편으로 고개를 돌렸다. 수영의 시선도 남석을 따라 움직였다.
 제일 먼저 시야에 들어온 것은 규칠이었다. 규칠은 한 다리를 꿇고 한 다리는 무릎 세워 앉은 채 무언가를 조심스럽게 살펴보고 있었다. 꿈쩍도 하지 않는 워커와 대퇴부, 미동 없이 늘어진 양팔, 그건 분명 김이었다. 쓰러져 있는 김…….

"규칠이 형이 깨워서 일어나보니까 저렇게 되어 있는 거야……."

남석의 목소리는 희미하게 떨리고 있었다. 수영은 천천히 자리에서 일어나 규칠이 있는 쪽으로 걸어갔다.

"잠든 거 아니야?"

남석도 수영을 따라 김 쪽으로 다가갔다. 그들이 일어나자마자 바람 소리와 함께 스포츠 신문이 허공으로 솟구쳤다. 우그르르, 장조림 깡통이 자잘한 돌 위를 구르는 소리가 났다.

김에게로 다가가던 수영은 흠칫 놀라 뒤로 한 발 물러서고 말았다. 허리가 무르춤해졌다. 남석 또한 그 자리에 우뚝 멈춰 서고 말았다. 그러곤 수영의 얼굴을 바라보았다. 그들은 아무런 말도 하지 않았다. 머리 한편이 서늘해지는 느낌이었다.

초소에서 이십여 미터 떨어진, 국도와 산길로 이어지는 가시덤불 샛길 바로 앞쪽이었다. 김은 그곳에 쓰러져 있었다. 어둠 속에서도 그의 뒤통수에서 흘러내린 검붉은 피가 목덜미와 셔츠를 타고 흙바닥으로 내려와 마치 후광처럼 주위를 물들여놓은 것이 눈에 들어왔다. 군데군데 웃자란 잡초들은 피와 엉겨 붙어 맥없이 쓰러져 있었고, 김의 바로 왼편엔 손도끼 모양으로 길쭉하게 뻗은 돌이 아무렇게나 놓여 있었다.

"씨발, 뭐가 어떻게 된 건지 알 수가 있어야지……."

규칠이 남석과 수영을 올려다보며 말했다.

"오줌 싸려고 일어났더니, 이 새끼가 여기 나자빠져 있는 거야……."

남석과 수영은 김에게서 시선을 떼지 못했다. 규칠은 다급히 담배를 찾았다.

"씨발, 기억도 하나 없고…… 머리만 빠개지게 아프니……."

수영은 눈앞의 현실이 도무지 믿어지지 않았다. 김이 죽다니……. 그렇게 세게 내리친 것 같지도 않았고, 분명 그의 다리가 움직이는 것을 똑똑히 보았는데…… 그래서 잠이 든 건데……. 수영은 제 다리가 심하게 후들거리는 것이 느껴졌다. 그는 무릎을 꿇고 김의 다리를 바라보았다. 김의 한쪽 다리는 기역자 모양으로 꺾여 있었다. 그렇다면 이게 뭔가? 내가 사람을, 내가 사람을 돌로 내리쳐 죽였다는 건가……? 내가 살인을 저질렀다는 거야……?

"확인해볼 필요 없어. 내가 맥까지 짚어봤다고."

규칠이 수영의 어깨를 잡으며 말했다.

"뭐, 기억나는 것들 없어? 잠깐 깼던 사람 없었냐고?"

간첩이 다녀가셨다

규칠은 남석을 바라보며 말했다. 수영은 왼쪽 팔로 자신의 머리칼을 움켜쥐었다. 그가 버린 돌이, 그를 노려보고 있었다. 돌의 표피에 새겨진 자신의 지문이 선명하게 돋을새김하는 것만 같았다. 그는 고개를 돌렸다. 그러자 이번엔 그의 오른손이 시야에 들어왔다. 사람을 죽인 손……. 그는 자신의 손이 커다랗게 확대되는 것을 보았다. 부풀고 부풀어서 김의 시신을 모두 가리고도 남을 만큼 확장되는 것을……. 수영은 두 눈을 질끈 감았다. 그리고 힘없는 목소리로 말했다.

"저, 저기…… 저기 말이야……."

순간, 남석이 수영의 말을 끊고 나섰다.

"형, 왜 그랬어요?"

남석은 규칠에게서 시선을 떼지 않았다.

"뭘, 새끼야……? 나? 나, 아니야, 새끼야!"

규칠이 목소리를 높였다. 규칠은 손까지 내저으며 완강하게 부인했다. 그런 규칠의 행동이 남석에겐 더 수상쩍어 보였다.

"나, 형하고 저 친구하고 싸우는 것까지 보고 잠들었어요. 형하고 저 친구하고 싸웠잖아요? 그러다 그런 거잖아요!"

남석은 거의 울먹거리는 목소리로 소리쳤다. 그러곤 저도 모르게 아랫입술을 질겅질겅 깨물었다.

"싸, 싸운 건 맞지만…… 그걸로 끝이었다고! 주먹질을 하거나, 돌로 내리치거나 한 기억은 없다고! 정말이야!"

규칠은 긴장한 얼굴로 남석과 수영을 번갈아 바라보며 말했다. 수영은 아무 말도 하지 않고 고개를 숙였다. 규칠은 그런 수영의 태도가 자신의 결백을 외면하는 것이라고 생각했다. 저놈은 처음부터 나를 안 좋게 생각했으니까…….

남석은 다시 초소 쪽으로 걸어갔다. 모래주머니 위에 방치되어 있던 자신의 철모와 캘빈 소총을 들고 다시 김이 누워 있는 곳으로 걸어 나왔다. 규칠이 남석의 손을 잡았다.

"어쩌려고?"

남석이 규칠의 손을 뿌리쳤다.

"그럼 사람이 죽었는데 가만있어요? 경찰서든 군부대든 신고부터 해야죠."

규칠이 다시 남석의 손을 잡았다.

"가만있어봐. 일단 정리부터 하자고."

"정리는 무슨 정리를 해요, 사람이 죽었는데. 신고하면 어련히 정리될 것을."

"누가 저랬는지도 모르잖아?"

남석은 다시 한 번 규칠의 얼굴을 쏘아보았다.

"그러니까 신고를 해야겠죠."

"네가 죽였을 수도 있는데……?"

순간, 남석과 규칠 사이에 팽팽한 긴장이 흘렀다. 남석의 손목을 잡고 있는 규칠의 손아귀에 잔뜩 힘이 들어갔다.

"네가 죽였을 수도 있고, 내가 그랬을 수도 있고, 수영이가 그랬을 수도 있다고. 너도 나도 수영이도 모두 확실한 기억이 없단 말이야. 다들 너무 취해서……."

"난, 그냥 쓰러져 잔 기억 밖에 없어요."

"씨발놈아, 그건 나도 마찬가지야."

남석은 고개를 저으며 돌아섰다.

"그건 조사해보면 다 알게 될 일이에요. 지문을 떠보면 금방 판명된다고요."

남석은 어깨에 메고 있던 캘빈 소총의 끈을 좀더 바싹 조이곤 성큼성큼 걸어 나갔다. 남석의 뒷모습을 노려보던 규칠은 별안간 쓰러져 있는 김에게로 달려갔다. 그러곤 김의 옆에 놓여져 있던 돌을 한참 동안 내려다보았다. 남석은 걸음을 멈추고 규칠을 바라보았다. 수영도 규칠에게서 시선을 떼지 않았다. 규칠은 조심스럽게 돌을 집어 들고 남석과 수영을 향해 돌아섰다. 순간, 남석의 어깨가 움찔거렸다. 규칠은 집어 든 돌과 남석의 얼굴을 번갈아 바라보다 바지 주머니에서 손수건을 꺼내 돌을 닦기 시작했다. 남석은 말리지 않았다. 수영은 넋 나간 듯한 표정으로 규칠을 바라보았다. 규칠은 거친 손길로 돌의 이곳저곳을 맹렬히 문질러댔다. 그러고서 그것만으로는 부족했던지 돌을 땅바닥에 떨어뜨리고는 워커로 짓밟기 시작했다. 워커 밑바닥에 돌을 깔고 땅바닥 이곳저곳으로 굴려대기까지 했다. 이제 막 사나운 독사에게 물린 사람처럼, 이제 막 그 독사를 발밑에 잡은 사람처럼······.

규칠이 숨을 헐떡거리며 남석에게 물었다.

"이제 됐냐?"

남석은 다급히 담배를 꺼내 물었다.

"정말······ 형이 그런 거예요?"

남석은 담배 연기를 폐부 깊숙이 빨아들이며 수영을 바라보았다. 수영은 규칠이 버린 돌에서 눈길을 떼지 못하고 있었다.

"몇 번을 말해야 알아들어! 이건 내 지문일 수도 있고, 네 지문일 수도 있고, 수영이 지문일 수도 있다니까! 우리 모두의 지문일 수도 있단 말이야!"

"형 지문일 확률이 가장 높았겠죠······."

손수건을 쥐고 있던 규칠의 손이 떨리는가 싶더니 이내 손수건을 바닥에 내팽개쳤다. 그리고 소리쳤다.

"그래, 씨발놈아! 내가 그랬다! 내가 그랬다고 치자고!"

남석이 담배를 끄고는 수영에게로 다가갔다. 남석은 담배 대신 손톱을 물어뜯고 있었다. 수영은 말이 없었다.

"너희 두 놈 다 처음부터 날 안 좋게 생각한 거 알아. 그래, 씨발놈들아! 내려가서 신고들 잘해봐라! 같은 동네 사람, 어디 엿 한 번 먹여보라고!"

규칠은 팔소매를 걷어붙였다. 그러고도 화기가 가라앉지

않는지 윗도리 단추를 하나하나 풀기 시작했다.

"내가 씨발놈들아 나 혼자만 당하고 말 것 같아! 아서, 씨발놈들아. 너희들은 무사할 것 같아! 너흰 새끼들아, 살인방조야, 방조! 그거 알아! 썹새끼들아, 너희들도 기억 없지? 너희들도 술에 곯아 떨어졌잖아. 내가 썹새끼들아 너희들 하다못해 향군법 위반으로라도 집어넣을 거야! 남석이 너 이 새끼야, 너 학교 계속 다닐 수 있을 것 같아? 어림없어 새끼야. 수영이, 넌 새꺄, 대학원 무사히 마칠 수 있을 것 같냐고! 그래 씨발놈들아, 어디 한 번 해보자고, 해보자고!"

규칠의 목소리가 초소 이곳저곳을 울리며 돌아다녔다. 그는 마치 정신을 놓은 사람처럼 보였다. 계속 남석과 수영을 향해 가쁜 숨을 토해내며 혼잣말로 욕을 해댔다.

남석이 수영에게 머뭇거리며 무언가를 말했지만, 수영은 제대로 알아듣지 못했다. 그는 마치 그 자리에 그대로 굳어버린 장승처럼 뚫어지게 규칠만 바라보며 서 있을 뿐이었다.

남석은 무언가를 혼자 골똘히 생각하더니 천천히 그 자리에 주저앉았다. 규칠도 남석을 따라 자리에 앉았다. 그는 계속 거친 숨을 몰아쉬며 조급하게 담배를 피워댔다. 담뱃불은 필터 바로 앞까지 타들어간 뒤, 저 스스로 사그러들었다.

그들 사이엔 한동안 침묵이 흘렀다. 남석도, 규칠도, 수영도, 아무도 말하지 않았다. 수영은 무연한 눈길로 쓰러진 김의 얼굴을 내려다보았다. 바람이 김의 머리카락을 한쪽으로 쓸어 넘기고 지나갔다.

침묵을 깬 것은 남석이었다.

"그럼…… 어떡하자고요……?"

규칠이 천천히 남석에게로 다가갔다.

"그러니까 같이 생각을 좀 해보자고. 제발 좀 그래보자, 응? 우리 다 같은 봉평 사람 아니냐? 씨발, 정말 기억이 없는 걸 어떡해?"

규칠의 목소리는 거의 애원조에 가까웠다.

그들 셋은 다시 초소 앞으로 자리를 옮겼다. 초소 앞 적막한 산길에선 계속해서 차가운 새벽바람이 불어오고 있었고, 그 길목 정중앙에 김이 누워 있었다. 간간이 나뭇가지 부러지는 소리와 솔방울 떨어지는 소리가 들려왔다.

"난, 처음부터 저 자식이 기분 나빴어."

규칠이 벗어 두었던 철모를 집어 들며 말했다.

"그렇다고 사람을 죽여요……?"

"씨발, 그 얘긴 좀 접어두자고. 난 그냥 낯선 놈이 설칠 때부터 재수가 없었다는 얘기야."

"분명, 봉평 사람은 아니죠?"

"처음 본 놈이었어. 이 동네 젊은애들이 몇이나 된다고."

"아는 사람이 없어야 할 텐데……."

그들 셋은 일제히 김을 바라보았다. 규칠이 소리 나게 침을 뱉었다. 수영은 여전히 말이 없었다. 규칠은 그것이 영 마음에 걸렸다. 이 새끼가 무슨 꿍꿍이 속인지 알 수가 없으니……. 남석은 자신의 캘빈 소총으로 이유 없이 잡초들을 파헤쳤다가 다시 흙 속으로 파묻기를 반복했다.

규칠이 초소 한구석을 뚫어지게 바라보다가 무릎걸음으로 다가가 무언가를 집어왔다. 김의 배낭이었다. 규칠은 조심스럽게 배낭의 지퍼를 내렸다. 남석이 물었다.

"건, 뭐 하게요?"

"난, 이 새끼가 수상해."

"수상하긴 뭐가요?"

"지도를 갖고 다니면서 말도 안 되는 개발계획 운운했던 것도 영……."

"형이 우리 셋 중 제일 혹했잖아요?"

"그거야 그냥 그런 척해준 거지. 술도 갖고 오고 그랬으니까……."

김의 배낭에선 별다른 게 나오지 않았다. 김이 그들에게 보여주었던 오만분의 일 지도 한 장과 두툼한 서류 뭉치 하나, 속옷 두 벌, 그리고 둥근 인주 한 통이 전부였다. 규칠은 라이터 불을 켜고 서류 뭉치를 살펴보았다. 남석도 규칠 곁에 바싹 붙어 앉았다. 투자자 유치 전략? 1단계, 상호간의 유대 및 친밀감 강화. 2단계, 물건 설명, 이때 가급적 비밀 유지에 각별한 신경을 기울이는 듯한 포즈를 취할 것, 토지

공사나 도로공사의 명칭을 집중 부각시킬 것⋯⋯.

"이거 봐, 이거. 이 씨발놈, 순 사기꾼이라니깐!"

규칠이 서류 뭉치를 바닥에 내팽개쳤다.

"씨발놈, 재수 없게 하필 우리랑 같은 초소에 와 가지고선⋯⋯."

규칠은 분이 풀리지 않는 듯 널브러져 있던 김의 배낭을 걷어찼다. 수영은 함부로 뒹구는 김의 배낭을 멀거니 바라만 보았다.

"쓸데없는 짓 좀 그만 하고 생각을 해봐요, 생각을!"

남석이 규칠을 나무랐다. 규칠은 말 잘 듣는 초등학교 1학년 학생처럼 얌전히 자리에 앉았다. 남석은 말을 이었다. 우선, 우리끼리 말을 맞추는 것이 중요하다. 김이 죽었다는 사실은 어차피 숨길 수가 없는 일이다. 암매장도 불가능하다. 아침에 내려가서 출석 부르면 다 들통 날 일이다. 죽은 건 죽은 건데, 어떻게 죽었는가에 대해 지금부터 입을 맞춰야 한다. 우리완 전혀 무관한 방식으로, 우리에게 전혀 책임이 돌아오지 않는 방식으로 죽었어야 한다, 또 하나, 술 이야기는 절대 나와선 안 된다. 남석은 말을 하면서도 자신이 비굴하다는 생각을 쉬이 지울 수가 없었다. 젠장, 이왕 이렇게 된 거⋯⋯.

"네 생각은 어때?"

남석이 수영에게 물었다. 수영은 여전히 묵묵부답이었다.

수영의 침묵이 규칠을 또다시 불안하게 만들었다.

"야, 최수영. 너, 나 좆같게 생각하는 건 알겠는데, 이젠 우리 공동 책임이라고, 알아, 공동 책임!"

규칠이 수영을 다그쳤다. 남석도 규칠을 도왔다.

"그래, 기왕 이렇게 된 거, 깔끔하게 처리해야지 별수 있냐?"

수영이 고개를 들었다. 그의 얼굴에선 표정을 읽어낼 수가 없었다.

"저기…… 저기 말이야……."

수영은 한동안 말하지 않고 뜸을 들였다. 규칠과 남석은 참을성을 갖고 수영의 말을 기다렸다.

"저 사람을 죽인 것은……."

수영은 쓰러져 있는 김을 다시 한 번 노려보았다. 그리고 천천히 말했다.

"간첩 새끼야……."

수영의 말을 들은 규칠과 남석은 마치 화두를 건네받은 수도승들처럼 생각에 골몰했다. 그러곤 무언가를 깨우쳤다는 듯 서로의 눈을 바라보았다. 그런 그들 곁에서 수영은 계속 간첩 새끼, 간첩 같은 새끼, 라고 웅얼거리며 누워 있는 김을 바라보았다.

4

먼 곳에서부터 날이 밝아오고 있었다.

덕수는 잔걸음으로 산길을 올랐다. 발에 맞지 않는 워커 때문에 뒤꿈치가 아려왔다. 하지만 그의 걸음 속도는 늦춰지지 않았다. 어떡하든지 여섯 시까지는 초소에 도착해야만 했다. 그래야만 출석으로 인정해준다고 했다. 덕수는 오른쪽 어깨에 멘 캘빈 소총의 끈을 바투 잡으며 산길을 올라갔다.

이래서 사람은 분위기를 잘 잡아야 한다는 거야.

덕수는 숨을 가쁘게 몰아쉬면서도 연신 튀어나오는 웃음을 참지 못했다.

처음, 중대장이 워커 미착용으로 다시 돌려보낼 때까지만 해도 그는 제 분을 참지 못하고 괜한 방위들에게까지 욕을 해댔다. 씨발놈들아, 개새끼가 물어간 워커를 나보고 어쩌란 말이야! 우리 집 개새끼한테 물어보라고! 워커 어디다 팔아먹었는지! 가서 물어보라고!

하지만 다시 집에 돌아와 생각해보니 그렇게 화만 내고 말 일이 아니었다. 방위는 훈련 불참일 경우 최하 이백만 원의 벌금이 떨어진다고 했다. 더구나 지금처럼 간첩이 출몰하는 시기엔 봐주고 싶어도 봐줄 수가 없다고 했다. 이백만 원이면 파가 몇 단이고, 쌀이 몇 가마고, 감자가 몇 포대인데…….

덕수는 메밀묵과 막걸리를 준비해서 임시 막사가 세워져 있는 면사무소 주차장으로 갔다. 철제 책상에 다리를 올린 채 졸고 있던 중대장은 전투 준비태세가 진돗개 하나니 둘이니 해가며 거절했다. 하지만 함께 근무를 서고 있던 면사무소 직원이 이 고장 메밀묵이 고혈압과 당뇨에 어떤 특효를 발휘하는가에 대해 자랑을 늘어놓자 마지못해 젓가락을 집어 들었고, 젓가락을 집어 든 지 채 몇 분이 지나지 않아 술잔을 잡았다. 중대장은 여벌로 준비해온 자신의 워커를 덕수에게 내주었다.

"여섯 시 넘어서 사단감찰대에서 초소 점검 나갈 거예요. 그때 걸리면 우리도 봐주고 싶어도 못 봐줘요. 그리고 그 워커, 꼭 반납해야 합니다."

덕수는 중대장의 워커를 신고 곧장 초소로 가지 않고 다시 집으로 돌아왔다. 그리고 두어 시간 가량 눈을 붙인 후, 새벽 다섯 시 무렵이 되어서야 초소를 향해 산길을 오르기 시작했다.

돈 이만 원에 이백만 원이 고스란히 굳었네. 그뿐인가, 딴 놈들 밤새 뺑이칠 때 따뜻한 아랫목에 드러누워 있었으니까, 완전히 남는 장사한 거네.

덕수는 발걸음도 가볍게 산비탈을 올라갔다.

초소를 반쯤 남겨 두었을 때, 덕수는 자신을 향해 내려오는 일군의 예비군들을 만날 수 있었다. 모두 아는 얼굴들이었다. 주유소를 하는 일 년 선배 규칠, 봉평 중학교에서 수학을 가르치는 일 년 후배 남석, 역시 일 년 후배이자 서울로 공부하러 올라간 수영이었다. 그들은 자신을 보고는 흠칫 놀라는 표정들이었다.

"어디들 가는 거야? 아직 근무 시간이잖아?"

덕수가 먼저 물었다. 그러곤 규칠의 손에 들려 있는 여분의 캘빈 소총을 바라보았다.

"그런 넌 어디 가는데?"

규칠이 물었다.

"아이 씨발, 중대장 새끼가 워커 안 신고 왔다고 돌려보낼 땐 언제고 다시 근무 좀 서달라고 통사정을 하잖아. 그래서 뭐 그래 주려고 올라가는 길이지."

규칠과 남석의 눈이 마주쳤다.

"어디 초손데?"

"어, 저기 가시덤불 샛길에 있는 초소라고 하던데. 근데 진짜 다들 어디 가는 거야? 땡땡이치는 거야?"

규칠과 남석의 눈이 다시 마주쳤다. 수영은 고개를 숙였다.

"형, 저기 올라가지 마요."

남석이 주위를 두리번거리며 나직이 말했다.

"왜?"

"저기요……."

남석은 다시 한 번 사위를 둘러보았다. 그리고 좀더 낮은 목소리로 말했다.

"간첩이 나타났어요."

덕수의 눈이 커졌다. 뭐가 나타나?

"간첩이 나타나서 한 명 죽이고 도망갔어요. 그래서 지금 신고하러 내려가는 거예요."

덕수는 놀란 표정으로 그들 세 명의 얼굴을 바라보았다. 규칠은 말없이 고개를 끄덕거렸다.

"정말이야? 누가 죽었는데?"

"씨발, 우리도 누군지 잘 몰라. 우리 봉평 사람은 아니야."

규칠이 덕수의 어깨를 잡았다.

"너도 그냥 우리랑 같이 내려가자. 아직 근방에 있을지도 몰라. 이렇게 혼자 다니는 건 위험하다고."

규칠이 사방을 휘이 둘러보며 말했다. 규칠의 시선을 따라 덕수의 눈빛도 주위를 훑었다.

"정말…… 간첩이야……?"

"우리도 보진 못했는데…… 간첩이 분명한 것 같아."

규칠은 낮은 목소리로 초소 위에서 있었던 이야기를 덕수에게 해주었다. 같이 근무 서던 놈이 소변을 보러 간다며 초소 반대편으로 걸어갔다. 한참을 기다려도 돌아오지 않기에 나하고 남석이하고 찾으러 갔다. 그리고 가시덤불 샛길 앞에서 그놈 시신을 발견했다. 그 길로 곧장 신고하러 내려온 것이다. 우리도 간첩이 그랬는지는 잘 모르겠으나 주위에 아무도 없었고, 그렇게 소리 없이 사람을 해칠 정도라면……

"간첩 맞네."

덕수가 말했다.

"와, 씨발, 이 새끼들이 이제 우리 마을 코앞까지 들이닥쳤구나."

덕수의 얼굴엔 긴장한 빛이 역력했다.

"근데 쟨 왜 저렇게 힘이 없어?"

덕수가 수영을 보며 물었다. 남석이 수영 대신 대꾸했다.

"많이 놀랬나 봐요. 사람 죽은 거 처음 봤나 봐요."

덕수는 발걸음을 다시 산 아래 방향으로 돌렸다. 그러곤 규칠의 손에 들려 있는 캘빈 소총을 뺏어 들었다.

"그럼 씨발 이렇게 걸어 내려가면 안 되지. 빨리 내려가서 간첩 신고 해야 우리 마을로 못 들어오지."

덕수는 앞장서서 뛰기 시작했다. 규칠과 남석도 덩달아 뛰기 시작했다. 수영이 머뭇거리자 남석이 되돌아와 팔짱을 끼고 함께 뛰어 내려갔다.

덕수는 뛰면서 생각했다. 중대장한테 워커 되돌려 주긴 글렀군. 씨발, 동네에 간첩이 나타났는데, 워커쯤이야……

그들 넷은 새벽 산길을 빠르게 뛰어 내려갔다. 완연한 가을 새벽길이었다.

최순덕 성령충만기

1 하나님의 종 하나님의 의인 최순덕에게 내린 성령의 감화 감동 이야기라 이곳에 하나의 보탬과 빠짐없이 기록하노니

2 이는 대저 믿는 자에게 내린 성령충만의 산 역사요 증거더라

3 서울 땅 아현동에 스물두 살 된 처녀가 한 명 살았으니 그 이름이 최순덕이더라

4 순덕은 이미 그 어미 뱃속에서부터 하나님의 규례대로 흠 없이 산 자이니 성경으로 글자를 배우고 회당을 놀이터 삼아 자라난 자이더라

5 순덕의 아비와 어미 역시 믿음이 신실한 자들이니 그 아비는 교회 버스 운전사요 그 어미는 교회 사찰 집사이거늘 온 가족이 집에서 보는 시간보다 교회에서 접하는 시간이 더 많았더라

6 순덕의 어미는 언제나 딸에게 일러 가로되 순덕아 순덕아 하나밖에 없는 내 딸아 세

상 만물을 창조하신 분은 하늘에 계신 하나님이요 세상 만사를 주재하시는 분 역시 하나님이시니 언제나 그 분을 생각하고 찬양하거라

7 사람이 제아무리 위대하다 하거늘 하나님의 권능 아래 미치지 못하니 사람의 태어남과 죽음을 관장하는 분도 하나님이시요 그 이후를 심판하시는 분 역시 하나님이시다

8 네가 진실로 하나님을 믿고 따르면 복을 주실 것이요 하나님의 규례대로 살지 않으면 제아무리 영특해도 화를 입고 불신지옥으로 떨어질 터이니

9 너는 늘 하나님 안에서 살아가거라 하더라 이에 어린 순덕이 물어 가로되

10 어머니시여 그럼 제아무리 착한 일을 한 사람이라도 하나님을 믿지 않으면 지옥으로 가나이까 세종대왕도 이순신 장군도 지옥으로 갔나이까

11 이에 순덕의 어미가 한동안 말을 잇지 못하다가 다시 목소리 높여 가로되 그러하도다 믿음 없는 자들은 다 그리 되느니 그러한즉 너는 얼마나 선택받은 자이더냐 네 삶을 하나님께 의지하고 맡기면 하나님께서 구원해주실 것이요 그렇지 않으면 심판의 날 유황지옥에 떨어질지어다

12 이에 순덕이 적이 두려워해 어미 말을 따라 행동하니 주기도문과 사도신경을 외우고 찬송가를 목청 높여 부르더라

13 순덕은 초등학교에 입학하기 전부터 수요일 저녁예배와 금요 철야기도회 토요일 교육예배와 주일 오전예배 저녁예배에 빠짐없이 참석하였고

14 초등학교에 입학해선 해마다 여름성경학교와 성경암송대회 성경퀴즈대회에 나가 두루 입상하니 그 아비와 어미가 보기에 좋았더라

15 순덕은 학교에 갈 적에도 성경책과 찬송가를 가지고 갔고 수업 시간에도 종종 성경책을 들여다보니

16 이를 심히 기이하게 여긴 교사가 순덕에게 물어 가로되 순덕아 너는 어찌 교과서를 보지 않느냐

17 순덕이 답하기를 다음 주에 성경퀴즈대회가 있어 그것이 더 급하나이다 혹 선생님께선 모세가 하나님의 율법을 받은 산 이름이 무엇인지 아시는지요 하더라

18 이에 교사가 크게 근심하여 순덕의 어미를 학교로 불러 그간의 사정을 상담하니 순덕의 어미가 듣고 대답하되

19 지상에서의 공부가 무슨 필요 있고 무슨 쓸모 있겠나이까 순덕이 하나님의 말씀을 더 소중히 여기니 우리 부부는 순덕이를 하나님의 일꾼으로 키우겠나이다 그러니 선생님께선 크게 염려치 마십시오

20 이에 교사가 말을 잃고 순덕의 어미를 바라본지라 순덕의 어미는 교사에게 교회 주보를 내밀며 전도하더라 그것으로 모든 상담이 끝났더라

21 순덕은 점점 교과서보다 성경 읽는 시간이 늘어갔고 그것만으론 부족해 공책마다 성경을 베껴 쓰니 자연과 산수와 도덕과 음악이 모두 성경으로 하나되고 이루어지더라

22 시험 전날에도 순덕은 성경을 암송하고 더더욱 기도에만 힘을 쏟는지라 성적이 하위권에서 맴돌아도 크게 괘념치 아니하더라

23 순덕이 가로되 학교 성적은 세속의 점수요 저는 하늘의 점수를 더 높이 따기 위해 애쓰리다

24 순덕은 학교에서 술래잡기를 할 때에도 이곳저곳 숨은 아이들을 기도의 힘으로 찾는

다며 오로지 두 손을 모으고 있는지라 아이들이 지쳐 그녀 곁을 떠났으니 그 누구도 순덕과 놀아주거나 말을 걸지 않았더라

25 순덕은 아이들이 저를 따돌릴수록 더 많은 시간을 회당 안에 머무른 채 기도에만 전념했으니

26 순덕은 하나님의 심판이 두려웠더라 유황지옥과 불신지옥이 무서웠더라 그것이 무서워 쉬지 않고 기도하였더라 그런 저를 알아주지 못하는 친구들이 야속하고 불쌍하기만 하였더라

2 순덕이 무럭무럭 자라 중학생이 되고 고등학생이 되매 그 믿음이 이전보다 튼실해지고 더 오랜 시간 기도하는지라 교회에 머무는 시간은 갈수록 늘어만 갔더라

2 주교연합예배와 교역예배 부흥회와 교구헌신예배 애찬봉사와 중보기도모임에 빠지는 법이 없더라

3 토요일과 주일마다 마리아 성가대에 서서 찬양으로 하나님께 영광드렸고 중고등부 연합수련회와 여전도회 바자회 성경대학과 새벽기도회에 그 누구보다 먼저 가서 기다렸으니 교회 내 그 믿음에 대한 칭송이 자자하더라

4 그에 반해 순덕의 학교 성적은 항상 바닥을 면치 못했으니 이에 학교 교사가 크게 소리 질러 가라사대

5 네 그러하려면 뭐 하러 학교에 다니느냐 집에 앉아 기도만 하면 되지 않느냐

6 이에 순덕이 대답하여 가로되 선생님이시여 제가 그것도 생각하여 봤나이다 허나 그리되면 중고등부 교육예배를 드리기 어렵나이다 청년부에 가

입하려 해도 아직 스무 살이 되지 않았으니 그때까진 학교를 다녀야 하나이다

7 바라옵건대 지상의 잣대로 저를 판단치 마옵소서 제 운명은 하나님께서 이끌어주실 것을 믿사옵나이다

8 이에 교사가 아무런 대답도 하지 못하거늘 순덕은 제자리로 돌아와 다시 공책마다 성경을 베껴 쓰니 지리와 국사와 물리와 영어와 프랑스어와 한문과 사회와 윤리와 문학이 모두 성경으로 합치되더라

9 순덕이 열여덟 살 되던 해 그의 아비가 새벽기도회를 마치고 집으로 돌아오는 길에 불의의 교통사고로 세상을 등지니

10 순덕과 그 어미가 적이 슬퍼하였으나 그 슬픔이 그리 오래 가진 않았더라 순덕이 그 어미를 위로하며 가로되

11 어머니시여 슬퍼하지 마옵소서 아버지의 영은 이제 하나님 품안으로 돌아갔으니 좁디좁은 천국의 문을 능히 통과했을 것이니 너무 슬퍼 마옵소서 아버님을 데려간 것은 하나님의 의지요 미리 예정하신 뜻이오니 눈물을 거두소서

12 이에 그 어미가 눈물을 거두고 순덕의 얼굴을 가만히 바라보니 딸의 말이 지극히 합당한지라 어미는 순덕의 믿음이 저보다 더 커졌음을 하나님께 감사드렸더라

13 또다시 시간이 흘러 순덕이 고등학교를 졸업할 때에 이르렀으니 많은 사람들의 예상을 깨고 그녀 또한 대학 입학 원서를 사고 많은 대학에 응시하는지라

14 후에 순덕이 고백하되 저가 교회에서 초등부와 중등부 고등부 회장을 역임했으니 대학부 회장까지 하고 싶은 욕심이 왜 없었겠는가 이는 세속적 욕망이 아니라 하나님께

영광 돌림 위해서라

15 순덕은 사년제 대학과 전문대학 모두 응시했으니 대학에 지원한 것은 그녀의 의지요 그녀를 떨어뜨린 것은 대학의 의지더라

16 순덕이 지원한 학과는 그녀의 성적으론 언감생심 쳐다볼 수도 없는 치기공학과에서부터 유아교육과 지적정보과 커뮤니케이션디자인과 동물산업과 등 다양하였더라

17 순덕이 가로되 자신의 본업은 하나님 사업이니 지상에서의 학과는 그 무엇이든 상관없다 하고 하나님께서 가라 하면 갈 것이요 가지 말라 하시면 아니 갈 것이라

18 그러한즉 순덕은 대학에 모두 떨어지고 나서도 그 모든 것을 자신의 성적이 아닌 하나님의 뜻이라 생각하더라

19 최종 학력이 고졸이 된 순덕은 이렇다 할 직장도 갖지 않고 밤낮으로 교회 내에 머물렀으니 월요일부터 주일 밤까지 거의 매일 하나님 아래 기거하더라 그 어미와 함께 교회에서 밥을 먹고 교회에서 기도하고 교회에서 찬양드리고 늦은 밤이 다 되어서야 집으로 돌아가는지라

20 생활비는 그 어미가 교회에서 받는 급여로 두 모녀 살아가는 데 어려움이 없더라 남들처럼 머리를 다듬지도 않았고 화장품을 사지도 철마다 새 옷을 구입하지도 않는 모녀더라

21 이를 지켜보던 교회 전도사가 어느 날 순덕을 조용히 따로 부르니 그는 순덕이 존경하는 믿음이 신실한 자이더라

22 전도사가 순덕에게 가로되 네 어찌 아무 일도 하지 않고 교회 안에만 머무느뇨 네 친구들은 모두 대학을 가고 재수를 하고 직장을 다니는데

어찌 너만 홀로 사회에 나가지 않느뇨

23 이에 순덕이 아무 대답도 아니하다가 천천히 답하기를 그것이 다 무슨 쓸모 있겠나이까 사회에 나가봤자 세속의 더러움만 보지 않겠나이까 저는 하나님의 품안에 머무는 것이 더 행복하나이다

24 또 순덕이 이어 가로되 어찌 전도사님께서는 저를 사회에 내보내려 하나이까 저는 교회 안에서 하나님의 규례대로 살기를 원하옵나이다

25 이에 전도사의 얼굴이 심히 근심스러워지는지라 두 사람 사이엔 한동안 아무런 말이 없더라

26 얼마의 시간이 흐른 후 전도사가 조용한 목소리로 가로되 순덕아 믿음 깊은 성도의 자매여 네 신실한 믿음을 내 어찌 모르겠느뇨

27 그러나 자매여 보아라 하나님께서 너를 이 땅에 보내신 데에는 다 그만한 연유가 있고 따로 쓰심을 작정하셨을 터인데 네 어찌 그를 외면하고 교회 안에만 머물려 애쓰는가

28 이에 순덕이 크게 놀라 가로되 그것이 무슨 말씀이신지요 따로 쓰심이란 무슨 뜻인지요 하나님의 집 안에서 성심껏 하나님을 섬기면 천국의 문에 들어서는 게 아니온지요 그래야 유황지옥을 면하는 게 아니온지요

29 전도사가 고개를 저으며 이르되 전능하신 하나님께서 사람을 세상에 보내실 적에는 그 쓰심을 미리 정해둔지라 하나님의 뜻을 알고 하나님이 세상에 저를 보낸 의미를 깨닫고 행하는 자만이 하나님의 뜻에 합당한 자이더라

30 하나님이 저를 세상에 보낸 의미를 모르고 교회 안에

만 머물면 이는 하나님의 계명을 잘못 이해한 자요 규례에 어긋난 자이더라 저의 믿음이 진실되지 못함이라

31 이에 순덕이 가로되 그리하면 제가 어찌 행해야 하리까 어찌하면 하나님이 저를 세상에 보낸 의미를 깨달을 수 있는지요

32 전도사가 가라사대 그것은 너의 몫이니라 네가 간절히 기도하고 고민하여 깨달을 문제더라 사람마다 하나님이 보낸 의미가 다 다를진대 어찌 내가 너의 의미를 말해줄 수 있느뇨 이는 온전히 네가 살피고 행할 문제더라

33 이에 순덕이 아무 말도 하지 못하고 잠잠하기만 하니 순덕은 또다시 두려워지기 시작했더라 무엇이 두려운지 알 수 없었으나 마음 저편이 불편해지고 울렁대는지라 넓어만 보였던 천국의 문이 다시 좁아진 것만 같았더라

34 순덕의 고민이 시작된 것은 그때부터이니 이는 하나님이 저를 세상에 보낸 의미를 깨닫기 위한 험난한 여정이더라

3 그로부터 이 년이 지나 순덕의 나이 스물두 살이 되었건만 그때까지도 그녀는 하나님이 저를 세상에 보낸 의미를 깨닫지 못하고 있었으니

2 그 이 년 동안 순덕은 전도사의 말을 좇아 교회는 주일에만 나가고 나머지는 모두 사회에서 고행하였더라

3 입시학원에서 난생 처음 사탐 과탐 참고서를 탐하며 정신 고행을 하기도 했으며 이를 두 달 만에 떨치고 일어나 카페에 취직해 왕래하는 이웃들에게 마실 것을 내주는 육체 고행도 서슴지 않았더라

4 순덕은 카페에서도 채 삼십

일을 채우지 못하고 쫓겨났으니 이는 주인이 없을 적마다 카페 내 스피커에 복음성가와 찬송가를 흘러나오게 한 탓이더라 이웃들이 서둘러 카페를 뜬 탓이더라

5 이후 순덕은 편의점과 주유소 백화점과 패스트푸드점 등을 전전하며 고행하였으나 깨달음은 쉬이 오지 않았으니

6 사회에서 이웃들과 교통하고 왕래하여도 하나님이 저를 세상에 보낸 의미를 알지 못하겠더라

7 순덕과 교통한 많은 형제자매들 또한 하나같이 하나님이 저를 세상에 보낸 의미를 알지 못한 채 살아가고 있었으니 자신들의 미래를 서둘러 결정하고 속단한 채 무덤덤하게 하루하루를 보내고 있는지라 저희들이 지금 무엇을 행하고 무엇을 원하는지 알지 못하더라

8 이웃들의 그런 우매한 모습을 보매 순덕은 더더욱 불안해지는지라 많은 이웃들과 저의 처지가 크게 다르지 않으니 천국으로 들어가는 문이 갈수록 좁아지는 것만 같더라

9 무릇 천국의 문이란 바늘귀와 같아서 들어갈 수 있는 자는 소수요 의인의 수는 한정되어 있으니 자신이 그에 끼지 못할까 크게 염려하더라

10 그런 생각이 들 때마다 순덕은 어쩌면 하나님이 저를 아무런 의미 없이 세상에 보낸 건 아닐까 고민하였으니

11 순덕이 적이 불안해져 더욱더 간절히 기도에 매진하더라

12 이처럼 하나님의 뜻을 살펴 세상에 빛과 소금이 되는 일은 어려운 일이더라

4 그러던 어느 날 순덕이 패스트푸드점 아르바이트를 마

치고 동료 처녀와 함께 인적 드문 골목길을 걸어가고 있을 때
2 한 남자가 그들의 길을 막고 서니 그 차림새가 범상치 않더라
3 머리에는 회색빛 등산모를 깊숙이 눌러 쓰고 입은 흰색 마스크로 가렸으니 그 얼굴 생김새와 이목구비를 전혀 알아보지 못하겠더라
4 또한 무릎 아래까지 내려오는 낡은 바바리 코트를 걸쳤으니 때는 무더운 여름이라 겨드랑이 근처가 흘러나온 땀으로 인해 검게 변해 있더라
5 자세히 보니 바바리 코트 밑은 맨살이오 바로 구두이니 종아리 근처 성긴 털들이 고스란히 드러나 있거늘
6 남자가 막고 서매 순덕과 동료 처녀 또한 가던 길을 멈추고 우뚝 선지라 골목엔 그들 외엔 아무도 지나다니지 않더라 먼 곳에서 개 짖는 소리만 요란하게 들려오더라
7 그때에 남자가 순덕과 동료 처녀를 향해 바바리 코트를 풀어 헤치고 박쥐처럼 날개를 펼치니 바바리 코트 안엔 실오라기 하나 걸치지 않은 상태이더라
8 이에 순덕은 소금 기둥처럼 굳어버리고 동료 처녀는 비명을 지르며 그 자리에 주저앉았으니 순덕이 남자의 벗은 몸을 온전히 보게 된 것은 그때가 처음이더라
9 순덕은 입을 벌린 채 남자의 알몸을 똑똑히 보았으니 늑골이 선명히 드러난 앙상한 가슴과 옴폭 들어간 배꼽 거무튀튀한 거웃과 그 사이에 드러난 골무처럼 생긴 작은 성기 그리고 소의 그것처럼 아래로 축 늘어진 사타구니더라
10 순덕이 입을 벌린 채 동요 없이 눈만 끔뻑거리니 남자가

머뭇거리다가 더 활짝 바바리 코트를 펼치는지라 이에 주저앉아 비명을 지르고 있던 동료 처녀가 황급히 자리에서 일어나 순덕의 팔짱을 끼고 오던 길을 다시 내달렸으니

11 그제야 남자가 바바리 코트를 접고 한참을 키들키들거리다가 반대편 골목으로 재빠르게 사라지더라

12 한참을 내달린 순덕과 동료 처녀는 사람들이 다수 왕래하는 대로변에 멈춰 서니 둘 다 숨이 벅차 한동안 아무 말도 하지 못하겠거늘

13 한 손을 가슴에 대고 숨을 고르던 순덕이 가로되 도대체 저 사람은 누구이거늘 우리에게 자신의 알몸을 내보이느냐 네가 아는 사람이냐 그런데 왜 뛰어야 하느냐

14 이에 동료 처녀가 순덕을 멀거니 바라보다 묻기를 네 진정 저 사람을 모르느냐 저런 사람을 처음 보느냐 하니 순덕이 말없이 고개만 끄덕이더라

15 그러자 동료 처녀가 바닥에 소리 나게 침을 뱉고는 가로되 저런 놈을 변태라고 하니라 뱀의 새끼요 악마 같은 놈이니라 재수가 없으려니 우리 앞에 나타났더라 저런 놈을 만났을 땐 그저 뒤도 돌아보지 않고 도망가는 것이 상책이거늘

16 그렇지 않으면 어떤 해코지를 당할지 모른다

17 또한 덧붙이기를 저런 인간들은 타락하여 쾌락만 좇는 인간인지라 여자들의 적이요 인간들의 적이요 악마들의 원군이더라

18 그러니 너도 저런 아담을 만나거든 절대 호의를 가져선 아니 된다 하거늘

19 이에 순덕이 놀라 가로되 아담이라니 저 사람의 이름이

아담이란 말인가

20 이에 동료 처녀가 그렇다 저렇게 홀딱 벗는 자의 이름이 아담이다 말하는지라 순덕이 한동안 말이 없더라

21 지하철까지 걷는 동안 순덕은 아무 말 없이 무언가 골똘히 생각하는 표정인지라 동료 처녀는 순덕이 받은 충격이 심히 크다고 생각하였더라

22 동료 처녀가 순덕의 등을 토닥거리며 가로되 너무 신경 쓰지 말아라 세상엔 저런 쓰레기들 천지이다 저런 악인들이 많아 이 세상이 소돔과 고모라가 된 것 아니냐 그저 눈 딱 감고 살아가는 게 제일이더라

23 이에 순덕이 동료 처녀의 말에 답하지 않고 갑자기 뒤돌아 오던 길을 향해 뛰어가니 동료 처녀가 놀라 순덕의 이름을 불러도 대답하지 않았더라

24 그때 순덕의 머릿속에 떠오른 생각을 동료 처녀가 어찌 알 것이뇨 그 순간 순덕의 머릿속에 오랫동안 갈구하고 찾아 헤매던 해답이 떠올랐다는 사실을 동료 처녀가 어찌 짐작할 수 있었겠는가 이는 오로지 전능하신 하나님만이 알 수 있는 일이거늘

25 그날 순덕은 그동안 찾아 헤매던 진실을 목도했으니 이는 하나님이 저를 세상에 보낸 의미더라

26 아담을 전도하여 하나님의 의인으로 만들지어다 그것이 세상에 나온 저의 의미더라 그것이 저가 천국으로 들어갈 수 있는 유일한 기회더라 순덕은 확신에 차 발길을 옮겼더라

5 그날부터 순덕은 아침부터 늦은 밤까지 아담을 만났

던 골목길에서 잠복하니 아르바이트하던 패스트푸드점도 그만 두었더라

2 순덕의 사정을 알 리 없는 동료 처녀는 그게 다 아담을 만나 충격을 받은 탓이라고 나머지 동료들에게 전파하니 동료들이 심히 우려하더라

3 그런 동료들의 우려와는 달리 순덕은 골목길 한편에 주차되어 있는 트럭 뒤에 쪼그려 앉아 아담을 기다렸으니 순덕은 충만한 기쁨과 벅찬 은혜에 가슴 떨렸더라

4 비로소 저가 세상에 나온 의미를 알게 되었고 그로 인해 모든 환란에서 벗어날 수 있는 길이 열렸으니 이 어찌 하나님의 축복이 아닐까

5 순덕이 생각하기를 아담이 그리 타락한 것은 모두 하나님을 믿지 않기 때문이요 간교한 뱀의 술책으로 인해 동산 중앙에 있는 나무의 실과를 따먹었기 때문이더라

6 한 번 실과를 맛본 자는 그 맛을 잊지 못해 거듭 쾌락을 좇는지라 이는 주위에 그 영혼을 이끌어줄 의인이 없는 이유더라 그 주변에 온통 아담을 꾀는 뱀만 득실거리는 이유더라

7 그러한즉 그의 곁으로 가 하나님의 말씀을 전하고 뱀을 물리치면 아담의 영 또한 구원받을 수 있으리오 이는 또한 하나님이 저를 세상에 보낸 의미이니 아담을 저 앞에 나타나게 하심도 다 하나님의 예정하심이더라 그러니 어찌 저가 거역할 수 있으리오

8 순덕은 마치 등 뒤에 십만 원군을 지니고 있는 것처럼 자신감이 충만하였더라

9 그러나 순덕이 골목에 잠복한 지 일주일이 지나도록 아담은 나타나지 않는지라 순덕은 적이 불안해졌거늘

10 순덕에겐 아담에 대한 아무런 정보도 없었더라 그가 골목길에 다시 나타나지 않는 한 그를 찾을 방도가 없었더라 그리하면 어렵게 찾은 하나님의 뜻도 포말처럼 사라지게 되는지라

11 순덕은 트럭 뒤에 쪼그리고 앉아 하나님께 간곡히 기도하니 아담을 다시 제 앞에 보내주옵소서 다시 한 번 골목길에 나타나 알몸을 드러내게 하옵소서

12 눈물로 기도 드리오니 성령이여 부디 이 좁은 골목길과 아담의 바바리 코트 위에 임하옵소서

13 그렇게 순덕이 잠복하며 기도한 지 열흘 째 되는 날 아담이 다시 골목길에 모습을 나타내니 이는 저의 기도에 하나님이 응답하신 까닭이더라

14 때마침 골목길에 교복을 입은 여고생 두 명이 걸어오는지라 순덕이 뛰쳐나가 그들에게 닥칠 화를 미리 알리고 싶었으나 그리하면 아담에게 저의 존재를 들키게 되니 그저 조용히 지켜보고만 있거늘

15 아담은 순덕과 그의 동료 처녀에게 한 것처럼 예의 또 여고생들 앞에서 바바리 코트를 풀어 헤치니 여고생들이 혼비백산하여 도망가는지라

16 순덕은 한 손으로 제 입을 막은 채 아담의 몸에서 눈을 떼지 않더라 키들키들 웃어대는 아담의 음성을 하나도 놓치지 않고 듣고만 있더라

17 여고생들이 골목길 저편으로 사라지자 아담도 반대편 골목길을 향해 급히 뛰어가는지라 순덕도 트럭 뒤에서 몸을 일으켜 아담의 뒤를 쫓아 뛰기 시작했으니

18 그때부터 아담과 순덕의 쫓고 쫓기는 추격전이 시작되

었더라

19 아담은 순덕이 자신의 뒤를 밟고 있다는 것도 모른 채 반대편 골목길에서 바바리 코트와 등산모자 마스크를 벗어 준비해놓은 가방에 쑤셔 넣는지라 그 머리는 이마가 정수리까지 닿은 대머리요 얼굴은 사십대 초반의 핼쑥한 얼굴이더라

20 아담은 또한 가방에서 익숙한 동작으로 하얀 반팔 와이셔츠와 검은 정장 바지를 꺼내 입으니 옷을 다 차려입은 아담은 그저 왜소하고 평범한 공무원과 같더라 순덕은 그런 아담의 변신을 골목 끝 전봇대 뒤에 숨어 지켜보고 있었더라

21 변신을 마친 아담은 주위를 빠르게 훑어보고 다시 대로변을 향해 잔걸음으로 나아가는지라 그 누구도 그가 아담이라 생각지 못하더라

22 대로변 밝은 네온사인에 비친 아담의 얼굴은 아래로 처진 작은 눈과 얇은 입술 희미한 인중을 지닌 자라 인상은 지극히 소심하고 나약해 보이더라

23 순덕은 아담과 일정한 간격을 두고 그의 뒤를 쫓으니 우선은 그의 집을 알아두는 것이 급선무요 저 자신을 그에게 발각되지 않게 하는 것이 중요하니 아담이 뒤를 살필 때마다 시계를 보는 척하거나 입간판 뒤로 몸을 숨겼더라

24 아담은 시내버스와 지하철을 탔으며 그리고 난 후엔 다시 마을버스에 올라타더라

25 시장에 들러 딸기를 사고 편의점에 들어가 디스 한 갑을 사 와이셔츠 주머니에 넣었다가 다시 꺼내 가방에 넣었으니 그 행동 하나하나가 느릿느릿하고 힘 없어 보이더라

26 그리하여 아담이 마지막으로 도착한 곳이 바로 그의 집이었으니 홍은동 고지대 다세대 연립 주택이더라

27 순덕은 아담의 뒤를 쫓으며 그의 행적 모두를 하나도 빠짐없이 자신의 수첩에 기록하니 이는 그를 전도함에 한 치도 소홀함이 없게 함이더라

28 순덕은 아담이 집으로 들어간 후에도 한참 동안 움직이지 않고 아담의 집을 노려보았으니 지금 저의 눈에 비치는 것은 집이 아니라 문이더라 천국으로 통하는 커다란 문이더라

6 그후 순덕은 수일 동안 아담의 뒤를 밟으며 그의 직업과 가족 관계 친구 관계 등을 알아냈으니

2 아담의 직업은 영등포에 자리잡은 한 간호조무사학원의 총무더라 그곳에서 수강생들의 출석 관리와 수강료 납부 외부강사 출강료 지불과 교보재 준비 졸업생들의 취업 알선 등의 업무를 보는지라

3 학원의 원장도 여자요 외부강사들도 여자요 수강생들도 모두 처녀더라

4 아담 주위의 여자는 그뿐만 아니었으니 모시고 사는 어머니와 아내 그리고 초등학교 4학년과 1학년인 자식 모두 여자아이이더라

5 아담은 매일 아침 여섯 시 오십 분에 출근하여 저녁 여덟 시쯤 집으로 돌아가니 자주 술잔을 기울이는 친구가 있는 것도 아니요 남다른 취미 활동이나 여가 활동을 즐기는 법도 없더라

6 담배를 끊으라는 아내의 잔소리가 듣기 싫어 집 밖에서 몰래 담배를 피우고 들어갔고 출근하기 전 학원 앞 약국에

들러 박카스를 사 마시는 습관이 있었으며 며느리와 사이가 좋지 않은 어머니의 하소연을 현관문 앞에서 묵묵히 듣는 날이 많았더라

7 아담의 아내는 목소리가 큰 여자이니 그 음성이 집 밖으로 새어 나올 때가 종종 있었거늘

8 아내의 음성은 대부분 세속의 금전과 관계된 것들이더라 아이들의 학원비와 시어머니의 관절염 약값과 돌아오는 곗돈에 관한 것들이더라

9 이에 아담은 달리 대꾸하는 법이 없었고 그럴수록 아내의 목소리는 더욱더 높게만 울려 퍼지니 동네 사람들이 한목소리로 잠 좀 자자고 고함을 지르는 날이 잦았더라

10 아담은 학원에서도 과묵하기 이를 데 없었으니 졸업을 앞둔 수강생이 찾아와 누군 치과로 보내 기술을 익히게 하고 누군 산부인과로 보내 하루 종일 아기 똥 기저귀만 갈게 하느냐 그 근거가 뭐냐 하며 소리를 지를 때도 말이 없었고

11 원장이 왜 갈수록 수강생이 줄어드느냐 상업계 고등학교마다 돌아다니며 홍보를 하라는데 왜 말을 듣지 않느냐 누군 흙 파서 보건사업 하는 줄 아느냐 할 때에도 그저 고개만 숙이고 있더라

12 그런 아담의 모습에서 바바리 코트를 휘날리며 여자를 희롱하던 모습은 찾아볼 수 없었으니 이에 순덕이 의아하게 생각하였더라

13 순덕은 학원에 수강할 사람처럼 꾸미고 며칠 동안 직접 학원 강의를 청강하며 아담을 살피매 별다른 악행을 목격할 수 없었거늘

14 아담은 수강생들 실습 시간에 직접 팔뚝을 걷고 혈관

을 짚는 교보재 역할을 하기도 했으니 그의 팔뚝 전체가 퍼렇게 변하지 않은 곳이 없더라
15 낡고 남루한 양복과 때 낀 와이셔츠 굽이 닳은 오래된 구두 조용하고 왜소한 사내 그것이 아담의 처음과 끝이요 전부이더라
16 한 달 가까이 아담의 주위를 맴돈 순덕이 결론 내리기를
17 보라 그의 주위엔 하나님의 의인이 한 명도 없도다 뱀과 같은 아내와 어머니와 원장과 수강생들만 득실거리더라 뱀이 아담에게 권하고 윽박지르기를 어서 실과를 따 나에게 달라
18 먹음직도 하고 봄직도 한 실과를 따서 내게 다오 내가 그것을 먹어 눈이 밝아질 테니 내가 그것을 먹고 남은 잎을 엮어 치마를 해 입을 테니 어서 실과를 따달라 보채는 자들뿐이더라
19 이에 아담의 영이 뱀의 영혼에 사로잡혀 종종 허물을 벗고 사람들을 희롱하는지라
20 이는 아담의 의지가 아니라 뱀의 의지더라
21 내가 그의 곁으로 다가가 그를 하나님 앞으로 데리고 가면 정죄할 수 있는 병이더라
22 순덕은 비로소 아담의 앞에 나설 때가 되었다고 생각하니 그때가 아담을 만난 지 꼭 사십 일이 흐른 뒤더라

7

순덕이 퇴근하는 아담에게 교회 주보를 내미니 아담이 천천히 고개 들어 순덕의 얼굴을 바라보는지라
2 순덕이 적이 긴장하였거늘 이는 아담이 자신의 얼굴을 알아볼까 두려워해서이더라
3 순덕이 생각하기를 아담이 나를 알아보면 아니 된다 그

리하면 그가 수치감에 달아날지 모르니 아무것도 모르는 양 그의 영을 치유해야 한다 하니

4 다행히 아담은 순덕을 알아보지 못하는 것 같은지라 저가 적이 안심하더라

5 순덕이 주보를 내밀며 아담에게 가로되 형제여 하나님을 믿으소서 믿고 구원받으소서

6 이에 아담이 아무 대꾸하지 않으니 순덕이 한 발 더 다가서서 한 손을 높이 쳐들고 가로되

7 핍박받고 죄와 사망의 법에 고통받는 형제여 가까운 교회로 나가 하나님께 기도드리소서 그리하면 하나님께서 그간의 죄를 모두 사하여주실 터이니

8 이는 하나님의 크신 사랑이요 성령의 크나큰 축복이니 세상 어떤 죄도 하나님께 용서받지 못할 죄는 없도다

9 순덕은 말을 하면서 제 말에 감복하여 두 눈을 감고 한 손을 높이 쳐드니

10 이에 아담은 순덕의 얼굴을 한 번 바라보곤 주보도 받지 않고 그대로 옆을 지나쳐 가는지라 순덕은 아담이 제 옆을 스쳐 지나가는 것도 모른 채 계속 한 손을 쳐들고 말하니

11 지나가는 행인들이 의아한 눈길로 순덕을 바라보더라

12 순덕이 사태를 파악하고 아담의 뒤를 쫓으니 그가 이미 지하철 인파 속으로 사라지고 난 이후더라 순덕이 이리저리 고개를 돌려보고 살펴보아도 아담의 뒷모습을 찾을 길 없었으니

13 이에 순덕이 허탈해져 지하철 승강장 벤치에 주저앉았거늘 결코 실망하거나 속상해하진 않았더라

14 순덕이 생각하길 애초부터

쉽지 않으리라 예상했으니 이는 하나님이 저를 세상에 보낸 의미가 그리 손쉽게 이루어질 턱이 없더라 모든 성자들이 그러했듯 하나님의 계명과 뜻을 이루기 위해선 모든 환란과 고난을 이겨내고

15 모든 악의 유혹으로부터 제 마음을 지켜내야 하니 이는 지금 저가 처한 현실과 다름 없더라

16 순덕은 다시 힘을 내어 지하철역 밖으로 나가 택시를 잡아타니 가는 곳은 홍은동이요 아담의 동네 골목 앞인지라

17 지하철을 타고 다시 마을버스로 갈아탄 아담보다 먼저 도착할 수 있었더라

18 순덕이 동네 골목으로 힘없이 걸어 들어오는 아담 앞에 다시 나서니 아담이 적이 놀라며 한동안 말없이 순덕을 바라보는지라

19 순덕이 다시 주보를 내밀며 가로되 형제여 하나님의 말씀을 피하지 마라 하나님의 뜻을 거역치 말라 하나님은 졸지도 아니하시고 주무시지도 아니하며 내려다보고 계시니

20 후에 그 심판을 어찌 다 받으려 하는가 때마침 내일은 주일이니 동네 교회에 나가 죄 사함을 받으라 이는 하나님의 뜻이니라

21 이에 아담이 순덕을 바라보며 조용한 목소리로 날 알아요 하고 물으니 순덕이 머뭇거리다가 말하길

22 형제여 하나님의 심중 아래 우린 모두 형제요 가족이더라 그러니 내 어찌 형제를 모른다 할 수 있느뇨

23 이에 아담이 시선을 돌리며 가로되 난 교회에 다닐 생각이 없소 하더니 순덕의 옆을 그냥 지나가려 하는지라

24 순덕이 전과 같은 실수를 범하지 않으려 아담의 팔을 잡

으니 그의 어깨가 움찔하더라
25 순덕은 그 틈을 놓치지 않고 아담의 한 손에 성경 한 권과 교회 주보를 건네주고 뒤돌아보지 않고 달아나니 등 뒤에서 아담이 저를 바라보는 눈길이 느껴지더라
26 순덕이 뛰어가면서 생각하기를 오늘은 이쯤하면 되었도다 이는 기나긴 전도 고행의 첫 시작이니 서두르지 않으리다 대저 한 사람의 마음을 바꾸는 데도 수많은 시간이 필요하거늘 하물며 악에 사로잡힌 사람의 심중을 바로잡기란 백배 천배 더 어려운 법이니
27 그렇기에 하나님이 저를 택하셨도다 그것이 하나님이 저를 세상에 내보낸 의미도다 하더라

8 처음 아담에게 하나님의 말씀을 전한 이후 순덕은 매일 같이 아담을 찾아가 진정으로 설득하니
2 그 정성이 실로 갸륵하더라
3 아담이 출근하는 시간에 맞춰 함께 마을버스와 지하철을 갈아타고 다시 학원 정문까지 걸어가는 날이 다반사요
4 아담의 퇴근 시간에 맞춰 정문 앞에서 기다리고 있다가 다시 그의 집 앞까지 동행하는 날이 태반이니
5 지켜보는 사람마다 그 둘을 오누이나 불륜 관계로 여기더라
6 순덕은 아담과 함께 걸어갈 때마다 끊임없이 하나님의 말씀을 전파하려 애쓰니 목회자의 설교 테이프를 건넬 때도 있고 각종 간증 책자와 큐티 자료집을 쥐어 줄 때도 있더라
7 이에 아담이 순덕에게 때론 화를 내고 때론 간청하길 수십 차례 했으나 순덕은 변함이 없는지라

8 아담이 순덕에게 가로되 대체 왜 나에게 이러는 거요 난 교회에 다닐 마음이 정말 없단 말이오

9 이에 순덕의 대답은 늘 똑같은지라 그것이 내 사명이요 하나님이 나를 이 땅에 보낸 의미이니 내 어찌 포기하리오

10 한 번은 아담이 진정 성난 얼굴로 계속 이러면 경찰에 신고하는 수밖에 없소 말한 뒤 정말 근처 파출소를 향해 걸어가거늘

11 순덕은 세속의 법률을 두려워하지 않는 자라 의연히 그의 뒤를 쫓아가더라

12 파출소 앞까지 성큼성큼 걸어간 아담은 그러나 파출소의 입간판을 보고 제자리에 멈춰 선지라 한동안 고개를 숙이고 움직임이 없더라

13 결국 아담은 파출소에 들어가지 못하고 다시 집으로 향하니 순덕은 이 모든 것이 다 하나님의 뜻이라 생각하더라

14 순덕은 주일에도 교회에 가지 않고 아담의 집 앞에 머무는 때가 잦았으니 하나님께서 저가 주일을 지키지 못함을 다 용서하고 이해해주시리라 믿었더라

15 순덕이 아담의 집 앞에서 서성거릴 때마다 아담은 집 밖으로 나오지 않았으니 순덕 또한 더는 어쩌지 못했더라

16 순덕은 아담의 집 앞에서 홀로 기도하고 예배드리며 찬송 불렀으니

17 찬송 드리는 그 마음이 담대할지어다 지나가는 행인들의 눈초리가 어찌 두려울쏘냐

18 순덕은 더 높은 소리로 찬송가를 불렀더라 주의 군사 되어 용맹스럽게 나가세를 외쳤더라

19 순덕이 그렇게 아담의 주위를 맴돈 지 석 달이 지났건만 아담의 심중엔 별다른 변

함이 없는지라

20 아담은 이제 순덕을 만나도 신경질도 내지 않고 그저 무표정한 얼굴로 자연스럽게 대하더라 순덕이 주보나 신앙 지침서 같은 책을 건네도 아무런 거리낌 없이 받아 가방에 넣었더라

21 버스에서 자리가 나도 순덕에게 양보하고 신문의 문화면은 순덕에게 먼저 권하여 보게 하니 순덕 또한 이에 순순히 응하더라

22 또 한 번은 순덕에게 주저주저하며 돈 만 원만 꿔달라고 청한지라 순덕이 흔쾌히 응하니 아담이 멋쩍게 웃으며 거듭 인사를 건네곤 담배 두 갑을 사더라

23 순덕이 사준 담배를 물고 한 걸음 앞서가던 아담이 돌아보지 않고 조용한 목소리로 물어 가로되

24 교회에 나가면 누구나 다 구원받을 수 있을까요

25 이에 순덕이 놀란 얼굴로 아담의 앞으로 다가가 단호히 그렇다 하는지라 순덕은 이제 아담의 영혼이 서서히 변하기 시작하였다 여기더라 진작에 담배를 사주지 않은 걸 후회하였더라

26 아담은 순덕의 말에 대꾸하지 않고 묵묵히 담배 연기만 내뿜다가 이어 가로되 구원을 받으면 정말 천국으로 가는 거요

27 이에 순덕이 좀더 큰 목소리로 그렇다 하나님께서 능히 구원해주신다 하고 말하니 아담이 씁쓸히 웃는지라 순덕이 적이 의아해하더라

28 아담이 다시 가로되 그럼 한 번 지옥에 빠진 사람들은 영원히 그 지옥 안에서만 머물게 되는 건가요

29 지옥에서 천국으로 가는 건 불가능한 일이잖아요 하고

물으니 순덕은 말없이 고개만 끄덕이더라

30 이에 아담이 다시 집을 향해 천천히 걸어가며 가로되 어쩌면 난 말이에요 이미 심판을 받은 사람일지도 몰라요 내가 밟고 있는 이 땅이 지옥이라는 생각 가끔 그런 생각을 해요

31 아담은 그 말을 끝으로 입을 열지 않으니 순덕 또한 아담의 말을 되새기느라 아무런 말도 하지 못하더라

32 아담이 제 집 앞에 도착하매 한동안 불 켜진 창을 멀거니 바라보기만 하니 지켜선 그의 어깨가 한층 더 작아져 보이더라

33 아담은 집으로 향하는 계단을 올라서다 말고 뒤돌아 순덕에게 가로되

34 이미 심판을 받은 사람들은 무엇을 하면서 견뎌야 할까요

35 이에 순덕이 아무 말 못 하니 아담이 또 한 번 쓸쓸한 표정을 짓고는 힘없이 계단을 올라가더라

9 시간이 흐를수록 순덕은 고민에 빠질 수밖에 없었으니 아담과 함께하면 할수록 약해지는 자신을 느끼더라

2 순덕의 눈에 비친 아담은 늘 생활고에 시달리는 힘없고 왜소한 가장에 지나지 않았더라

3 그의 모습 어디에서도 자신의 나체를 생면부지 처녀에게 들이대며 기꺼워할 모습은 보이지 않았으니

4 이는 순덕이 쫓아다니는 동안 그가 단 한 번도 바바리 코트를 입지 않았기에 더더욱 그러했더라

5 순덕은 잠시 저가 하나님의 의지를 잘못 알고 행한 게 아닐까 아담의 말대로 저 또한

지금 지옥에 있는 건 아닐까 의심했지만

6 다시 마음을 고쳐 먹으매 이 세상이 지옥이라면 저의 믿음마저 부인되는 것이요 하나님께서 저를 이 땅에 보낸 의미조차 부인되는 일이거늘 그건 아니 될 말이로다

7 이는 지극히 불경한 생각이니 순덕은 잠시나마 하나님의 섭리를 의심했던 저를 책망하였더라

8 순덕이 다시 마음을 담대히 먹고 생각하기를 이제 아담을 전도할 방법은 한 가지밖에 남지 않았도다

9 아담이 다시 한 번 동산의 실과를 따먹어야만 하는 것이더라 그 순간을 저가 지켜보고 있다가

10 큰 소리로 아담을 꾸짖어 저로 하여금 자신의 죄를 돌아보게 함이로다

11 뱀의 유혹에 빠져 벌거벗은 자신의 육체를 저가 보게 하는 수밖에 없도다

12 순덕은 확신을 갖고 다시 사흘 밤낮으로 기도하니 그 기도의 말인즉슨

13 아담으로 하여금 한 번만 더 한 번만 더 아담이 되게 하소서 뱀의 유혹에 빠지게 하소서이더라

10

순덕의 간절한 기도에 하나님께서 응답하시니 이는 그로부터 또 보름이 지난 후의 일이더라

2 그동안 순덕은 예전과 달리 아담의 곁을 지키지 않고 그가 눈치채지 못하게 거리를 두고 따르니

3 이는 아담이 저로 인해 그간 바바리 코트를 멀리한 것으로 생각했기 때문이더라 그에게 기회를 주기 위해서이더라

4 아담은 순덕의 모습이 보이지 않으매 출근할 때나 퇴근할 때 종종 주위를 두리번거렸으니
5 이에 순덕이 들키지 않으려 애쓰더라 아담이 뒤를 돌아볼 때마다 쓰레기통과 가로수 뒤로 황급히 몸을 숨겼더라
6 아담은 전에 없이 버스 정거장과 지하철 승강장에서 차를 타지 않고 그대로 떠나보낼 때가 많았으니 이를 지켜보던 순덕이 기이하게 여기더라
7 순덕은 저도 모르게 아담이 서 있는 쪽을 향해 다가가다 화들짝 놀라 되돌아설 때가 많았으니
8 그때마다 순덕은 하나님께 더 간절히 기도드렸더라
9 순덕이 기도한 지 보름째 되던 날 오후 드디어 하나님께서 기도에 응답해주신지라
10 그날은 아담이 일찍 퇴근한 토요일 오후더라
11 순덕이 아담의 옆집 대문에 쪼그려 앉아 졸고 있을 때 아담의 집 안에서 무언가 깨지는 소리가 나고 그와 동시에 현관문이 열리는지라
12 이에 순덕이 잠에서 깨 고개 들어보니 현관문을 열고 나온 자는 아담이요 그 오른손에 들려 있는 것은 낯익은 검은 가방이더라
13 동시에 아담의 집 안에서 아내의 커다란 목소리가 들려오는지라 그 말인즉슨 나가 뒈져라 영영 들어오지 마라더라
14 집 밖으로 나온 아담은 잠시 제 집을 노려본 후 뛰다시피 동네 골목을 빠져나가는지라 이에 순덕은 아담이 눈치채지 않게 그 뒤를 따르더라
15 아담을 쫓아가는 동안 순덕은 내내 충만한 기운을 느꼈으니 이는 이제 때가 이르렀음이다 하나님께서 저를 가엾이 여겨 은혜를 내려주셨도

다 이는 성령의 뜻이거늘

16 아담을 쫓아가는 저의 발걸음이 어찌 가볍지 않을쏘냐

17 달려가는 순덕의 머릿속엔 초라하고 왜소했던 아담은 간데없고 오직 바바리 코트를 휘날리며 자신의 나체를 드러내는 한 남자만 남았더라 오직 그의 죄만 떠올랐더라

18 그리하여 마침내 아담의 발길이 멈춘 곳은 그 길의 끝이 대로변 삼거리와 잇닿아 있는 조그만 골목길이었더라

19 순덕 또한 골목길 한편에 몸을 낮추고 멈춰 선 채 아담을 살피니 그 눈매가 사뭇 날카롭더라

20 아담은 골목 한편에 주차된 차량 뒤에 검은 가방을 내려놓고 한동안 미동조차 하지 않았으니 그 표정이 마치 천년을 넘게 살아온 나무처럼 무심하고 무연해 보이더라

21 반대편 골목에서 희미하게 무요 배추 당근이나 호박 하는 마이크 소리가 연이어 울리니 순덕의 마음이 더 조급해졌거늘

22 순덕이 속으로 중얼거려 가로되 무엇하느냐 아담아 네 무엇을 기다리느뇨 어서 실과를 따 먹으라 뱀의 음성에 귀 기울이라 그 순간에 내 너의 앞에 나타나 하나님의 음성을 대신 들려주리다

23 순덕이 그렇게 중얼거리며 바랐거늘 아담은 좀처럼 가방의 지퍼를 열지 않았으니 때는 주부들이 저녁 식사 준비를 시작하는 시간이오 골목 이편저편에서 장바구니를 든 주부들이 하나 둘 나타나기 시작했더라

24 아담은 그런 주부들을 보고도 아무런 행동을 취하지 않으니

25 이에 순덕의 마음이 더 다급해져 다시 한 번 속으로 가

로되 무엇을 기다리느뇨 아담 아 어서 옷을 벗고 알몸을 드러내 장바구니를 든 여자들 앞으로 뛰어나가라 도대체 무엇을 기다린단 말이냐

26 순덕은 낮추고 있던 제 몸을 일으켜 골목 쪽으로 한 발을 내디딘 채 아담을 노려보았으니 순덕은 또다시 그를 전도할 기회를 잃을 것만 같아 적이 불안하였더라

27 저에게 온 마지막 기회를 놓칠 것만 같아 두렵고 초조하였더라

28 그런 순덕의 마음과 달리 아담은 움직일 기미조차 보이지 않았고 장바구니를 든 주부들 또한 골목길 저편으로 모두 사라졌더라

29 이에 순덕이 저도 모르게 아담을 향해 달려나가니 그때에 순덕은 저가 무슨 일을 행하고 있는지 저 자신도 알지 못하더라 저 자신이 무엇을 원하는지조차 알지 못하더라

30 순덕은 거친 숨을 몰아쉬며 아담의 앞에 멈춰 서니

31 순덕을 본 아담의 표정엔 아무런 변화가 없는지라 마치 오랜 세월 그 자리를 지키고 서 있던 비석과도 같도다

32 그런 아담의 얼굴을 한참 동안 노려보고 있던 순덕은 어느 한순간 자신의 두 손으로 아담의 와이셔츠 깃을 잡아당기는지라

33 후드득 소리를 내며 아담의 와이셔츠 단추가 떨어졌거늘 그럼에도 아담의 얼굴엔 변함이 없더라

34 아담의 와이셔츠를 벗긴 순덕은 다시 아담의 다리 밑에 무릎 꿇고 앉아 허리띠를 풀어 헤치는지라

35 순덕은 자신을 세상에 내보내준 하나님의 의미를 제 눈으로 똑똑히 보고 싶었더라

36 아담이 행하지 않는다면

저가 떨쳐 일어나 세상의 의미를 만들고 싶었더라 그렇게 해서라도 저의 의미를 확인하고 싶었더라

37 그리하여 저가 악을 심판하는 그 순간을 목도하여

38 제 눈에 보이는 모든 사람들과 사물들이 모두 제 의미를 찾길 바라더라

39 순덕이 거친 손길로 아담의 바지를 벗겨내고 마지막 남은 트렁크 팬티마저 벗겨내니 아담의 작은 성기가 드러나는지라 그때까지도 아담은 순덕이 하는 일을 막지 않고 힘없이 팔을 늘어뜨린 채 움직이지 않더라

40 이제 남은 것은 검은 가방 속 바바리 코트를 입히는 일이오 바바리 코트를 입은 아담을 제 눈으로 확인하는 일뿐이었으니 그래야 저가 처음 본 죄악이 완성되는 것이더라

41 순덕은 거침없이 검은 가방의 지퍼를 열고 거꾸로 쏟아내었더라

42 허나 보아라 검은 가방에서 떨어진 것은 무엇이뇨

43 잘 개켜진 수건 몇 장과 오래된 사진 몇 장 남루한 양복 한 벌과 속옷 몇 장 그리고 주택 청약 통장과 담배 두 갑뿐이었거늘

44 순덕이 그를 보고 바닥에 털썩 주저앉으니

45 어디선가 아담의 나직한 목소리가 들려오는 것 같더라

46 도망갈 수만 있다면 도망가고 싶었어요

47 또 어디선가 무요 배추요 싱싱한 채소요 하는 소리도 들려오니

48 순덕은 저가 지금 듣고 있는 소리 중 어느 것이 세상의 소리인지 알 수 없어 적이 혼란스러워하더라

49 지옥에서라도

50 싸고 좋은 파요 마늘이요

51 천국으로
52 앗따 양파

11 그로부터 일 년하고도 반년이 더 지난 어느 날 교회 설교대 앞에 순덕이 서니 때는 부흥회 둘째 날 신앙 간증 시간이더라
2 마이크 앞에서 크게 한 번 호흡을 가다듬은 순덕이 두 눈을 감고 입을 여니 그 첫마디가
3 하나님의 크신 은혜에 영광 돌릴지어다
4 이에 성도들이 아멘으로 화답하니 회당 내 분위기가 사뭇 엄숙해지더라
5 순덕이 이어 가로되 저가 믿음 없는 남편을 처음 만난 것은 하나님이 저를 세상에 보낸 의미를 알지 못해 방황할 때였으니
6 하나님께서 저를 가엾이 여겨 남편을 전도하라는 사명을 내려주셨사오니 이 어찌 축복이 아니겠느뇨
7 이에 성도들이 회당 맨 좌측 끝에 앉아 있던 한 남자를 바라보니 그는 바로 아담이요 현재 순덕 남편이더라
8 다시 순덕이 이어 가로되 저가 기도가 부족해 남편의 전도를 포기하려 할 적에 하나님의 부름을 받은 남편이 자청해서 짐을 싸들고 찾아와 진실로 회개하니 이 얼마나 큰 성령의 감화 감동이던가
9 비록 우리 부부 아직 세속의 법률로는 완벽한 부부가 아닐지어도 하나님의 성전 앞에서 부부간의 예를 맺었으니
10 우리 부부 지금은 비록 트럭을 몰고 다니며 야채를 팔고 있어도
11 이제 우리 두 생명 저물어 하나님이 부르신다 할지어도 저희가 부끄럼 없이 하나님의

우편에 가 앉을 수 있사오니
12 신실한 믿음으로 그 날만 기다릴지어다
13 하며 눈물을 흘릴진대 전 성도가 일어나 찬양하더라
14 모두가 하나되어 하나님의 복을 받고자 기도드리더라
15 이를 성도석에 앉아 가만히 듣고 있던 아담이 두 눈을 지그시 감고 나직이 속삭이니
16 이는 곧 아멘아멘이더라

발밑으로 사라진 사람들

1

이 소설은 우리 곁에 머물다 어느 날 갑자기 사라져버린 한 모자(母子)에 관한 이야기이다.

2

그들 모자가 사라졌을 당시, 소년의 나이는 열세 살, 어미의 나이는 서른두 살이었다. 그 외에 그들에 대해 남아 있는 정보는 대부분 명확하지 않은, 뜬소문처럼 허망한 것들뿐이었다. 그들 모자는 행정적인 기록마저 전무할 정도로 깨끗한 상태였다. 호적, 주민 등록 등본, 출생 신고서, 인감 증명, 부동산 등기부 등본, 재산세 납부 실적…… 그 어떠한 서류에도 그들 모자의 이름은 존재하지 않았다. 어떻게 그런 일이 있을 수 있었을까? 하지만 우린 다 알고 있다. 때론 그런 일들이 있을 수 있다는 것을. 그렇게 말없이 사라진 사람들이 여럿 된다는 것을……. 특히 그들 모자가 살았던 사십 년 전은 그런 일들이 더욱더 비일비재했다. 전 국민을 대상으로 막 주민등록번호가 부여되던 시절, 바로 그때의 일이었다.

3

소년의 어머니 황순녀(黃順女)는 참나무 숯처럼 검은 윤기가 흐르는 소에게 일을 당한 뒤, 그녀의 아들을 가졌다. 검은 밤, 그녀가 홀로 일군 화전 구릉지, 조그마한 천막 안에서였다. 당시, 그녀는 멧돼지와 고라니로부터 자신의 감자밭을 지키기 위해 밤마다 무명 이불잇을 뜯어 만든 천막 안에서 절굿공이 하나 달랑 든 채 잠을 잤다. 그녀를 돌봐주던 큰아버지는 식구들을 데리고 피난을 떠났기 때문에 집에서 자나 천막에서 자나 혼자 자는 것은 마찬가지였다(피난을 떠나지 않은 것은 전적으로 그녀의 의지였다. 순녀는 자신이 직접 일군 감자밭을 두고 떠날 수는 없다고 버텼다). 그땐 동네도 거의 태반이 빈집이었다. 그녀는 천막 안 흐릿한 호롱불 밑에서 멧돼지나 고라니의 발자국 소리에 귀를 기울였고, 바람에 나뭇가지 부러지는 소리라도 들리면 득달같이 밖으로 뛰쳐나가 절굿공이를 휘둘러대며 고함을 질렀다.

"야, 이놈들아아아, 네놈들은 피난도 안 가고 뭐 하고 자빠졌다냐!"

그렇게 용감무쌍했던 당시 열여덟 살의 순녀는, 그러나 불행히도 초저녁잠이 너무 많았다. 이내가 깔릴 무렵부터 팔에 절굿공이를 끼고 까무룩 까무룩 졸기 시작한 순녀는, 아침마다 절굿공이를 베고 누워 있는 자신을 발견하곤 소스라치게 놀라 자리에서 일어났다. 허겁지겁 감자밭으로 뛰어나가보면 어지럽게 파헤쳐진 이랑 사이로 채 굳지 않은 멧돼지 똥만 지천으로 널려 있었다.

하지만 그녀는 실망하지 않았다. 이랑을 다시 만들고 멧돼지 똥을 모아 거름을 만들고, 동네 빈집을 돌아다니며 걷어온 시퍼런 식칼들을 감자밭 주위에 창날처럼 꽂아두었다. 그러다 다시 어스름이 찾아오면 절굿공이를 팔에 낀 채 잠이 들었고.

그러던 어느 날 밤. 평소와 마찬가지로 천막 안에서 절굿공이를 죽부인 삼아 졸고 있던 그녀는 사방에서 울려퍼지는 거칠고 묵직한 쇳소리에 놀라 잠에서 깨어났다. 난생처음 듣는 기괴하고 소름 끼치는 소리였다. 소리가 점점 가까워질수록 그녀가 깔고 앉아 있던 멍석이 요동쳤고, 그녀의 연약한 씨감자들을 감싸고 있던 두두룩한 흙과 거름이 부르르, 고랑께로 떠밀려나가는 것이 느껴졌다.

그녀는 두 손으로 머리를 감싸 안고 허리를 무릎께로 잔뜩 구부렸다. 그녀는 생각했다. 멧돼지란 놈들이 떼로 몰려오는구나, 저놈들이 배를 곯더니 저리 사납게 이빨을 갈아대는구나, 아이고, 어쩌나 내 감자밭……. 순녀는 한쪽 구석에 떨어진 절굿공이를 집었다 놓고, 다시 움켜쥐었다 놓기를 반복했다. 그것이 그녀가 할 수 있는 일의 전부였다.

쇳소리가 어느 정도 잦아들자 이번엔 산짐승들의 어지러운 울음소리가 들려오기 시작했다. 그녀는 양손으로 귀를 막고 마치 절하는 듯한 자세로 엎드렸다. 숨소리를 내지 않으려 여벌로 갖다놓았던 치마저고리로 자신의 입을 틀어막기도 했다. 얼마나 굶주렸기에 저것들이 저리 울어대노, 감자알이 실하지 못하다고 성질을 부리나? 그런데 왜 감자알이 실하지 못할까? 멧돼지 똥으로 거름을 써서 그러나? 그녀는 입을 틀어막은 상태에서도 오직 감자에 대한 생각뿐이었다.

얼마나 그러고 있었을까? 쇳소리도 차츰 멀어져갔고, 짐승들의 울음소리도 희미해져갔다. 하지만 그녀는 엉덩이를 천막 입구 쪽으로 바짝 치켜세운 상태 그대로, 옴쭉도 하지 않고 엎드려 있었다.

 사위가 고요해지자 그녀는 그제야 천막 입구를 향해 천천히 고개를 돌렸다. 그리고 바로 그때, 그녀는 천막 안을 들춰보던 검은 소와 정면으로 눈이 마주치고 말았다. 그녀는 똑똑히 보았다. 어둠보다 더 짙은 낯빛 때문에 유난히 더 동그랗고 맑게 보이는 흰자위와 뿜어져나오자마자 물안개처럼 천막 안을 휘감던 회색빛의 입김을. 갓 짜낸 콩기름을 흠뻑 뒤집어쓴 듯한 번드르르한 두상과 그 위로 엉겅퀴처럼 성깃성깃 돋아나 있는 검은 털들을…….

 순녀는 한동안 굳은 듯 검은 소의 눈을 빤히 바라보았다. 저것이 짐승인가, 가축인가, 그도 아니면 헛것인가? 열여덟의 용감무쌍했던 순녀는 바로 그 순간에도 저놈 등 위에 쟁깃줄을 잇고 감자밭을 갈면 얼마나 좋을까, 보습 날에 깎여 나오는 쟁깃밥이 얼마나 실할까, 하는 생각을 했다. 천막 안으로 반쯤 디밀어진 검은 소의 어깨와 두상은 그만큼 탄탄하고 장대한 것이었다. 하지만 그런 생각도 잠깐, 검은 소의 울룩불룩한 한쪽 발이 천막 안으로 불쑥 디더지자 그녀는 황급히 고개를 돌려 다시 명석 위에 머리를 조아렸다. 그 바람에 그녀의 엉덩이가 조금 더 위로 추켜올라가고 말았다. 머리 앞엔 절굿공이가 모로 누워 있었지만 그녀는 그것을 집을 엄두도 내지 못했다. 그녀는 열여덟 살이었다. 감자밭에 대해서만 용감무쌍했을 뿐, 정작 자기 자신에게 닥친 위기와 위협에는 엉덩이를 추켜올리고 바닥에 엎드리는 것이 전부였던 어린 처녀.

검은 소는 천천히 그녀의 종아리 근처로 다가왔다. 거친 숨소리와 토해져 나온 더운 입김이 그녀의 종아리에 좁쌀만 한 소름을 만들어냈다. 검은 소는 한동안 그녀의 뒷모습을 바라보고 있다가 이내 두 앞발을 세워 순녀의 검은 광목 치마를 허리까지 감아올렸다. 그러자 여러 날 빨지 않아 누리끼리해진 그녀의 고쟁이가 온전히 그 모습을 드러냈다. 동시에 오래된 간장 냄새와 땀 냄새가 천막 안에 진동했다. 그녀는 걷어 올려진 치마보다도 자신의 몸에서 나는 냄새가 더 창피스러웠다. 마지막으로 목욕을 한 게 언제인지도 가물가물했다. 그녀는 걷어 올려진 치마를 다시 내리기 위해 허리를 이리저리 비틀어댔다. 손을 이용하고 싶었지만, 머리 위에 단단히 깍지 낀 두 손은 좀처럼 풀어지지가 않았다. 그저 허리를 좌우로 흔들어대는 것만이 부끄러움을 이겨내는 최선의 방법이었다. 하지만 그럴수록 냄새는 더욱더 심해져만 갔고, 괜스레 고쟁이와 그 안에 받쳐 입은 속곳만 엉덩이 아래로 한 뼘쯤 더 흘러내리는, 순녀가 결코 원치 않았던 상황을 초래하고 말았다.

검은 소는 두툼한 입술로 그녀의 냄새나는 고쟁이와 속곳을 천천히 벗겨나갔다. 촛농처럼 뜨겁고 끈끈한 침이 그녀의 엉덩이 굴곡을 타고 흘러내렸다. 그녀는 온몸의 맥이 노글노글 풀리는 듯한 기운에 사로잡혔지만, 그 기운이 무엇인지는 명확히 알 수 없었다. 그저 이를 앙다문 채 깍지 낀 양손에 힘을 주었을 뿐이었다. 그리고 차츰 혼미해지는 정신과 두려움에서 벗어나고자 호미로 감자알을 캐내는 자신의 미래를 상상했다. 뿌리마다 가득 달려 나오는 어린아이 주먹만큼이나 토실토실한 감자알들을…….

검은 소가 그녀의 등 위로 올라탔지만, 순녀는 오직 감자 생각에만 골몰했다. 알이 굵은 것들은 쪄서 먹고, 곯고 상한 것들은 화롯불에 구워 먹어야지……. 너무 일찍 항아리에 쟁여놓으면 싹이 틀지도 몰라. 큰아버지네 안방에다 널어놓아야지……. 검은 소의 입김은 그녀의 등 뒤를 타고 올라와 귓불 근처에서 맴돌았다. 그녀는 감자 생각을 놓지 않으려 큰 목소리로 빠르게 중얼거리기 시작했다.

"알이 굵은 것은…… 쪄서 먹고…… 곯고 상한 것은…… 화롯불에 구워 먹어야지……."

그녀의 목소리가 커지면 커질수록 검은 소의 움직임은 더욱더 빨라져만 갔다. 엉덩이에서부터 뒤통수까지 신작로가 뚫리고, 그 길을 통해 자신의 머릿속 뇌수가 줄줄 새나가는 것만 같았다. 그녀는 정신을 잃지 않기 위해 더욱더 빠르게 중얼거렸다. 자신이 무엇을 웅얼거리는지조차 알지 못한 채.

"쟁기로…… 감자밭을…… 갈아서…… 씨감자를 묻

고…… 땅속…… 깊이…… 씨감자를……."

그러다 그녀는 끝내 정신을 잃고 말았다. 정신을 잃기 바로 직전, 그녀는 검은 소의 울음소리를 들었다. 그것은 너무도 슬프고 여린, 사람의 울음소리를 닮아 있었다.

4

큰아버지가 피난에서 돌아왔을 때, 순녀는 이미 만삭의 몸이었다. 안방에는 굵은 감자알들이 굴러다니고 있었다. 큰아버지가 순녀에게 물었다.

"누가 너를 이 지경으로 만들었느냐? 북쪽이냐, 남쪽이냐?"

순녀는 씨감자들을 작은 항아리에 옮겨 담으며 아무렇지도 않게 대답했다.

"소요, 검은 소가 그랬어요."

큰아버지네 식구들 중 그 누구도 순녀의 말을 믿으려 하지 않았다. 그저 북이나 남이냐, 만을 집요하게 따져 물었을 뿐이었다. 사촌들은 소련군이나 터키군을 의심하기도 했다. 하지만 순녀는 완강했다.

"사람은 등 뒤에서 그 짓을 못하잖아요. 그건 네 발 달린 짐승들이나 하는 짓이죠. 내 말이 틀린가요?"

순녀의 말에 큰어머니는 얼굴을 붉혔고, 큰아버지 또한 더 이상 아무것도 묻지 않았다.

큰아버지는 순녀의 하얀 천막이 있던 곳에 작은 초가를 한 채 지어주었다. 전세(戰勢)가 역전되자 마을 사람들이 하나 둘 피난지에서 되돌아오고 있었다. 큰아버지는 순녀에게 당부했다.

"이 집을 벗어나지 말거라. 마을로 내려오지 말라는 얘기야. 감자밭은 네가 일궈 먹어도 괜찮을 거다. 몸을 풀고 나면 암송아지도 한 마리 사주마."

순녀는 큰아버지 말에 고분고분 따랐다. 감자밭과 그 밭을 일굴 암소 한 마리만 있다면 굳이 마을로 내려갈 필요는 없을 것 같았다. 순녀는 동짓달부터 미리 감자밭 주위의 자갈을 골라내며 내년 농사를 준비했다. 때때로 태어날 아이 걱정을 하기도 했다. 그때마다 순녀는 감자밭으로 나가 언 흙을 두들겨보거나 서리 맞은 엉겅퀴의 우듬지를 뜯어냈다. 머리에 뿔을 달고 나와도 상관없어. 아버지를 닮았으면 순할 테니까……. 아이가 크면 감자 농사부터 가르쳐야지. 아버지를 닮았으면 힘이 좋을 거야. 둘이 함께 거름을 나르면 저쪽 뒷동산 기슭까지 감자밭으로 만들 수 있을 거야. 아가야, 함께 감자밭을 넓혀가자꾸나. 알이 굵은 것은 쪄서 먹고, 곯고 상한 것은 화롯불에 구워먹자꾸나. 순녀는 밤하늘 별이 떠오를 때까지 감자밭 주위를 서성거리며 반달처럼 부푼 자신의 배를 어루만졌다.

순녀가 아이를 낳은 것은 전쟁이 끝나기 아홉 달 전의 일이었다. 저녁나절, 식칼을 빌리러 순녀의 집에 들렀던 사촌 언니는(동네엔 식칼이 하나도 남아 있지 않았다) 다시 집으로 내려가 삼신끈과 가위를 들고 올라왔다. 순녀는 문고리에 묶은 삼신끈을 바투 잡은 후, 사촌 언니를 방 밖으로 내보냈다. 그녀는, 아이의 모습이 온전치 못해도 자신의 손으로 키울 결심을 했다. 그러자면 사촌 언니가 아이의 모습을 보면 안 되었다. 그나마 감자밭 근처에 살게 해주었던 큰아버지가 또 어디 먼 곳으로 보내버릴지도 모를 일이었으니까…….

산통은 그리 심하지 않았다. 아이의 머리가 음부 사이로 빠져나오기 시작했을 때, 으읍, 소리 한 번 낸 것이 전부였다. 순녀는 아이와 자신을 이어주는 탯줄을 자르기도 전에 그을음이 나는 등잔불 옆으로 아이를 데리고 갔다. 그러곤 아이의 발목을 쥐고 몸 이곳저곳을 살펴보았다. 손가락과 발가락은 다섯 개씩 모두 온전했다. 엉덩이에 꼬리도 없었고, 이마에 뿔이 달리지도 않았다. 다행히 아이에게서 아버지의 모습은 찾아볼 수 없었다. 순녀는 긴 한숨을 한 번 내뱉은 후 아이의 엉덩이를 소리나게 때렸다. 그러나 아이는 울지 않았다. 순녀는 조금 세게 아이의 엉덩이를 때렸다. 철썩, 철썩. 그제야 아이는 작은 소리로 울기 시작했다. 방 밖에서 식칼을 들고 서 있던 사촌 언니가 뛰어들어왔다. 그러곤 아이를 들어올리고서 소리쳤다.

"사내애야, 사내애! 까무잡잡하게 생긴 사내애!"

5

큰아버지는 아이의 이름을 황우석(黃牛石)이라고 지어주었다. 그리고 약속대로 일 년 뒤 누런 암송아지 한 마리를 사주었다. 순녀는 그 암송아지를 우석이와 함께 같은 방에서 키웠다. 그녀는 그것이 우석이 아버지에 대한 작은 예의라고 생각했다.

우석이는 별 탈 없이 잘 자라났다. 몇 번 암송아지의 여물을 뺏어 먹다 사레가 들리기도 하고, 꼬리를 잡아채다 뒷다리에 걷어채기도 했지만, 큰 병을 앓거나 뒤늦게 꼬리가 자라나는 일은 벌어지지 않았다. 다만 아이가 만 두 살이 다 되도록 엄마, 라는 말을 하지 않는다는 것과 두 발로 걷지 못하고 온종일 방바닥과 툇마루를 기어 다닌다는 것, 그것이 문제라면 문제였다.

언젠가 사촌 언니가 그런 우석이를 보며 걱정스러운 얼굴로 말했다.

"얘가 왜 이렇게 늦되지? 뭐 잘못된 거, 아니야? 이러다

걷지도 못하는 앉은뱅이가 되면 어쩌지?"

하지만 순녀는 무덤덤했다.

"잘못된 거 하나 없어. 그냥 피를 이어받은 거지. 감자 농사 짓는 덴 아무 문제 없어. 뼈가 아주 굵은 애거든."

순녀는 우석이에 대해 아무런 걱정도 하지 않았다. 말을 못해도 상관없단다, 아가야. 네 큰 눈망울을 보면 엄마는 네가 무슨 말을 하려는지 다 알 수 있거든…… 걷지 못해도 상관없단다, 아가야. 네 탄탄한 두 팔로 감자밭을 기어 다니면 되지, 엄마는 아무렇지도 않단다…….

순녀는 우석이를 품에 안고 잘 때마다 그렇게 중얼거렸다. 암송아지는 방 윗목에 누워 연신 큰 눈을 슴벅거리며 그들 모자를 멀거니 지켜보았다.

순녀와 우석이, 그리고 암송아지 사이에는 아무런 문제도 일어나지 않았다. 그들은 평온했고, 조용했다. 감자순 또한 자고 일어날 때마다 소리 없이 자라나 있었고, 때가 되면 꽃을 피웠다. 가끔 놀러 오던 사촌 언니마저 대처로 시집가고 난 뒤부터는 그 누구도 그들을 찾아오지 않았다. 봄과 여름과 가을과 겨울만이 그들을 찾아왔다 떠나갈 뿐, 세상은, 그들의 감자밭은, 고요하고 적막한 시간 속에 말없이 누워 있었다.

6

 문제가 생긴 것은 우석이가 만 네 살 되던 해 봄, 순녀의 집 뒷동산 너머에 군부대가 주둔하기 시작하면서부터였다. 그 모든 것은 순식간에, 순녀가 미처 손을 쓰기도 전에 일어났다. 맨 처음, 순녀의 집 뒷동산 오른쪽 고욤나무에서부터 왼쪽 끝 산벚나무까지 둥근 철조망이 반원을 그리며 촘촘히 쳐지더니, 얼마 지나지 않아 낯선 군인 몇 명이 커다란 망치를 들고 나타났다. 그러곤 이곳저곳 돌아다니며 '군사 보호 지역'이란 하얀 푯말을 박아대기 시작했다. 그들이 다녀간 지 이틀 후, 벽돌을 잔뜩 실은 트럭들이 예닐곱 차례 드나드는가 싶더니, 며칠 뒤 투박하고 길쭉한 막사가 하나 둘 들어서기 시작했다. 곧이어 깃발을 앞세운 군인들이 떼로 몰려들었고, 거대한 확성기가 순녀의 집 바로 뒤편에 설치되었다. 여명이 밝기도 전에 확성기에선 시끄러운 나팔 소리가 울려퍼졌고, 나팔 소리가 울려퍼지자마자 군인들은 웃통을 모조리 벗어던지고 고함을 내지르며 순녀의 감자밭 주위를 뛰어다녔다. 한낮에는 느닷없이 총소리가 울려퍼져 누렁이(송아지는 그새 다 자라 듬직한 암소가 되어 있었다. 순녀는 그 암소를 누렁이라 불렀다)를 날뛰게 만들었고, 늦은 밤에는 구슬픈 나팔 소리가 흘러나와 순녀의 꿈자리를 뒤숭숭하게 만들었다.

 참다못한 순녀는 우석이와 누렁이를 데리고 군부대 정문 앞으로 찾아갔다. 정문 앞에는 일병 계급장을 단 젊은 군인 한 명이 경계총 자세로 서 있었다. 순녀가 말했다.

 "언제까지 여기 있을 거죠?"

 군인은 부동자세를 풀지 않은 채 슬쩍 시선만 순녀 쪽으로 보냈다. 순녀는 계속 앞으로 걸어 나가려는 누렁이의 고삐를 움켜쥐고 재차 물었다.

 "며칠이나 더 있을 거냐고요?"

 "저…… 말이십니까?"

 젊은 군인은 그제야 순녀 쪽으로 몸을 틀었다.

 "아니요. 전부 다요."

 "……?"

 "여기는 내가 우리 아들과 함께 예전부터 감자밭을 만들기로 약속한 곳이란 말이에요. 내가 그동안 틈틈이 거름도 다 뿌려놓은 곳이고요. 댁들이 빨리 나가야 흙을 고르든 이랑을 만들든 할 거 아니에요."

 "어디 말씀이십니까? 여기 말입니까? 여기, 우리 부대 안을 말씀하시는 겁니까?"

 젊은 군인은 손가락으로 자신이 밟고 있는 땅을 가리키며 물었다. 그러곤 잠깐 순녀와 우석이, 누렁이를 번갈아가며 바라보았다. 우석이는 순녀의 등에 업힌 채 군인과 눈을 맞추었고, 누렁이는 길고 게으른 울음을 울었다. 젊은 군인은 잠시 막사 쪽을 한번 살펴보더니 좀 전과 달리 신경질적인 목소리로 말했다.

"아줌마, 여기엔 감자밭을 만들 수 없어요. 돌아가세요. 우린 이사 안 갑니다."

"왜죠? 여긴 내가 아주 오래 전부터 공을 들인 곳이란 말이에요. 주인도 없는 자갈투성이 땅이었단 말이에요."

순녀는 쉽게 물러서지 않았다. 예전, 멧돼지에 맞서 절굿공이를 휘둘렀던 순녀의 기백이 다시금 되살아났다.

"여긴 국가에서 군인들만 살게 지정해준 국유지란 말입니다. 알겠습니까, 국유지!"

"그게 무슨 말이에요? 여긴 내가 태어날 때부터 지금까지 아무도 살지 않은 땅이에요! 여긴 국가가 한 번도 살지 않은 땅이란 말이에욧!"

젊은 군인은 잠시, 순녀가 불순 용공 세력이 아닐까, 의심했다. 대대 운용본부에 보고해야 하지 않을까, 고민하기도 했다. 그러나 이내 생각을 고쳐먹었다. 아이를 둘러업고 암소를 끌고 다니는 불순 용공 세력이란 세상 어디에도 존재하지 않을 것 같았다. 괜스레 보고했다가 욕만 얻어먹기 십상이지…….

젊은 군인은 순녀와 우석이, 그리고 누렁이를 쫓아냈다. 순녀가 꼼짝 않고 버티자 누렁이 엉덩이를 캘빈 소총 개머리판으로 내리쳐 그 자리에서 날뛰게 만들었다. 누렁이가 날뛰자 우석이 또한 자지러지게 울기 시작했다. 순녀는 어쩔 수 없이 되돌아올 수밖에 없었다.

그날 이후, 순녀는 총 스물여섯 차례나 부대 정문 앞을 찾아가 위병과 실랑이를 벌였다. 갈 때마다 위병이 바뀌어 있어서 순녀는 매번 자신이 찾아온 이유를 설명해야만 했다. 빨리 이사를 가라, 못 간다, 지금 파종하지 않으면 올해 감자 농사는 망친다, 저쪽 당신 밭에다 씨감자를 심으면 되지 않느냐, 아줌마가 이렇게 나오면 저쪽 밭도 장담 못 한다, 식구가 늘어서 밭이 더 필요하다, 그건 우리가 알 바 아니다, 도대체 국가가 누구냐, 국가는 제일 신성하고 높은 것이다, 그렇게 신성한 것이 어찌 그리 자주 피난을 가버리느냐, 당신 지금 국가를 모독하는 거냐, 멧돼지도 피난 한 번 안 갔다, 이 아줌마가 정말……

순녀는 쉽게 물러서지 않았다. 위병들은 늘 대대 본부에 보고할 것인가, 말 것인가에 대해 궁리하다가, 그냥 캘빈 소총으로 애꿎은 누렁이의 엉덩이만 내리쳤을 뿐이었다.

순녀가 정문 앞 위병들과 실랑이를 그만둔 것은 오로지 씨감자의 파종 시기 때문이었다. 밭을 늘릴 작정으로 평소보다 세 배가량 더 준비해두었던 씨감자들의 눈에 하나 둘 싹이 트기 시작했다. 순녀는 그런 씨감자들을 볼 때마다 가슴이 조마조마해졌고 애가 탔다. 말싸움만 하면서 하염없이 기다릴 순 없는 노릇이었다. 겨우내 얼었던 땅이 녹으면서 사위는 완연한 암갈색으로 변해가고 있었다. 이곳저곳에서 아지랑이가 피어올랐고 길 잃은 지렁이가 순녀의 찢어진 고무신 뒤축 사이로 기어들어왔다. 순녀는 방 한편에 모아둔 씨감자들과 우석이의 얼굴을 번갈아가며 바라보다 길고 무거운 한숨을 내쉬었다.

그러던 사월 중순 어느 날(이틀 동안 내리던 봄비가 그친, 볕 좋고 따스한 날이었다), 순녀는 우석이를 둘러업고 누렁이의 고삐를 짧게 쥔 채 집을 나섰다. 누렁이의 등 위엔 씨감자들을 담은 자루가 얹혀져 있었고, 순녀의 한 손엔 녹슨 호미 한 자루가 쥐어져 있었다.

순녀는 부대 철조망 담벼락을 에워 돌아가며 씨감자를 네 조각으로 나눈 후, 한 조각씩 한 조각씩 파종하기 시작했다. 손에 잡히는 씀바귀와 차전초는 알뜰하게 뽑아내고 그 자리에 조각난 씨감자를 조심조심 묻어나갔다. 두 줄로 심을 만한 여유가 있는 곳엔 두 줄로, 커다란 돌덩이가 가로막고 있는 곳엔 담벼락에서 좀더 멀찌감치, 푯말이 박힌 곳엔 푯말 바로 앞쪽으로, 순녀는 허리 한 번 펴지 않고 씨감자를 묻고 또 묻어나갔다. 손톱 끝이 아려오고 등 뒤에선 우석이가 쉴 새 없이 칭얼거렸지만, 순녀는 씨감자 파종을 멈추지 않았다. 부동자세를 취한 채 곁눈질로 순녀를 바라보던 위병들은 별다른 제지를 하지 않았다. 그들 눈에 순녀는, 그저 봄

나물을 캐러 나온 순진한 아낙네에 불과했다.

파종을 시작한 지 닷새째 되던 날, 드디어 누렁이의 등에 얹혀 있던 씨감자들이 모두 본래의 고향인 땅으로 되돌아갔다. 순녀는 호미 든 손으로 허리를 짚고 몸을 일으켰다. 그러곤 우석이에게 젖을 물리며 군부대 철조망 담벼락을 바라보았다.

"아가야, 걱정할 것 하나 없단다. 엄마가 심은 감자 줄기가 땅 밑으로 쭉쭉 뻗어나갈 거야. 국가란 놈이 암만 땅 위에서 설친다고 해도 땅 밑은 여전히 우리 감자밭이란다……."

7

순녀의 씨감자들이 부대 밑 땅속에서 쭉쭉 줄기를 뻗어나가고 있을 때쯤, 지상에선 우석이가 제 몸피를 늘리며 쑥쑥 자라나고 있었다. 젖을 떼는가 싶더니 어느새 제 손으로 감자 껍질을 깠고, 만 네 살이 지나면서부터는 사촌 언니의 우려와 달리 사립문 옆 화장실 부춛돌 위에 두 발로 앙가조촘 서서 일을 보기 시작했다. 다섯 살이 넘어서는 일어나 걸어 다니기 시작했고(하지만 여전히 걷는 속도보단 기는 속도가 더 빨랐고, 그게 더 편해 보였다), 그리 발음이 정확하진 않앉지만 '어마, 어마' 소리를 내며 순녀를 부르기도 했다.

우석이가 아홉 살 되던 해엔 면서기라는 사람이 그들 모자의 집을 처음으로 방문하기도 했다.

"거, 군인들한테 들으니까 이 집에 아이가 한 명 있다던데, 앤가?"

면서기는 철끈으로 질끈 묶은 서류 뭉치를 뒤적거리면서 우석이를 힐끗 내려다보았다.

"애가 크네. 올해 몇이야?"

"아홉 살인데, 왜 그러시죠?"

순녀는 우석이를 등 뒤로 숨기며 되물었다.

"왜 그러긴. 애가 컸으면 학교엘 보내야지. 뭘 좀 가르쳐야 할 거 아니야? 허, 거참 이상하네……. 왜 얘만 서류에 없는 거지?"

"얘가 배워야 할 건 제가 다 가르칠 수 있는데요. 제가 밭으로 데리고 나가서 하나하나 천천히 가르쳐주면 돼요."

면서기는 잠시 순녀를 바라보다가 이내 다시 서류 뭉치로 눈을 돌리며 퉁명스럽게 말했다.

"군인들 말 그대로일세. 이것 봐, 젊은 엄마. 그게 의무야, 세상 모든 부모의 의무라고. 아무리 이런 외진 곳에 처박혀 산다 해도 뭘 좀 알고 애를 키워야지. 아, 근데 애 입학 통지서는 도대체 어디로 간 거야!"

면서기는 순녀 앞에서 한참을 더 서류 뭉치를 훑어보다가 결국 입학 통지서를 건네지 못한 채 되돌아갔다. 나중에 따로 입학 통지서를 보낼 테니 그땐 꼭 학교에 보내야 한다고, 그렇지 않으면 순녀가 고발된다는 말도 덧붙였다. 하지만 면서기의 말과는 달리 그후 몇 년이 지나도록 우석이의 입학 통지서는 배달되지 않았다. 순녀는 아들을 밭으로 데리고 나가 하나하나 천천히, 감자순과 잡초를 구분하는 법부터 가르치기 시작했다.

군부대는 그때까지도 이사 가지 않고 굳건히 제자리를 지키고 있었다. 순녀는 해마다 군부대 주위를 하얀 감자꽃으로 포위해가며 위협을 가했지만, 군부대 담벼락은 꿈쩍도 하지 않았다. 수확도 신통치가 못했다. 보름에 한 번꼴로 부대 담벼락을 돌며 김을 매고 솎음을 해주고 북을 돋우어주었지만, 결과는 늘 마찬가지였다. 알이 굵어질까 싶어 꽃이 피기 무섭게 꽃대도 따주고, 품종도 난곡 1호에서 2호로 바꾸어보았지만, 언제나 잘고 속 빈 감자들이 달려나왔다. 순녀는 그 모든 것이 다 땅의 기운이 빠져나갔기 때문이라고 생각했다. 군인들 총부리에서 퍼져나온 쇠 기운이 땅의 기운을 모두 앗아가서 그런 것이라고(그녀는 거름을 만들어 부대 담벼락 주위에 뿌려보기도 했다. 그 때문에 순녀는 또 한번 군인들과 실랑이를 벌여야만 했다. 군인들은 순녀의 그런 행동이 심각한 국가 모독죄에 해당된다고 위협했다)……. 하지만 순녀는 실망하지 않고 해마다 군부대 주위에 씨감자를 묻고 김을 매주었다. 자신의 감자 줄기가 군부대 땅 밑에서 서로 뒤엉켜, 막사 벽돌에 균열을 일으키고 건물 주춧돌을 뒤흔들어 머지않아 군인들 모두가 이곳을 떠나게 될 것이라는 희망을 잃지 않았다. 설령 자기가 그 일을 해내지 못하면 우석이가 꼭 이뤄내고 말 것이라고……. 언젠가 또 시간이 흘러 국가가 피난을 떠난다면 그 빈자리에 우석이가 하얗고 탐스러운 감자꽃을 지천으로 피게 만들 것이라고…….

8

또다시 더딘 시간이 흘러갔다. 정문을 지키던 위병들은 모두 제대를 하여 고향으로 되돌아갔고, 그 자리를 다시 어린 신병들이 채워나갔다. 부대 막사 뒤로 새로 각개 전투장이 지어지는 바람에 담벼락이 조금 더 늘어났고, 폐타이어를 덕지덕지 붙인 망루와 초소가 철조망 사이사이에 지어졌다.

우석이는 소나무처럼 자라 어느새 열두 살이 되어 있었다. 키도 순녀보다 한 뼘쯤 더 커졌고, 어깨도 더 넓어졌다. 금방이라도 자잘한 땀방울들이 송골송골 맺힐 것 같은 구릿빛 피부와 굵게 쌍꺼풀진 눈매 때문에 더욱더 순해 보이는 눈망울, 그리고 완고한 턱선과 두툼한 입술을 가진, 잔병치레 한 번 치르지 않은 건강한 소년으로 자라났다. 이미 아홉 살 때부터 순녀와 함께 감자 농사를 짓기 시작한 우석이는, 해가 뜰 때부터 달이 뜰 때까지, 제비가 찾아왔다 다시 돌아갈 때까지, 순녀와 누렁이와 함께 감자밭에서 밥을 먹고 감자밭에서 낮잠을 잤으며, 감자밭에서 오줌을 누었다. 봄이 되면 순녀를 따라 군부대 담벼락 주위에 씨감자를 심었으며 중간중간 커다란 돌덩이가 나올 때마다 혼자 힘으로 뿌리째 캐내어 어머니의 길을 터주었다. 김을 매는 손은 맵고 꼼꼼했으며, 순녀가 세 끼 내내 내놓는 감자 음식(그러니까 삶은 감자, 구운 감자, 감자전, 감자떡, 감자수제비, 감자무침)에도 군소리 한 번 없이 제 그릇을 비웠다.

하지만 우석이는 그때까지도 두 발로 걷는 것보다 두 팔과 무릎으로 기어 다니는 시간이 더 많았다. 집 안에선 방과 툇마루, 그리고 부엌 사이를 두 발로 잘 걸어 다녔지만, 감자밭에만 나가면 두 손과 무릎을 땅에 붙이고 이랑과 이랑 사이를 기어 다녔던 것이다. 순녀는 그런 우석이를 나무라지 않았다. 그녀는 그것이 우석이의 운명이라고 생각했다. 단지 아버지의 걸음걸이를 이어받은 것뿐이라고.

우석이는 말도 여전히 '어마, 어마' 하는 게 전부였다. 그 말도 이틀에 한 번, 혹은 일주일에 한 번꼴로 드물게 했다. 순녀는 언제나 우석이의 눈망울을 보고 말했고, 우석이의 눈망울을 보고 무슨 말인지를 알아들었다. 그녀는 답답해하지도, 쓸쓸해하지도 않았다. 오히려 우석이 너무 많은 말을 하고, 너무 많은 것을 묻는다고 생각했다.

그해 구월엔 순녀가 농사를 짓기 시작한 이래로 가장 많은 감자들이 땅에서 태어났다. 슬쩍 줄기만 당겨도 예닐곱 개의 씨알 굵은 감자들이 앞 다투어 말간 알몸을 드러낸 채 탯줄 같은 뿌리에서 떨어지지 않으려 버둥거렸다. 이미 땅속에서부터 탯줄을 놓친 감자들은 흙을 양수 삼아 이곳저곳 유영하다 순녀와 우석이의 손에 조심스레 제 몸을 맡겨왔다. 어디를 파나 흙 반 감자 반이었다. 밤엔 비가 내렸고 아침엔 구름이 끼었다. 흙은 제 스스로 옷고름을 풀고 보드라운 속살을 맡겨왔다. 순녀와 우석이는 호미질을 하지 않고 오직 두 손만으로 감자를 캐내었다. 방과 부엌 벽면은 온통 감자 가마니로 가득 채워졌고, 그것으로도 모자라 부엌 뒤편에 따로 토방(土房)을 만들어야 할 정도였다.

"여긴 에미들의 방이구나. 여기서 한겨울 잘 나야 씨감자가 되는 거란다."

순녀는 밭에서 돌아올 때마다 토방 가득 채워진 감자들을 토닥거리며 말을 건넸다. 그럴 때마다 순녀는 가슴 한편이 따뜻해지고 훈훈해져오는 것을 느꼈다.

겨울엔 순녀의 집안에 뜻하지 않은 한 가지 우환이 찾아왔다. 감자 걷이 때부터 굵은 눈곱이 끼고 시름시름 힘을 못

쓰던 누렁이가 동짓날을 닷새 남기고 기어이 자리보전을 하고 누워버린 것이었다. 순녀와 우석이는 방 아랫목을 누렁이에게 양보하고 군불을 지피고 여물을 쑤었지만, 누렁이의 병세엔 별다른 차도가 보이질 않았다. 우석이는 하루 종일 누렁이의 곁을 떠나지 않고 얼굴을 맞댄 채 두 눈을 끔벅거리기만 했다. 가끔씩 고개를 끄덕이며 누렁이의 목덜미를 매만져주기도 했다. 순녀는 자신의 감자죽을 누렁이의 입에 떠 넣어주었지만, 누렁이는 멀건 감자죽마저도 목구멍 안으로 제대로 삼키지 못했고, 하루가 다르게 말라갔다. 보다 못한 순녀가 수년 만에 처음으로 읍내에까지 나가 누렁이의 약을 구하려 노력했지만, 결국 빈손으로 되돌아오고 말았다. 읍내 사람들은 순녀에게 주로, "몇 근이나 나가는데?" 하고 되물을 뿐이었다. 순녀가 집으로 돌아왔을 때 우석이는 누렁이 옆에 조용히 잠들어 있었고, 그런 우석이의 뺨을 누렁이가 찬찬히 핥아주고 있었다. 순녀는 방 안으로 들어가지 못하고 머리를 문설주에 기댄 채 한참 동안 서 있었다.

 그리고 정월 초하루를 사흘 앞둔 추운 겨울날 아침, 잠에서 깬 순녀와 우석이는 아랫목이 비어 있는 것을 발견했다. 순녀와 우석이는 직감적으로 그것이 무엇을 의미하는지 깨달았다. 그들은 서두르지 않고 천천히 옷을 챙겨 방 밖으로 나왔다. 그들은 서로 말하지 않았으며 무엇을 찾기 위해 애써 두리번거리지도 않았다. 그리고 얼마 지나지 않아 사립문에서 감자밭으로 이어진 길 옆, 순녀가 거름을 모아두기 위해 옴폭 파놓은 땅 위에, 두 눈을 감은 채 모로 누워 있는 누렁이를 발견했다. 순녀도 우석이도 울지 않았다. 그저 한동안 누렁이의 뻣뻣해진 털을 어루만져주었을 뿐이었다. 거센 바람이 몇 차례 불어오고 군부대 위병의 근무 교대가 몇 차례 더 이루어질 때까지, 그들 모자는 그렇게 누렁이 곁에 굳은 듯 서 있었다. 그리고 밤이 되자 누가 먼저랄 것도 없이 집 뒤꼍에 모아둔 거름을 누렁이 몸 위로 나르기 시작했다. 거름이 손에 묻고 매서운 겨울바람이 목덜미를 할퀴고 지나갔지만, 순녀와 우석이는 인상을 쓰지도 머뭇거리지도 않았다. 될 수 있는 한 서로의 눈을 피한 채, 묵묵히 삼태기를 져 나를 뿐이었다.

거름을 모두 옮긴 후, 순녀는 말없이 우석이를 끌어안고 누렁이의 몸 위로 올라섰다. 그러곤 읊조리듯 낮은 목소리로 말했다.

"네 아버지도 어디선가, 누군가의 감자밭에 거름이 되었을지도 모르겠구나…… 누렁이와 비슷한 생을 누렸을 테니……."

우석이는 그제야 참았던 울음을 터뜨렸다. 그 소리는 예전 순녀가 들었던, 여리고 슬픈 아비의 울음소리를 닮아 있었다.

9

 다시 봄이 되었지만 순녀와 우석이는 씨감자를 파종하지 못한 채 시간을 흘려보내고 있었다. 근 이십 년 만에 찾아온 한파로 춘삼월에도 폭설이 내리는, 봄 같지 않은 봄날이 연일 이어졌다. 밭은 돌덩이처럼 딱딱했고 바람은 시퍼렇게 날을 세운 채 대기를 떠돌아다녔다. 토방에 쌓아둔 씨감자들의 눈에선 하루가 다르게 푸릇한 기운이 느껴졌고, 군데군데 푸른곰팡이가 피어오르기 시작했다.

 순녀와 우석이는 이른 아침부터 쇠스랑과 화가래를 들고 감자밭으로 나갔지만 좀처럼 이랑과 고랑을 만들어내지 못했다. 쉬지 않고 부지런히 화가래를 놀렸지만, 돌아보면 예년에 비해 턱없이 얕고 비좁은 골을 이룬 이랑들이 초라하고 어색한 자세로 누워 있었다. 순녀는 매일 아침 토방에 들어가 썩은 감자들을 골라내며 깊은 한숨을 내쉬었다. 씨감자들이 어미가 되지 못하고 처녀로 늙어가는 것이 모두 자신의 탓만 같아, 마음이 아프고 애잔해졌다. 누렁이만 있었더라도…… 순녀는 입버릇처럼 그렇게 중얼거렸다. 그러다 다시 마음을 다잡아 화가래를 쥐고 밭으로 뛰어나갔지만, 결과는 언제나 마찬가지였다. 화가래와 쇠스랑으로는 밭 이곳저곳에 생채기만 낼 뿐, 허방 같은 골짜기는 만들어내지 못했다. 그렇다고 생채기에 씨감자를 심을 수도 없는 일…… 시간이 흐를수록 순녀의 마음은 무거워져만 갔다.

그러던 어느 날 아침, 토방에서 상한 씨감자들을 골라 부엌으로 힘겹게 걸어 나오던 순녀는, 마당 한가운데 마치 큰절하듯 엎드려 있는 우석이를 발견했다. 그리고 무춤, 그 자리에 멈춰 서고 말았다. 엎드려 있는 우석이의 어깨엔 예전 누렁이의 등 위에 있던 쟁깃줄이, 굵고 거칫한 짚으로 얼기설기 엮은 쟁깃줄이, 단단하게 묶여 있었다. 그리고 그뒤로 겨우내 쓰지 않아 녹이 슨, 그러나 여전히 날카롭고 묵직해 보이는 보습과 한마루가 아무렇게나 누워 있었다. 누렁이가 다시 살아 돌아온 듯, 순녀의 마음속 저편에서 쨍, 하며 돌부리에 보습 날 부딪히는 소리가 들려왔다.

순녀는 한동안 말없이 우석이를 바라보았다. 그리고 천천히 우석이에게 다가갔다. 우석이는 예전 누렁이가 그랬던 것처럼 한 손을 땅에 디딘 채 연신 흙을 파헤쳤다 다시 덮기를 반복하고 있었다.

"네가 할 작정이니……?"

순녀의 말에 우석이는 무표정한 얼굴로 두 눈을 끔벅였다.

"누렁이도 다 큰 다음에야 쟁기질을 한 거란다……."

사립문 옆 상수리나무 위에선 까치가 시끄럽게 울어댔고, 군부대에선 오전 일과를 알리는 나팔 소리가 들려왔다. 우석이는 순녀에게서 고개를 돌렸다. 순녀는 그런 우석이의 등을 잠시 바라보다가 다시 시선을 돌려 감자밭 너머 군부대 망루를 멀거니 쳐다보았다. 망루 위에선 초병 두 명이 부동자세를 취한 채 순녀의 감자밭을 내려다보고 있었다.

"아가, 난 언젠가 이런 날이 올 줄 알았단다. 넌, 네 아버지의 피를 물려받았으니까……. 하지만 이건 좀 빠르구나……."

순녀가 망설이자 우석이가 허리를 펴, 배 밑에 깔고 있던 얇은 싸리나무 가지 하나를 순녀에게 건네주었다. 그것은 예전 순녀가 누렁이의 등을 쳐 방향을 일러주던, 순녀와 누렁이의 보이지 않는 대화를 더듬거려주었던, 소경의 지팡이와도 같은, 여린 싸리나무 가지였다. 순녀가 그것을 받아들자 우석이는 뒤도 돌아보지 않고 앞으로 기어 나가기 시작했다. 그 바람에 무방비 자세로 누워 있던 보습이 땅에 끌리며 요란한 쇳소리를 냈다. 마당에 깔려 있던 자갈들도 찡강찡강 함께 쓸려가며 뿌연 먼지를 토해냈다.

순녀는 사립문을 나서는 우석이와 쟁깃날을 무연히 바라보다 시적시적 뒤따라 걸어가기 시작했다. 그리고 감자밭 입구에 이르렀을 때, 한참을 주저하다 조심스레 한마루 중간 부위를 집어 들었다. 그제야 우석이는 순녀를 향해 힐끔 뒤돌아보았다. 우석이의 얼굴은 여전히 무표정하고 무덤덤했다. 순녀는 잠시 우석이의 얼굴과 쟁기를 번갈아가며 바라보다 이내 결심한 듯 성에에 힘을 줘 감자밭 입구에 보습을 박았다. 보습은 한 자 깊이로 제대로 박혔고, 그와 동시에 한마루와 우석이의 등을 느슨하게 이어주던 줄이 팽팽하게 일어섰다. 우석이의 어깨가 조금 들썩였다.

순녀와 우석이는 그 자세 그대로 굳은 듯 움직이지 않았다. 망루 위에 있던 초병 두 명이 부동자세를 풀고 허리를 앞으로 길게 뻗어 그런 순녀와 우석이를 신기한 듯 내려다보았다. 한차례 바람이 그들의 얼굴을 훑고 지나가고, 상수리나무 위에 앉아 있던 까치가 어딘가를 향해 날아오를 때쯤, 순녀의 손에 들려 있던 싸리나무 가지가 허공을 갈랐다.

"이랴!"

순녀의 말이 떨어지기가 무섭게 우석이는 앞으로 기어 나가기 시작했다. 순녀가 잡고 있던 쟁깃날도 부르르, 떨리며 쟁깃밥을 토해냈다. 겨우내 굳어 있던 흙들이 뽀얀 목선과 풍성한 젖가슴과 잘록한 허리선을 거쳐, 깊고 검은 제 음부를 세상에 드러내며 수줍게 다리를 벌렸다. 흙은, 겉은 메마르고 거칠어 보였지만, 음부는 깊은 곳에서부터 흠뻑 젖어 있었다. 순녀는 최대한 손목에 힘을 줘 우석이의 걸음을 가볍게 해주려 노력했다. 성에에 와 닿는 우석이의 힘은 예전 누렁이의 그것과 별반 다를 게 없었다. 그것이 순녀의 마음을 편안하게 해주었다. 이 아이는 정말 제 아비를 쏙 빼닮았구나, 제 아비가 여기 숨어 있었구나……. 순녀는 다시 한 번 싸리나무 가지를 가볍게 쳐들었다.

"이랴, 자라!"

망루 위 초병들은 들고 있던 소총을 아예 폐타이어 옆에 세운 채 순녀와 우석이를 내려다보았다. 까치발까지 디디가며 감자밭에서 시선을 떼지 못했다. 순녀는 그런 초병들을 개의치 않고 더 큰 목소리로 우석이에게 말을 건넸다.

"이랴! 자라! 워, 어디디디어! 서라……! 돌아라……!"

10

그러나 순녀와 우석이의 쟁기질은 채 사흘도 가지 못해 중단되고 말았다. 사람들이, 군인들이, 순녀네 감자밭으로 떼를 지어 몰려들기 시작한 것이었다.

처음, 순녀와 우석이를 찾아온 사람은 몇 년 전에 봤던 바로 그 면서기였다. 면서기는 화난 표정으로 순녀에게 따지듯 물었다.

"이게 지금 무슨 짓이야!"

우석이는 면서기를 본체만체, 계속 앞으로만 기어 나가려 했다. 순녀가 그런 우석이를 싸리나무 가지로 달랬다. 워, 워.

"뭐가요? 또 뭐가 잘못됐죠?"

"아니, 지금 애한테 무슨 짓이냐고! 군부대에서 도 교육청으로 전화하고 난리 났잖아! 사병들이 우울해져서 근무를 못 서겠다고!"

"그게 우리하고 무슨 상관이지요? 그리고 이건 우리 아들이 원해서 하는 일이에요."

"아니 아무리 애가 원해도 그렇지, 이게 말이 돼……. 그리고 이 꼬맹이가 뭘 알아서 원한다는 거야? 야야, 꼬맹아, 너 정말 그거 하고 싶어서 하는 거야, 응? 아저씨한테 말해 봐."

면서기 물음에 우석이는 말없이 고개를 끄덕였다. 하지만 면서기는 그런 우석이를 외면한 채 가지고 온 서류 뭉치만 뒤적거렸다.

"잔말 말고 내일 당장 학교부터 보내."

"우린 이랑을 만드는 게 급해요. 저쪽 부대 앞에도 씨감자를 심어야 하고요."

"아, 이랑이고 아랑이고 학교부터 보내라고! 나라에서 공짜로 가르쳐준다는데 뭔 말이 그렇게 많아!"

면서기는 버럭 목소리를 높이며 서류 뭉치를 뒤적였다. 하지만 이번에도 우석이의 입학 통지서는 나오질 않았다. 면서기는 내일 중으로 입학 통지서를 보낼 테니 여하간 모레부턴 아이를 꼭 학교에 보내야 한다고, 그렇지 않으면 순녀를 고발할 거라는, 사 년 전에 했던 말을 똑같이 반복한 뒤 돌아갔다. 순녀와 우석이는 그런 면서기의 뒷모습을 잠시 바라보다가 약속이라도 한 듯 다시 쟁기질을 시작했다.

발밑으로 사라진 사람들

그날 오후엔 생전 처음 보는 기자 한 명도 그들 모자를 방문했다. 왼쪽 팔에 '보도'라는 완장을 찬 기자는 순녀와 우석이가 쟁기질하는 모습을 연신 카메라에 담았다. 그리고 그들 모자를 쫓아다니며 이것저것 자질구레한 것을 물어왔다. 언제부터 그랬느냐, 집에 딴사람은 없느냐, 애가 올해 몇 살이나 됐느냐, 애 밥은 주로 뭘 먹이느냐, 하루 몇 시간이나 일하느냐 등등. 순녀는 기자의 말에 사실대로 대답해주었고, 기자가 원하는 대로 잠시 멈춰 서서 우석이와 함께 포즈를 취해주기까지 했다.

기자가 다녀간 다음 날, 그 지역 유일한 지방지 사회면 하단엔 '비정한 모정(母情), 하나밖에 없는 어린 아들 혹사시켜'란 제목의 기사가 실렸다. 기사는 대강, 하루 세 끼 내내 감자만 주면서 이제 열세 살 된 아들을 학교에 보내지도 않은 채, 열두 시간 넘게 황소처럼 밭에서 기어 다니게 만든 비정한 어머니를 고발한다는 식의 내용으로 이루어져 있었다. 그리고 기사 위편에, 순녀가 싸리나무 가지로 엎드려 있는 우석이를 내리치고 있는 사진도 한 장 덧붙여졌다.

기사가 나가자마자 더 많은 사람들이 순녀네 감자밭 주위로 몰려들기 시작했다. 오전엔 읍내 국민학교 여교사가 6학년 아이들 육십 명을 인솔하고, 순녀네 감자밭으로 찾아왔다. 여교사는 아이들을 감자밭 가장자리에 일렬로 세운 뒤 큰 소리로 '우리 친구를 괴롭히지 마세요!' 하고 선창했다.

그러자 육십 명의 아이들이 선생님을 따라 한목소리로 외치기 시작했다. '우리 친구를 괴롭히지 마세요!' '우리 친구를 학교로 보내주세요!' '우리 친구를 학교로 보내주세요!' '우리 친구에게 먹을 것을 주세요!' '우리 친구에게 먹을 것을 주세요!'

오후엔 읍내 부녀회 소속 회원 삼십여 명이 '아이들을 따뜻하게 보살피자'라고 적힌 피켓을 들고 찾아왔다. 그리고 얼마 지나지 않아 그 부인들의 남편들과 시아버지, 시어머니, 그리고 학교를 파한 아이들까지 몰려와, 일가 식구 모두가 순녀네 감자밭 앞에서 상봉하는 집안들도 여럿 생겨났다. 그들은 구호를 몇 번 외치더니 이내 준비해온 자리를 깔고 앉아 막걸리를 마시거나 두부를 먹으면서 쟁기질하는 순녀와 우석이를 멍하니 바라보았고, 몇몇 술 취한 노인들은 군부대 담벼락 앞까지 걸어가 애꿎은 위병들에 대고 구호를 외치기도 했다.

순녀와 우석이는 그들을 개의치 않고 계속 밭을 갈아나갔다. 사람들이 감자밭 주위로 몰려드는 것에 적잖이 신경이 쓰였지만, 그렇다고 작업 속도를 늦출 순 없었다. 어서 빨리 이랑을 만들고 씨감자를 심어야만 제때 수확을 거둘 수 있으리라. 또 그래야만 군부대 담벼락 밑에도 늦지 않게 파종할 수 있으리라. 순녀는 좀더 힘을 내었다.

"이랴! 자라!"

순녀의 목소리가 들려올 때마다 사람들의 탄식이 이어졌고, 아이들은 순녀의 목소리를 흉내내며 저희들끼리 버드나무 가지를 휘둘러댔다.

 읍내 사람들이 돌아간 늦은 오후 무렵엔 군부대 사단장이 십여 명의 군인들을 대동하고 직접 순녀네 감자밭을 방문했다. 사단장은 순녀와 우석이를 지시봉으로 가리키며 연신 고함을 질러대다 부동자세로 서 있던 한 군인의 정강이를 걷어찼다. 그러고도 분이 풀리지 않았는지 바로 옆에, 역시 똑같이 부동자세를 취하고 서 있던 나머지 군인들의 정강이도 프리킥 하듯 차례로 걷어찼다. 정강이를 맞은 군인들은 원망스러운 눈초리로 감자밭을 바라보았고, 순녀와 우석이는 그 시선을 피해 서둘러 그날 일을 마무리했다.

 밭갈이는 어느새 마무리되어가고 있었다. 내일 오전에 쟁기질을 마치면 오후엔 씨감자를 심을 수 있을 것 같았다. 순녀는 무릎을 꿇고 우석이의 어깨에 단단하게 매여 있던 쟁깃줄을 풀어주었다. 우석이의 얼굴은 땀과 흙으로 범벅되어 있었고, 군데군데 하얀 소금 알갱이가 뭉쳐져 있었다. 순녀는 머리에 쓰고 있던 수건을 풀어 우석이의 얼굴을 닦아주었다. 그러자 우석이가 다시 그 수건의 끝머리를 잡아 순녀의 얼굴을 닦아주었다. 순녀는 그런 우석이의 눈을 말없이 바라보았다.

 집으로 돌아오는 길에 우석이는 자신의 등에 순녀를 태웠다. 순녀는 손사래치며 거절했지만 끝내 우석이의 고집을 이기진 못했다. 아들의 등은 생각보다 더 널찍하고 단단했다. 우석이는 집을 향해 천천히 한 손 한 손 내디뎠다. 때마침 불어온 저녁 바람은 순녀와 우석이의 이마 근처에서 맴돌다 그날 하루치의 땀과 함께 감자밭 고랑 사이로 흩어졌다. 길어진 그림자는 그들 모자를 길옆 미루나무 밑동까지 잇닿게 해주었고, 그때마다 이제 막 푸른빛을 띠기 시작한 줄기들은 제 몸을 흔들어 다시 순녀와 우석이를 향해 바람을 내보내주었다. 그들은 모든 것이 만족스러웠다.

그들 모자는 그때까지만 해도 다음 날 벌어질 일들에 대해 아무런 예상도, 그 어떤 상상도 하지 못했던 것이다. 그날 밭에서 한 쟁기질이 그들 감자밭에 대한 마지막 쟁기질이 될지, 또 그렇게 느긋한 마음으로 집에 돌아가는 순간이, 그 순간이 영영 마지막이 될지……. 그 모든 것을 전혀 의심하지 못했던 것이다…….

그날 밤, 순녀와 우석이가 집 안으로 사라지자마자 부대 안 군인들은 바쁘게 몸을 움직이기 시작했다.

11

 다음 날 아침, 우석이의 등에 씨감자 가마니를 싣고 감자밭으로 나온 순녀는 그 자리에 우뚝, 멈춰 서고 말았다. 감자밭이, 수십 개의 이랑이 가래떡처럼 그어져 있던 순녀와 우석이의 감자밭이, 흔적도 없이 사라져버린 것이었다⋯⋯. 대신 그 자리에 사방을 둥근 철조망으로 촘촘하게 두른 군부대 영점 사격장이, 마치 아주 오래 전부터 거기에 있었다는 듯 시치미를 뗀 채 돌아앉아 있었다. 이랑이 그어져 있던 밭 한가운데에는 직사각형의 표적판이 띄엄띄엄 세워져 있었고, 밭 가장자리에는 누운 화살촉 모양의 소총 거치대가 십여 개 넘게 박혀 있었다. 철조망 바로 앞에 새겨진 '경고! 접근 금지!' 표지판과 'ㅇㅇㅇㅇ부대 사격장' 푯말에선 시큼한 페인트 냄새가 났다. 그 어디를 둘러보아도 그곳이 순녀가 십여 년 넘게 가꾸어온 감자밭이었다는 사실을 찾아볼 구석은 없었다. 하룻밤 사이에, 모두가 잠든 사이에, 순녀의 십수 년 세월이 남김없이 사라져버린 것이었다.

 순녀는 머리에 쓰고 있던 수건을 벗어 두 손에 쥔 채 한참 동안 철조망 너머로 보이는 자신의 감자밭을 바라보았다. 우석이는 그런 순녀 옆에 조용히 엎드려 있었다. 씨감자 가마니는 여전히 우석이의 등에 올려져 있었다. 감자밭 옆 미루나무는 전날보다 좀더 푸른빛을 띠고 있었고, 그 위로 까치 두 마리가 부지런히 나뭇가지를 물어 나르고 있었다.

순녀는 우석이를 데리고 군부대 정문 앞으로 천천히 걸어갔다. 그리고 그곳에서 마침 밤샘 근무를 마치고 퇴근하던 부대 주임상사와 마주쳤다. 순녀가 먼저 물었다.

"당신들이 저랬나요?"

주임상사는 순녀의 시선을 외면한 채 담배를 꺼내 물었다.

"왜 그랬죠? 저긴 감자가 심어질 곳이란 말이에요."

순녀의 목소리는 낮게 가라앉아 있었다.

"이거 봐, 젊은 아줌마. 그만 좀 하자고, 나도 아주 피곤해 죽겠다고. 저긴 엄연히 국유지란 말이야, 국유지."

주임상사는 신경질적으로 담배 연기를 내뿜었다. 그의 두 눈은 벌겋게 충혈되어 있었다.

"저긴 내가 손수 불을 놓아 일군 내 감자밭이라구요. 당신들이 이곳에 오기 훨씬 이전부터 감자만 심었던 땅이란 말이에요."

"그건 아줌마가 그동안 나라 땅을 공짜로 부쳐 먹어서 그런 거고⋯⋯. 이젠 더 이상 그럴 순 없다는 거야. 다 아줌마가 자초한 일이야⋯⋯. 그거, 알아? 아줌마가 자초했다고!"

주임상사가 우석이를 내려다보며 목소리를 높였다. 우석이는 순녀 옆에 엎드린 채 말이 없었다.

"좋아요, 다, 좋아요⋯⋯. 그럼, 일단 씨감자만이라도 심게 해주세요."

순녀는 우석이의 등에 실린 씨감자를 보며 말했다. 하지만 주임 상사는 대꾸하지 않았다. 피우던 담배를 워커로 비벼 끄며 예전 순녀의 감자밭이 있던 곳을 바라보았다.

"아줌마, 저게 뭔지 몰라? 저거 사격장이라고, 사격장. 총 쏘는 사격장! 아줌마 감자 심다가 총 맞고 싶어? 감자 캐다가 애 잡고 싶냐고?"

"총 안 쏠 때 심으면 되잖아!"

순녀가 별안간 목소리를 높였다. 그 바람에 우석이가 움찔했고 등에 있던 씨감자 가마니가 밑으로 떨어졌다. 씨감자들이 우르르, 주임상사 가랑이 사이를 지나 부대 안으로 굴러들어갔다.

"그러면 되잖아!"

하지만 주임상사는 그런 순녀를 무시한 채 집으로 발길을 옮겼다. 우석이는 자신이 떨어뜨린 씨감자들을 줍기 위해 이곳저곳 바쁘게 기어 다녔지만, 채 다섯 알도 건지지 못했다. 나머진 모두 부대 안으로 들어가버렸다.

"씨감자들이…… 씨감자들이 다 죽는단 말이야!"

순녀가 소리치며 주저앉았지만 주임상사는 끝내 뒤돌아보지 않았다. 우석이는 부대 정문 앞에 엎드린 채, 연병장 한편으로 굴러가버린 씨감자들을 멀거니 바라보기만 했다.

씨감자 심기에 더없이 적당한, 흐린 봄날 아침이 그렇게 지나가고 있었다.

  그날, 군부대에서 돌아온 순녀와 우석이는 부엌 옆 토방에 들어가 하루 종일 문밖으로 나오지 않았다. 토방 안에선 단 한 마디의 말소리도, 무엇을 먹거나 움직이는 소리도 새어나오지 않았다. 마치 방 안엔 오직 씨감자들만이 모여 있는 듯, 고요한 시간이 흘러갔다. 간간이 순녀네 집 옆 상수리나무 가지들이 바람에 흔들리며 토방 앞까지 그림자를 드리웠지만 그 누구도 손을 내밀진 않았다. 그들은 멈춰버린 시간과 굳어버린 풍경 속에 사로잡힌 것만 같았다.
  그리고 다시 봄비가 부슬부슬 내리기 시작한 깊은 밤 어느 한때, 토방 문이 조용히 열리고 그 안에서 순녀와 우석이가 천천히 걸어 나왔다. 순녀의 손엔 씨감자 한 가마니가, 우석이의 어깨엔 두 가마니가 들려 있었다. 그들의 얼굴은 평상시 감자밭으로 향할 때와 별반 다를 바 없어 보였다. 침울한 것도, 화가 난 것도 아닌 표정. 순녀는 씨감자 가마니를 툇마루에 부리고 우석이의 어깨에 쟁깃줄부터 이어주었다. 그것 또한 그들이 아침마다 변함없이 하는 일과였다. 비에 젖은 흙 때문에 우석이의 정강이가 금세 거무튀튀한 빛깔로 젖어들었지만, 그 누구도 개의치 않았다. 순녀는 그 어느 때보다 더 꼼꼼하고 단단하게 쟁깃줄의 매듭을 지어주었다. 그런 후, 우석이의 등에 씨감자 가마니를 옮겨 실었다.

이제 준비는 다 끝난 셈이었다.

출발하기 직전, 순녀와 우석이는 그들이 누렁이와 함께 살던 방과 부엌과 토방을 바라보았다. 집은 어둠 속에 잠긴 채 물기를 흠뻑 빨아들이고 있었다. 벽 어느 면이라도 손가락으로 슬쩍 누르기만 하면 금세 굵은 눈물방울들이 흘러내릴 것만 같았다. 순녀는 한동안 화석처럼 멈춰 서서 집 이곳저곳과 눈을 맞추었다. 그리고 이내 돌아서서 싸리나무 가지를 들어 올렸다.

"이랴!"

우석이가 사립문을 향해 한 손을 내딛었다. 빗줄기에 날이 선 보습이 파르르, 떨려왔다.

"이랴! 자라!"

순녀의 싸리나무 가지가 빗줄기를 가르며 흔들렸다.

12

후에 진술한 사실이었지만, 그날 밤, 군부대 정문 근무를 섰던 네 병의 위병들은, 순녀가 정문 앞에 도달하기 이전부터 마치 길 잃은 어린아이마냥 눈물을 흘리고 있었다고 한다. 그들은, 먼 곳에서부터 조금씩 조금씩 들려오는 순녀의 목소리를 듣자마자 가슴 한편에서 무언가가 뭉클거리기 시작했고, 그 소리가 부슬거리는 빗소리에 더해져 더 낮고 길게 울려퍼지자, 그때부턴 도통 자기 자신을 제어할 수 없는 지경에 이르렀다는 것이다. 자신이 어딘가로부터 쫓겨 왔다는 서러움이, 무언가를 뿌리치고 도망쳐 왔다는 죄스러움이 동시에 가슴을 짓눌렀고, 그와 더불어 눈물이, 눈물이 멈추지 않고 계속 쏟아졌다고 한다. 그것도 한 사람뿐만이 아니라, 네 명 모두, 동시에…….

순녀와 우석이가 정문 앞에 도착했을 때쯤엔 네 명의 위병들 모두 연신 손등으로 눈물을 훔치며 주저앉고 말 것 같은 심정이 되어 있었다. 실제로 그들 중 한 명은 빗물 고인 물웅덩이에 풀썩 엉덩이를 깔고 앉아버리기도 했다. 순녀와 우석이는 잠시 멈춰 서서 그런 위병들을 무표정한 얼굴로 바라보았다. 그리고 다시 앞을 향해 걸어가기 시작했다. 부대 정문 안쪽으로. 한 걸음, 한 걸음씩.

"이랴! 자라! 어디디디디어!"

위병들은 그런 순녀와 우석이를 제지하지 않았다고 한다. 막기는커녕 그들의 뒤를 따라 전원 근무지를 이탈했다는 것이다. 순녀의 목소리가 이끄는 대로, 싸리나무 가지가 가리키는 방향을 따라, 아무런 저항이나 반항 없이……

"그리고 깨어보니까 그렇게 되어 있더란 말이지?"

대대 주임상사가 간밤 근무지를 이탈한 네 명의 위병들의 진술서를 보며 그렇게 물었다. 그들은 모두 아침 점호 무렵

각개 전투장 중턱에서 잠들어 있는 상태로 발견되었다.

"그게 말이 된다고 생각해? 니들 어제 술 처마신 거 아니야?"

위병들은 강력히 부인했다. 실제로 그들 몸에서 술 냄새는 나지 않았다.

"그럼 도대체 거기서 뭣들 한 거야? 위병 근무자들이 지키라는 정문은 내팽개치고 각개 전투장까지 기어올라가서."

"그러니까…… 그게…… 쟁기질을……."

"쟁기질? 각개 전투장에서?"

"그러니까, 저…… 소가…… 검은 소가 나타나서……."

"소?"

"네……."

"그래서, 그 소를 몰아 각개 전투장을 갈아엎었다?"

"네……."

"근데 깨어보니까 소가 아니라 옆 동료더라?"

"네……."

"미치겠군……. 좋아, 그럼 총은 왜 그렇게 된 거야? 뭐 하느라 그렇게 엉망이 됐냐구?"

"그게…… 저어…… 그게 분명 어제는 쟁기였는데……."

주임상사는 담배를 꺼내 물었다. 그리고 불을 붙이다 말고 다시 물어보았다.

"그럼 여자는? 그 소처럼 기어 다니는 애는?"

"저기…… 씨감자를 심는 거까지는 봤는데 그뒤론 통…….."

"너네 새끼들아, 단체로 꿈꾼 거 아니야? 그 여편네가 여기가 어디라고 감히 들어와? 그리고 들어왔다는 증거도 하나 없잖아?"

"그래도…… 어떻게 네 명이나 똑같은 꿈을 꿀 수 있습니까……?"

주임상사는 다시 담뱃불을 붙이며 서류를 작성했다.

"이 새끼, 이거 아직 군대를 잘 모르네. 마, 군대는 사단 병력이 똑같은 꿈을 꾸는 곳이 군대야! 그게 군대라고! 알았어!"

주임상사는 그렇게 말한 뒤, 그들 네 명의 진술서에 각각 '군기 해이, 정신 교육 요망'이라고 똑같은 필체로 적어놓았다.

13

그날 이후, 그 고장에서 순녀와 우석이를 본 사람은 아무도 없었다. 다만 몇몇 사람들의 입을 통해 그들 모자가 한밤중에 읍내 보건소 앞과 학교 담벼락 옆에서 여전히 씨감자를 심고 있더라는 말만 전해졌을 뿐이었다. 며칠 뒤엔 이웃

도시의 소방서 앞과 가로수 주변에서 무언가를 심고 있는 그들을 봤다는 증언이 이어졌고, 다시 또 일주일 후엔 전방 부대 옆에서 그들을 봤다는 목격자가 나타났다. 이곳저곳에서 그들 모자를 보았다는 목격담이 우후죽순처럼 전해지자 사람들의 관심은 오히려 반감되었다. 그래? 또 어느새 거길 갔대? 어허, 이러다 전 국토가 감자밭이 되겠네, 하는 정도였다. 반년 정도 흐른 뒤엔 술에 취한 면서기가 그들 모자를 어느 도시 터미널 옆 감자탕집에서 봤다는, 그리 신빙성 없는 말을 내뱉었지만, 이틀 뒤엔 그것이 정설로 되어 읍내 사람들 입에서 입으로 옮겨졌다. 결국은 그렇게 됐네, 잘됐네, 감자탕집이 농사짓는 것보단 훨씬 낫지. 그래? 그게 그렇게 괜찮대? 그럼 우리도 한번 해볼까……. 사람들은 그렇게 그들 모자, 순녀와 우석이를 잊어갔다. 뭐, 그렇다고 해서 그들을 비난할 필요는 없다. 그들은 그때 막 부여되기 시작한 자신의 주민등록번호 외우기에도 바빴으니까. 그들에겐 사라진 모자를 기억하거나 추억할 틈이 없었던 것이다. 그것이 우리들 기억력의 한계이고, 현실이니까…….

이제 이 이야기는 모두 끝이 났다. 그들 모자에 대한 이야기가 끝났으니 이 이야기의 운명 또한 다한 것이다.

하지만 지금, 당신이 이 글을 읽고 있는 바로 그 순간에도, 그들 모자는 어느 곳 어느 땅에서 씨감자를 심고 있을지 모른다. 또 그들 모자가 파종한 씨감자가 지금 이 순간에도 당신 집 앞, 어느 양지바른 곳에서 자라나고 있을지 모를 일이다. 그것이 정말인지 아닌지 궁금하다면 지금이라도 당장 뛰쳐나가 눈앞에 보이는 아무 땅이나 파보아라. 지상에서부터 약 십오 센티미터 정도만 파고들어가면, 그곳에 당신이 이전까지 알지 못했던, 당신이 상상치도 못했던, 씨감자가 싹을 틔우고 있을 테니……. 주변이 온통 시멘트 천지라고? 철물점에 가서 시멘트 깨부수는 망치를 사라, 이 친구야. 시멘트 밑에 뭐가 있겠는가? 제발 상상 좀 하고 살아라.

해설
삐딱한 욕망의 카니발

우찬제

1. 잃어버린 청중/독자를 찾아서

 그에게도 있었을 것이다. 왜 없었겠는가. 문학과 함께하는 황홀한 몽상, 말이다. 문학의 광장에서 작가와 독자가 만나 울고 웃고 감동에 젖어 다른 세상을 꿈꾸는 그런 장면들을, 그 역시 무던히도 꿈꾸었을 터이다. 혹은 자기 소설을 읽던 독자들이 줄줄이 호흡 곤란을 일으키는 사태를 몽상했을 수도 있다. 소설에 몰입한 나머지 숨조차 제대로 쉴 수 없는 질식 상태에 빠지는 독자들을 상상하는 미학적 사디스트였을지도 모른다는 얘기다. 이야기의 끝, 그러니까 이야기의 죽음과 더불어 독자의 죽음을 몽상하는 것은 이미 그 자체로 미학적 황홀감에 젖어들게 하는 셈이니 말이다. 어떤 경우든 문청 시절의 꿈은 황홀할 수 있다.

하지만 어쩌랴. 그가 본격적으로 문학의 길에 들어섰을 무렵 이미 문학의 상황은 그리 좋지 않았다. 어떤 이들은 대담하게 역사의 종언과 더불어 서사의 종언을 설파하기도 했고, 또 어떤 이들은 그보다는 덜 대담하게 문학의 시대가 지나가고 영화의 시대가 도래했다고 단언하기도 했다. 과연 문학의 독자들은 영화관으로 몰려들기 바빴으며, 그도 아닌 대중들은 주말의 행락 인파 속에서 존재감을 확인하느라 부산했다. 혹은 백화점에서, 쇼핑센터에서, 보란 듯이 과시 소비를 하면서 자신의 존재값을 가늠하기도 했다. 그렇게 문학의 독자들은 구식 문청들의 황홀한 몽상을 외면하거나 반역을 도모했다. 그러기에 황홀한 몽상은 이제 결코 황홀할 수 없는 황혼의 분위기를 자아내게 되었다.

그런 즈음에 작가가 되었으니 어찌 보면 그는 좀 한심한 사람인 편이다. 도대체 뭘 어찌하겠다고? 안개로 자욱한 문학 환경, 앞길도 첩첩하고 뒷길도 아득한 안개 속을 겨우 백미러에 의지해 운전하는 격이 아니었을까. 그 와중에서도 그는 아마 예전에 이야기판 안에 있었던 독자들을 다시 불러 모으고, 이야기판을 몰랐던 예비 독자들도 새롭게 끌어들여, 제법 흥성한 이야기 마당을 꾸미고 싶었을 것으로 짐작된다. 그러자니 그는 좀 다른 이야기꾼이 되어야 했을 터이다. 이를 위해 그는 일단 예전의 이야기꾼들을 모조리 불러 모았을 것이다. 예로부터 동서를 막론하고 길거리에 떠도는 이야기 혹은 저잣거리나 항간에 떠도는 자질구레한 이야기〔가담항어(街談巷語), 패설(稗說), 도청도설(道聽塗說) 등〕를 구연(口演)하던 이야기꾼들도 불러 모으고, 근대 이후에 저자의 이름이 새겨지고 그 권위가 썩 그럴듯했으며 정전(正典)으로서의 이야기를 추구했던 이야기꾼들도 불러들이고, 그 이후 여러 방식으로 다채롭게 차연의 전략을 구사했던 아방가르드 이야기꾼들도 불러 모았을 터이다. 그들을 해체하고 가로지르면서 그는 이기호라는 새로운 이야기꾼으로 태어나기를 소망한다. 그러나 그는 결코 폼을 잡는 이야기꾼이기를 바라지 않는 것 같다. 누구보다도 이야기꾼이 어떤 존재였는지 잘 알고 있기 때문이다. 그는 장식으로서의 문학을 거부한다. 그는 활달한 이야기꾼이기를 소망한다. 그러면서도 다른 이야기꾼을 꿈꾼다. 그러나 그의 이야기는 저잣거리를 떠도는 자질구레한 것들이다. 혹은 잡동사니들이다. 이렇게 잡다한 레퍼토리를 가지고 그는 닦고 조이고 기름을 쳐서 제법 윤택한 이야기를 만들어낸다. 폼 잡으며 거론하는 서사의 종언 담론 따위를 슬며시 조소한다. 이기호, 그에게 이야기의 바깥은 없다!

다시, 그는 왜 이야기꾼이 되었는가. 왜 이야기를 짓는가. 또 하필이면 왜 그런 스타일로 이야기를 하는가? 우선 짐작에 가깝지만 대답 하나. 잃어버린 청중/독자들을 다시 이야기 마당으로 불러 모으기 위해서다. 다시 모여든 듣는 이야기꾼과 더불어 이야기 문화를 나누고 즐기기 위해서다. 그러기 위해 그는 재미있는 이야기꾼이 되었다. 가장 재미없고 신산한 시절에 말이다.

2. 이야기하는 욕망과 대화적 상상력

무엇보다 이기호의 소설에서 이야기꾼은 독자와 직접 대면하기를 소망한다. 이야기 마당에 모여든 청중-독자들과 직접 소통하기를 바란다는 얘기다. 그의 소설은 대개 1인칭 화자에 의한 직접화법의 세계에 가깝다. 가령 "왔어왔어, 그녀가 왔어, 나를 찾아왔어, 사무실로 왔어, 우릴 보러 사무실로 왔어"(p. 7)로 시작되는 「버니」는 현대의 판소리랄 수 있는 랩 가사의 형식으로 이야기를 직접 전달한다. 아니 이야기를 랩의 리듬으로 부른다. 혹은 경쾌하게 노래한다. 「햄릿 포에버」는 피의자 조서의 형식으로 심문관 앞에서 직접 말하는 문답 이야기를 채록한 것처럼 꾸몄다. 또 「옆에서 본 저 고백은—告白時代」의 경우는 흥미로운 고백체의 형식을 취한다. 「최순덕 성령충만기」는 기(記)의 형식을 가탁(假託)하고 있지만 성경의 의고체 말법을 패러디한 말 건네기 형식에 가깝다. 이렇게 여러 소설에서 작가 이기호는 이야기하는 욕망을 직접 드러내는 스타일의 화법을 취한다. 간접화법의 형식을 피하고 직접화법의 세계를 지향한다.

가령 액자소설 형식을 취한 「발밑으로 사라진 사람들」의 경우 "이 소설은 우리 곁에 머물다 어느 날 갑자기 사라져버린 한 모자(母子)에 관한 이야기이다"(p. 265)라는 한 문장으로 이루어진 도입 액자로 시작한다. 물론 1인칭 서술자에 의한 진술이고 독자에게 직접 말 건네는 화법이다. 그런 다음 모자에 관한 본 이야기를 들려주고, 다시 마감 액자에서 서술자는 독자들과 직접 대화하기를 시도한다. "이제 이 이야기는 모두 끝이 났다. 〔……〕 하지만 지금, 당신이 이 글을 읽고 있는 바로 그 순간에도, 그들 모자는 어느 곳 어느 땅에서 씨감자를 심고 있을지 모른다. 〔……〕 주변이 온통 시멘트 천지라고? 철물점에 가서 시멘트 깨부수는 망치를 사라, 이 친구야. 시멘트 밑에 뭐가 있겠는가? 제발 상상 좀 하고 살아라"(pp. 308~09). 이렇게 결말에서 독자를 직접 끌어들여 묻고 대화하면서 자기 이야기가 거듭 소통될 수 있기를 바란다. 독자를 직접 끌어들일 뿐만 아니라 독자에게 매우 적극적이고 능동적인 역할을 요구한다. 이 부분의 문장은 철저하게 독자/청자 지향의 화법으로 이루어져 있음이 주목된다. 그 사동문에서 작가의 이야기하기 욕망은 물론 이야기를 통해 독자들과 공유하고 싶은 게 무엇인지, 혹은 독자와 세계를 어떻게 변화시키고 싶어하는지, 하는 것들도 어렵지 않게 유추할 수 있다. 이런 결말 방식은 「백미러 사나이」에서도 비슷하게 시도된다. "그를 직접 만나보고 싶은 사람들이 있다면 지금이라도 한강시민공원이나 남산 계단 길로 나가보면 된다. 〔……〕 대신 그에게 말을 걸거나 사인을 해달라고 졸라선 안 된다. 왜 안 되는지는 다들 알고 있을 테니 더 이상 긴말은 하지 않겠다"(p. 194).

물론 이런 스타일이 이기호만의 전유물일 수 없다. 브레히트의 연극이나 1960년대 김기영 감독의 영화 「하녀」, 또는 여러 소설 텍스트들에서도 이미 그럴듯하게 시도된 바 있기 때문이다. 다만 여기서 말하고 싶은 것은 그만큼 이기호는 독자들과 이야기하기를 좋아하는 작가라는 점이다. 분명히 서술자를 통해서 하는 얘기지만, 가능하면 작가와 서술자와의 거리를 지워 작가가 독자를 실제로 만나 이야기하는 듯한 느낌이 들 수 있도록 직접화법의 세계를 지향하는 것이다.

그렇다면 이기호가 추구하는 직접화법의 세계란 무엇인가. 무엇보다 소통의 진정성 내지 대화적 진정성의 추구라고 얘기해야 할 것이다. 흔히 서술자의 중개 혹은 매개 정도가 심할수록 이야기꾼으로서의 작가의 존재는 아슴아슴 뒷걸음질치게 마련이고, 그럴 때 흔히 독자들은 따분하게 느낄 수도 있다. 그런데 매개의 정도를 약화하거나 부정하면 대화의 순정성이 높아지고, 장면적 진실성을 추구하기가 용이하다. 독자들은 마치 작가를 직접 만나 얘기를 듣는 것 같은 환상을 품을 수도 있으며, 이에 따라 이야기하는/말하는 주체의 자리를 거듭 확인하게 되기도 한다. 그러나 서술자의 매개/중개 기능을 부정하거나 덜 활용한다는 것은 한편으로는 매우 위험한 일이기도 하다. 왜냐하면 자칫 에세이의 세계에 가까이 갈 수 있기 때문이다. 자신의 정체가 금방 들통 날 수 있기 때문이다. 그러기에 직접화법의 세계를 추구하는 작가는 결코 단조롭지 않은 다양한 이야기 스타일을 계발해야 하고 재미있는 말법을 구사해야 한다. 그래야 이야기 마당에 독자들이 모여들고 또 모여든 독자들이 서둘러 떠나지 않겠기 때문이다. 이기호의 이야기하는 욕망은 바로 이 지점에 있다. 이야기 마당의 회복, 서사성의 회복, 그것이 이기호가 작가가 된 이유일지도 모른다. 그런 작가의 욕망은 행복하게도, 썩 잘 읽히는 이기호 소설을 창작케 하는 결과로 나타났다.

3. 탈영토화와 재영토화

그렇지만 어떤 이야기를 해야 이야기 마당에 독자들을 불러들일 수 있을까. 이기호는 기존의 이야기 영토에서 벗어나기와 기존의 이야기 영토의 변두리이거나 혹은 속해 있지 않았던 영토의 이야기를 끌어들이는 전략을 구사한다. 이 탈영토화와 재영토화 전략을 위해 작가는 종종 합의된 리얼리티로부터 탈주한다. 새로운 지점에서 2차 세계를 구축한다. 상상적 2차 세계에서 새로운 내적 리얼리티를 갖춰 기존의 1차 세계에 대한 전복과 해체 효과를 노린다. 다른 얘기가 아니다. 작가 이기호는 종종 기성의 리얼리티로부터 벗어난 자리에서 새로운 서사의 동인 혹은 사건의 발단을 찾는다는 것이다. 비록 그것이 좀 우스꽝스럽고 엉성해 보이더라도 새로운 발단의 계기 혹은 서사 작인(作因)을 구축하여 거기에서 비롯되는 상상의 물꼬를 좇아가는 모습을 우리는 그의 소설에서 종종 확인하게 된다.

「백미러 사나이」는 뒤통수에 눈이 생겨 앞으로 보지 않고 뒤로 본다는 가정법의 세계에서 출발한다. "두 눈을 감으면 뒤통수 너머의 세상을 볼 수 있는 신기한 재주를 가진 청년"(p. 185)의 이야기다. 그것을 "부활한 박 대통령의 두 눈"이라 믿었던 청년은 "박 대통령 덕분에 손쉽게 대학에 들어갔고, 백만 학도의 선봉일꾼이 되었으며, 한 여자를 만나게 되었다. 그러나 청년은 한 여자를 사랑하게 되자 자신의 뒤통수에 생긴 박 대통령이 귀찮아지기 시작했다. 청년은 의도적으로 박 대통령과 멀어지려 노력했다. 사랑을 새마을 운동처럼 할 순 없는 거라고, 새마을 운동이 오히려 사랑을 방해할 수도 있는 거라며……"(p. 185). 물론 뒤로 걷는 사내의 이야기는 최상규의 장편 『새벽기행』을 비롯한 여러 이야기에서 선보인 바 있으나, 이기호는 그것을 자기 세대의 정치적 무의식으로 새롭게 빚어낸다. 일종의 정치의 희화화 전략이라고 불러야 할 그의 상상적 책략에 의해 정치적인 것들은 한갓 조롱받고 강등된다. 독재 정권의 상징이었던 박 대통령은 물론 그에 저항했던 운동권 학생들의 불온한 정치성도 시니컬한 조명의 대상이 된다. 그렇다고 해서 단순한 양비론자라고 해선 곤란하다. 이 소설에는 '사물이 눈에 보이는 것보다 가까이 있음'이라는 부제가 붙어 있다. 짐작하다시피 자동차 백미러 하단에 적혀 있는 문구를 패러디한 것이다. 그렇다. 눈에 보이는 것이 전부가 아니다. 혹은 눈에 보이는 것과 다를 수 있다. 단순한 대상은 부정된다. 작가 이기호는 아마도 눈에 보이는 것 이상과 눈에 보이는 것 이하의 단락(短絡)에서 파생되는 경계선의 어떤 것을 보고 즐기며 이야기를 만들려는 것 같다. 마치 전기 회로의 두 점 이상의 사이를 전기 저항이 작은 도선(導線)으로 접촉하듯 말이다. 혹은 리쾨르P. Ricœur가 프로이트의 꿈을 해석하면서 '꿈은 언어 이상과 언어 이하 사이의 단락에서 파생한다'고 말한 것처럼, 이기호의 이야기 꿈 역시 그 단락에서 파생되는 것처럼 보이는 것이다. 이런 단락의 지점에서 그는 기존의 영토화된 시각과 응시, 세계관 모두에 탈을 내면서 새로운 응시의 지점을 마련하고자 한다. 물론 일정한 흐름을 벗어난 이상이나 이하에는 전파 방해음과도 같은 혼돈의 획책자들이 많을 수 있다. 그럼에도 거기서 새로운 것을 듣고 새로운 것을 보아내는 자, 그가 곧 작가가 아닐까. 그러기에 「백미러 사나이」 모양으로 백미러와도 같이 뒤통수에 달린 눈을 통해 보는 사람의 이야기, 아니 뒤통수의 눈과 앞의 눈 사이의 단락에서 보는 젊은이의 이야기를 만든 게 아닐까.

이런 맥락에서 「햄릿 포에버」에 나오는 "때론 현실보다 더 생생한 환각도 있으니까요……"(p. 73)라는 문장이 주목된다. 고등학교 시절 친구들과 본드를 흡입하다 걸려 소년원 생활을 한 적이 있는 주인공 이시봉은 극단의 잡역부로 들어왔다가 배우가 된 인물이다. 어려서부터 안온한 생활과는 먼 거리에서 살았던 그는 눈에 보이는 현실에서 자기 자리를 발견하지 못한다. 혹은 세상이 그의 자리를 용납하지 않는다. 그는 자기 주위의 모든 것이, 심지어 자기 자신까지도 가짜가 아닐까, 하는 생각을 자주 한다. 또 "세상은 아무 변화가 없는데 나만 혼자 미쳐 날뛰고 있는 듯한 두려움, 혹은 외로움"(p. 73)에 빠지기도 한다. 이런 사내의 환각 체험기를 극적 형식의 소설로 꾸민 것이 「햄릿 포에버」다. 본드를 불고 환각의 세계로 입사하여 햄릿을 직접 만나 희곡의 내용은 물론 연기 지도까지 받는다는 설정이 이 소설의 주춧돌이다. 이 주춧돌 없이 서사 전개는 불가능하다. 이 소설의 끝 장면은 본드 환각 속에서 만난 햄릿과 주인공이 대화하는 것으로 처리되어 있다.

"왜 이렇게 늦게 온 거야?"

"파라과이에 갔다 오느라고……. 너보다 더 날 원하는 배우가 생겼거든. 너도 알잖아. 난, 네가 원할 때만 보인다는 거."

[……]

"너, 정말 네 아버지를 만났어?"

"그런 너는?"

"내가 먼저 물었잖아."

"나……? 난, 너와 똑같아."

"넌, 정말…… 나쁜 새끼야."

"그것도 너와 같지."

"……"

"……"

"세상 정말 엿 같지……?"

"본드 같지."

"불까?"

"지금 분 거 아니었어?"

"그랬나……? 그것도 모르겠어……. 그냥 몽롱해…… 다 몽롱하기만 해서……." (pp. 74~75)

햄릿은 "난, 네가 원할 때만 보인다"고 말한다. 말하자면 그는 주인공 이시봉의 욕망의 대상이자 원인이라는 소리다.

그렇다면 본드 환각을 통해 햄릿이 보인다고 해서 다 햄릿인 것은 아니다. 때때로 보고자 하는 햄릿은 나타나지 않고 실종된 자신의 아버지를 만나게 되는 것도 그 때문이다. 굳이 라캉을 상기하지 않더라도 주체는 결코 욕망의 대상이자 원인에 다가설 수 없다. 그러기에 주인공은 "그랬나……? 그것도 모르겠어……. 그냥 몽롱해…… 다 몽롱하기만 해서……"라는 말만 되뇌는 것이다. 전파 방해음을 무릅쓰고 보이는 것 이상과 보이는 것 이하의 그 단락의 세계, 혹은 언어 이상과 언어 이하의 환각적 꿈의 세계로 입사해 들어갔지만 결국 거기서도 몽롱하기는 마찬가지였다는 것, 아니 더 몽롱했다는 것이다. 그렇다면 "현실보다 더 생생한 환각"은 무엇을 지칭함이었을까. 더욱 몽롱함으로 몽롱한 현실을 반성케 하는 생생함이 아니었을까. 아울러 이 대목에서 우리는 이기호 소설에서 다루는 인물들의 세계관과 자아관도 확인 가능하다. 길게 언급할 필요도 없이 세상은 정말 '엿' 같고 자신도 '나쁜 새끼'라는 인식이다. 그런 인물들의 때로는 위악적이며 때로는 자조적인 내면 풍경과 외면 정경이 다채로운 의미망을 구성한다.

「백미러 사나이」와 「햄릿 포에버」가 주체와 대상의 시각체계의 교란 문제와 관련된 이야기를 가정법의 세계로 풀어 본 소설이었다면, 「머리칼 傳言」은 그 교란의 결과로서 대상의 환상성이 극적으로 문제되는 양상을 다룬 이야기다.

고아원 출신 여자아이를 입양한 지종은 아이의 머리를 깎아 주려다가 이상한 신비 체험을 하게 된다. 가윗날과 가윗날이 부딪치며 시린 쇳소리를 내더니, 여자아이의 머리칼이 일제히 천장을 향해 직립하는 것이었다. "마치 보이지 않는 손이 천장에서 내려와 아이의 머리칼을 낚아챈 듯, 대기의 흐름을 타고 하늘로 치솟는 불기둥처럼, 그렇게 단호한 이글거림으로……. 여자아이의 고개 또한 그 충격으로 인해 뒤로 젖혀지고 말았다"(p. 110). 이에 지종은 갑자기 "방 안 전체가 거꾸로 뒤집힌 듯한 현기증"(p. 110)을 느낀다. 여자아이의 머리칼은 살아 있었던 것이다. "미세한 바람에도 제 몸을 보존치 못하고 나부끼는 그런 연약한 섬유질이 아닌, 중력을 이겨낸, 여자아이의 소유물이 아닌, 또 다른 생명체"(pp. 110~11) 말이다. 이와 같이 머리칼이 살아 있는 소녀가 자라 처녀가 되고, 그 머리칼로 인해 현직 교사와 엉뚱한 혹은 어설픈 애정 행각을 벌이게 되는 이야기다. 남자는 여자의 머리칼이 정말 살아 있는 것인지 의구심을 품으며 "정말 너하곤 상관없는 거야?"라고 묻는다. 상관이 있다고 하자 "하지만 네 맘대로 움직이지도 못하잖아?"라고 되묻는다. 이에 여자는 이렇게 대답한다. "그건 맞지만…… 내가 모르는 내 마음이라는 것도 있잖아…… 그게 머리카락 한 가닥 한 가닥 속에 숨어 있을 수도 있고……"(p. 126). 이 부분이 이 소설의 이면적 주제를 짐작케 하는 대목이 아닐까 싶다. 그리고 또 그녀는 말한다. "단지 난, 내 몸이 이끄는 대로 움직일 뿐이야. 그게 전부야……"(p. 126). 이 몸의 담론 또한 언어 이상이거나 언어 이하의 단락으로 우리의 사유를 이끈다. 상징적인 질서를 거부한 채 새로운 판타지에의 입사식을 펼쳐 보이는 것이다. 「발밑으로 사라진 사람들」역시 그런 몸의 담론으로 빚어진 텍스트다. '검은 소'에게 겁탈을 당한 순녀가 그 소를 닮은 아들을 낳게 된다는 전제, 이런 환상적 2차 현실을 가지고 1차 현실로 들어온다. 그러니까 사람인 것 같기도 하고 소 같기도 한 '몽롱한' 아들과 그 어미에 관한 이야기다. 이렇게 이 소설집에 수록된 작품의 절반에 해당하는 네 편이 환상적 전제를 바탕으로 서사의 실마리를 마련하며, 그것을 통해 탈영토화와 재영토화 전략을 수행하는 것, 이것이 이기호 소설의 큰 특성의 하나다.

4. '삐딱하게 보기'의 카니발

슬로베니아의 비평가인 슬라보예 지젝이 효과적으로 활용한 대목이지만 셰익스피어의 희곡 『리차드 II세』의 2막 2장의 도입부를 잠시 에둘러 가기로 하자. 왕은 전쟁에 나갔고 왕비는 안 좋은 예감과 왠지 모를 슬픔으로 가득 차 있다. 이에 시종 부시는 왕비가 느끼는 비판이 환영적이고 허깨비 같은 것임을 지적함으로써 위로하려고 하는 대목에 나오는 말이다. "각 슬픔의 실체마다 스무 개의 그림자가 있어서 그것이 슬픔 그 자체인 것처럼 보이지만 실은 그렇지 않습니다. 슬픔에 잠긴 눈은 눈물로 흐려져서 단 하나의 사물도 여러 개로 보이는 법입니다. 마치 사선 원근법 화면과 같이 그걸 정면에서 보면 무언지 가릴 수 없지만 비스듬히 삐딱하게 보면 그 형태가 뚜렷하게 구별되는 것과 마찬가집니다. 폐하께서도 대왕폐하의 충정을 왜곡해서 보시기 때문에 실제 이상으로 상심하여 그런 슬픔을 보고 계신 것입니다. 실재하는 것처럼 보이는 그것은 단지 존재하지도 않는 그림자에 불과합니다." 이 말을 전후한 대목을 지젝은 일그러져 보이는 왜상(歪像; anamorphosis)의 은유로 풀어가면서 왕비의 근심이나 걱정이 실은 아무것도 아니라고 주장하려 했던 부시의 의도와는 달리 역설적으로 왕비에게 전달될 수도 있음을 분석한다. 그리고 이렇게 적는다.

여기서 우리가 발견하는 것은 따라서 두 개의 현실, 두 개의 '실체'다. 첫번째 은유의 차원에서 우리는 "스무 개의 그림자를 갖는 실체"로서, 우리의 주관적인 시각에 의해서 수많은 반영들로 분열된 하나의 사물로서, 요컨대 우리의 주관적인 관점에 의해 왜곡된 실체적 '현실'로서 나타나는 상식적인 현실을 깨닫는다. 만일 우리가 그리고 실제에 입각해서 하나의 사물을 본다면 우리는 "실제 그대로" 그것을 보게 될 것이다. 반면 우리의 욕망과 불안으로 혼란스러워진 응시("삐딱하게 보기")는 우리에게 왜곡되고 흐려진 이미지를 제공한다. 하지만 두번째 은유의 차원에서 그 관계는 역전된다. 만일 우리가 똑바로, 실제에 입각해서 무관심적으로, 객관적으로 사물을 본다면 우리는 오직 형태 없는 오점 spot만을 보게 될 것이다. 대상은 오로지 우리가 "비스듬히", 즉 욕망이 지탱시키고 침투하고 '왜곡하는' '관심적' 시각으로 볼 때에만 명확하고 변별적인 특징을 띠게 되는 것이다.(슬라보예 지젝, 김소연·유재희 옮김, 『삐딱하게 보기』, 시각과 언어, 1995, p. 31.)

이와 같은 지젝의 논의를 다른 식으로 삐딱하게 풀자면, 이기호 소설 역시 예의 두 개의 현실을 삐딱한 상상력으로 문제 삼고 있다고 할 수 있다. 이야기 속의 인물들은 대개 욕망과 불안으로 혼란스러워진 응시를 보이고 그 삐딱하게 보기로 말미암아 왜곡되고 흐려진 이미지를 우리에게 보여준다. 「버니」의 주인공이 그렇고, 「햄릿 포에버」의 이시봉은 물론 그러하며, 심지어 아주 신실한 기독교 신자로 묘사되는 「최순덕 성령충만기」의 최순덕도 이 범주를 벗어나지 못한다. 이런 삐딱한 인물들의 삐딱한 응시를 작가/서술자 또한 삐딱한 응시로 포착한다. 그러니까 지젝이 말하는 두번째 은유의 차원은 작가/서술자의 층위에서 거론될 수 있다는 것이다. 이기호는 대상을 삐딱하게 바라보면서 몽롱함 속에서 생생함을, 혼돈 속에서 질서를 나름대로 포착한다. 이러한 삐딱하게 보기의 양면성이 교호하면서 이기호 소설 텍스트는 새로운 탄생을 알게 된다.

작가가 아주 삐딱한 응시를 시도했을 때 앞에서 본 것과 같은 환상적 가정법의 세계에 기초한 서사가 축성된다. 그 정도를 완화하면 삐딱한 응시를 보이는 삐딱한 인물들의 일탈 행위를 문제 삼는 일련의 소설이 탄생한다. 환상적 전제는 없지만 삐딱한 인물들의 이야기이기는 마찬가지다. 가령 「버니」는 "세상이 좆같다는 걸 충분히"(p. 9) 아는 열아홉 양아치 소년이 랩의 리듬으로 들려주는 버니라는 랩퍼의 이야기다. "나는 버니를 몰라, 버니라는 랩퍼를 몰라, 버니의 본명이 순희라는 것도 몰라, 순희가 내 밑에서 일했다는 것도 몰라, 순희가 밤마다 여관으로, 여관으로 출장 간 걸 몰라, 몰라 몰라, 아무것도 몰라"(p. 8)라고 하는 부분에서 명료하듯 소설 전체는 아이러니의 담론으로 이루어져 있다. 그런 가운데 각 장의 끝 부분에서 후렴구처럼 반복되는 부분에 있는 이런 구절이 주목된다. "아무도 나에게 말하는 법을 가르쳐주지 않았어/하지만 난 이렇게 말하지/나도 가볍고 너희들도 가벼워/내 말도 가볍고 너네 말도 가벼워." 특히 "아무도 나에게 말하는 법을 가르쳐주지 않았어"라고 진술한 대목이 인상적이다. 실제로는 그럴 리 없지만 그렇게 진술하는 것은 세상의 말과 법, 즉 상징적 질서에 포획되지 않겠다는 무의식을 드러내는 것이기 때문이다.(한편으로는 "백제 근초고왕이 일본 왕에게 하사한 검의 이름을 쓰시오"[p. 10] 하는 국사 주관식 문제를 내는 교육 제도, 그 질문에 '사시미'라고 썼다고 "싸가지 없는 놈"이라며 뺨을 때리는 교사가 있는 교육 제도에 대한 조소적 비판 의식이 들어 있는 것으로 보이기도 한다.) 그는 가볍게 말하며, 가볍게 탈주하기를 바란다. 그래서 버니라는 랩퍼로 성공한 순희의 매니저가 순희의 과거를 함구하라는 말을 듣고도, 그 말에 주눅든 척하면서도 결코 거기에 억압되지 않고, 가볍게 그 말을 위반한다. 그 위반의 서사를 통해 작가는 썩 흥미로운 하이틴 블랙유머 한 편을 상큼하게 선사하고 있는 것이다. 그것을 통해 직접적으로는 버니의 매니저의 말과 법에 탈 내고, 간접적으로는 세상의 말과 법에 탈 내고자 시도한 것으로 보인다.

「옆에서 본 저 고백은」에서도 사정은 비슷하다. 고아원 출신으로 앵벌이 노릇을 십 년 넘게 해오던 나와 친구 시봉이, 자기 소개서를 쓰기 위해 PC방에 갔다가 만난 '팔대이'로부터, 자기 소개서를 쓰려면 우선 고백을 해야 한다는 말을 듣고 자기들의 지난 삶을 고백하는 이야기를 흥미롭게 다룬다. '형님들의 회사'에 시봉이 취직하기 위해 자기 소개서를 쓰려고 했던 것인데, 결국 시봉은 자기 소개서를 다 완성하지 못한다. 미완성인 회사 취직용 자기 소개서가 같은 앵벌이 식구인 덕자에 의해 앵벌이를 위한 호소문으로 둔갑하게 된다는 설정 또한 흥미롭다. 세상의 말이나 격식으로 자신들의 삶과 의식을 진실하게 소개하기 어려운 그늘진 사람들의 이야기를, 그야말로 언어 이상이거나 언어 이하의 단락에서 찌지직거리며 형성되는 사태들을, 그럼에도 아주 실감나는 언어로 형상화한 것이다. 「햄릿 포에버」의 이시봉 역시 세상을 삐딱하게 보는 인물이기는 마찬가지다.(이 소설집에는 「옆에서 본 저 고백은」 「햄릿 포에버」 「백미러 사나이」 등 세 편에 서로 다른 이시봉이 등장한다. 삐딱하게 보는 작가 이기호의 왜상의 은유의 파편 각에 따라 앵벌이가 되기도 하고, 소년원 출신으로 본드를 흡입하는 배우가 되는가 하면, 뒤통수에 눈이 달린 대학생이 되기도 한다. 같은 이름으로 불리는 그들은 작가의 욕망과 응시의 분열상을 알게 하는 다중자아들이다.) 「버니」에서는 말하는 법을 배우지 않았다고 짐짓 시치미 떼는 모습을 볼 수 있었는데, 「햄릿 포에버」에서는 세상의 말과 법의 주재자로 간주되는 아버지를 거세하는 작업을 보인다. 햄릿의 아버지 역을 하는 이시봉이 본드 환각 속에서 햄릿을 만나 그의 아버지에 대해 문의하려던 중 자기 아버지를 보게 되고 정신을 잃게 된다는 대목에서 그 의식을 명료하게 확인할 수 있다. 비록 「햄릿 포에버」의 경우처럼 직접적으로 오이디푸스 콤플렉스와 탈오이디푸스 콤플렉스의 역학을 문제 삼는 이야기가 아니라고 하더라도 대부분의 이기호 소설은 아버지의 질서를 거부한다. 그의 이야기 지도에 아버지의 자리는 없다. 그만큼 강등의 수사학을 구사하기 때문이다. 인물들의 삐딱한 응시에 의해 대부분의 대상들, 예컨대「버니」의 매니저나 학교 선생님,「햄릿 포에버」에서 햄릿과 이시봉의 아버지, 그리고 극단주 차서화,「백미러 사나이」에서 박 대통령 등 거개가 그러하다. 「최순덕 성령충만기」에서 추상적 이상주의에 들려 있는 주인공 또한 강등의 대상이 된다. 기독교적 이상에 들려 현실을 제대로 파악하지 못하는 인물의 우스꽝스런 에피소드를 가장 성스러운 담론의 스타일인 성경의 문체로 진술하고 있는 것이다. 이기호의 소설에서 보이는 이러한 강등의 수사학은 상호 강등의 담론으로 이루어져 있다. 즉 흔히 볼 수 있는바 주체에 의한 대상 격하 혹은 비판의 담론과는 거리가 있다는 얘기다. 이기호 소설의 어떤 주체도 스스로 강등되면서 대상도 강등시키기에 자연스럽게 억압 없는 웃음을 이끌어낸다. 웃으면서도 나름대로 세상의 겉과 속 혹은 그 사이에 대해 반성적 사고를 지닐 수 있게 한다. 엉뚱하게 보이기도 하면서 나름의 설득력과 호소력을 얻게 되는 것은 그 때문이다.

이기호야말로 러시아의 문예이론가 바흐친이 논급한 카니발적 세계관을 생래적으로 지닌 작가가 아닐까 싶다. 이야기 마당, 그 언어 놀이판에서 흥겹게 놀 수 있는 에너지가 어지간하다. 첫 소설집이니만큼 그가 보여줄 수 있는 것 중에서 지극히 일부분만 여기에 들어 있다고 해야 할 것이다. 그가 더욱 다양한 화제와 스타일을 가지고 더욱 신명나는 이야기판을 만들어주기를 우리는 기대한다. 우리네 이야기판에 더 이상의 바닥이 있어서는 안 되겠기에, 이기호 같은 신진 작가들이 새롭게 지필 신명기가 더욱 기다려지는 것이다.

작가의 말

 어느 책에선가 자살한 문어 이야기를 읽은 적이 있다.
 한 서커스단에 돌고래처럼 재주를 부리며 먹이를 받아먹는 문어가 살았단다. 사람들이 수족관 앞에 몰려들면 문어는 조련사의 지시에 따라 재주를 부리며 날렵하게 몸을 움직였다. 사람들이 박수를 칠 때마다 문어는 서비스로 다시 한 번 재주를 부리고 우아하게 먹이를 받아먹는 모습까지 보여줬다. 그러던 어느 날, 서커스단이 해산되고 조련사도 제 갈 길을 가버렸다. 하지만 문어는 그대로였다. 문어는 계속 수족관에 남아 예전처럼 혼자 재주를 부렸다. 그 누구의 관심도, 사랑도 받지 못한 채. 그러자 문어의 몸은 점점 그 빛깔을 잃어갔고, 결국에는 자신의 날카로운 주둥이로 제 몸을 찔러 자살하고 말았다는 이야기다.

작가의 말을 쓰고 있는 지금, 그 문어의 어지러운 다리가 내 머리 속에서 떠나질 않는다.

돌아보니 지난 오 년, 내 삶의 궤적이 꼭 그 꼴이었다. 해산되어버린 서커스단의, 그리 신통치도 않고 게으르기까지 한 문어. 심수봉 누님의 전언처럼 '사랑밖에 모르는' 문어. 그 문어의 혼잣말이 바로 여기에 묶인 소설들이다.

사람이 아직 덜 여물어서 그런지 나는 치우침도 있고, 편애도 심하다. 그리고 그것을 종종 쉽게 들켜버리곤 한다. 그건 소설적 대상들에게도, 그 기조들에 있어서도 마찬가지다. 서른세 살의 나는, 비루하고 염치없는 주인공들에게 더 마음이 쏠리고, 교양 없고 막돼먹은 친구들에게 더 많은 눈길이 간다. 복잡다단한 플롯보다 조금 더 단순한 쪽에, 사변보다는 사건에, 근대보다는 전근대에 내 소설적 애정이 맞닿아 있다. 교정을 보면서 아, 이건 너무 들켜버렸구나, 너무 날것이구나, 했던 적이 여러 번이고, 그로 인해 심각하게 고민도 했지만, 지금은 아무렇지도 않다. 나는 내 편애를 인정하기로 했다. 설혹 쉽게 들켜버린다 해도 상처받지 않을 거 같다. 어쩌겠는가, 내 태생이 그런 것을, 나 또한 사랑밖에 모르는 이야기꾼이니. 그것이 서른세 살, 현재의 내 모습이다.

내내 곁에서 제자의 첫 책을 기다려주신 박범신 선생께 고마움을 전한다. 시간이 지날수록 선생과의 인연은 자꾸 전근대로 회귀하고 있는 듯한 기분인데, 그것이 싫지만은 않다. 우찬제 선생님은 멀리 미국에서 해설을 보내주셨다. 그곳과 이곳의 물리적인 거리만큼이나 심리적인 빚이 더해진 기분이다. 말로만 듣던 마일리지 같은 게 내 마음 속에 누적된 기분이다. 고향에 계신 부모님과 형과 형수님, 조카 준서는 나보다도 더 내 책을 손꼽아 기다린 사람들이다. 조금 쑥스럽지만 사랑한다는 말을 전하고 싶다. 문학과지성사 편집부 여러분께는 한 수 단단히 배웠다. 애정을 갖고 소설의 흠을 바로잡아준 그분들께도 내 편애를 전한다. 대산문화재단과 현대문학 식구들은 어려운 시절 내게 큰 도움을 준 분들이다. 그분들이 아니었다면 이 책은 조금 더 더디게 세상에 나왔을 것이다. 잊지 않겠다. 그리고 이곳에 미처 다 적지 못한 나의 많은 스승들과 문우들과 몇 명 되지 않는 제자들에게도, 나를 위해 매일 기도해주는 연인에게도, 그럴 수만 있다면 내 무릎을 온전히 다 보여드리고 싶다.

이제 겨우 칼을 씻은 기분이다.

2004년 가을 세검정에서
이기호